12
団の
番
Youheidan no Ryouriban
Ko Kawai
川井昂
illustration
四季童子
旨い。
本当に驚いた。凄《すご》く美味《おい》しい。
デミグラスソース特有のコクのある
旨みが豚肉によく絡む。

フィンツエさんは
豚肉を綺麗《きれい》に切り分けると、
別の竈《かまど》で熱していた鍋に入れる。

マーリィルさんは竈に載せた
鍋の中身をかき混ぜている。

「ここで唐揚げを食べてるの？現国王の一人娘、テビス姫が？」
「リルよ。その言葉はヤボであるというものじゃ」

「豚の角煮と、それを使ったチャーハンです」
ウーティンさんは行儀良く、それでいて早食いしていました。
「はぐ、はぐ」

「ガングレイブ、あなたは妻を守り、一生愛すると誓いますか？」
「誓います」

「アーリウス、あなたは夫を支え、一生愛すると誓いますか？」
「誓います」

Youheidan no Ryouriban
New Character Introduction

フィンツェ・スーニティ

18歳　料理人

正妃エンヴィーの娘でエクレスの妹。
ニュービストの名門レストランで
働いていた凄腕《すごうで》の料理人。

銀髪のショートボブ。
黒い×型のヘアピンで留めている。
美少女だが、目つきがどこか鋭い。
身長169cm。スレンダー体型。
日々重労働をしているため
無駄な肉があまりついていない。

ポニーテールに
まとめていることが多い。
空手家のような拳、
鍛えられた腕が
ただ者ではない
何かを感じさせる。
モダンなメイド服を
着ている。

マーリィル・ラバー

42歳　メイド

エンヴィー付きのベテラン・メイド。
ガーンの母親。

傭兵団の料理番

12

川井昂

ヒーロー文庫

傭兵団の料理番 12

Youheidan no Ryouriban

illustration：四季童子

CONTENTS

イラスト／四季童子
装丁・本文デザイン／5GAS DESIGN STUDIO
校正／福島典子（東京出版サービスセンター）
DTP／伊大知桂子（主婦の友社）

この物語は、小説投稿サイト「小説家になろう」で
発表された同名作品に、書籍化にあたって
大幅に加筆修正を加えたフィクションです。
実在の人物・団体等とは関係ありません。

プロローグ1　男子会と餃子《ギョーザ》 〜シュリ〜

　真夜中に食べるこってりした食品はなんと魅力的なことか。お腹《なか》が空《す》いたときに食べる美味《おい》しいつまみと酒はなんと蠱惑的《こわくてき》なことか。それは、どこの世界でもどの年代でも、どんな人間でも変わりません。何が言いたいかってのは、

「ということで、女性の皆様に秘密の男子会……夜中の餃子パーティーを開始しまーす」

「「「おー!!」」」

　城の隅っこの、誰も使わない部屋の一室。ここで僕は鍋一杯に用意した料理を、集まって円になって座っている皆さんの前に置きました。全員が全員、僕が用意した鍋の中身を見て楽しみにしているようなので、作ったかいがあったなって思います。

　料理人としても一人の成人としても一つ言っとくが、寝る前の食事は体に良くないぞ。気をつけようね！

「待っとったわ。さて、食おうや」

「腹減ったっスよ！」

「全くよね。シュリがお菓子、用意してくれなかったから」

クウガさん、テグさん、オルトロスさんがそう言って、鍋の中身を見ながら小皿を片手に、匙《さじ》で突っつこうとしていました。

「ごめんなさいね！　その代わりにこれを用意したので、食べてくださいなっ」

「それで？　これはなんだシュリ」

「俺様も見たことねーわ」

「俺もやな。見たことなか」

「俺っちもだねー」

ガングレイブさん、ギングスさん、トゥリヌさん、フルブニルさんが鍋を覗《のぞ》き込んで僕に聞いてきます。まあ、聞かれるだろうなと思ってた。なので、醤油《しょうゆ》をみんなの前に置いてから食べ方の教授です。僕も円の中に入って座り、皿に醤油を注ぎました。

「これは餃子《ギョーザ》っていいます。こうやって醤油を付けて、熱いうちに一気に食べる！」

僕は鍋の中にある……羽根つき餃子の一つを匙で取り上げて、醤油に付けて食べます。

うーん旨い！　今回の男子会のために作った餃子は普通の白菜と肉、韮《にら》に胡椒《こしょう》とごま油、そして塩のシンプルなものです。それを捏《こ》ねて、自作した皮に包んで焼きます。んで、焼いてる最中に小麦粉を水で溶いたものを入れてやる。これで羽根つき餃子の完成。

外の羽根がパリパリと砕け、皮は中の具材の旨みを吸って底はカリッ、上はプルプル、中身は焼くことで出てきた旨みの汁でいっぱいです。

「さらにここに、酒を流し込む！」

口の中が餃子《ギョーザ》の旨みでいっぱいになって、熱さでアチチとなってるところに、冷えた酒を勢いよく飲む！ 一気飲みはダメだぞ！

ちなみに飲んでる酒、今回はよく手に入る、ビールみたいな安い麦酒だぞ。これでも旨いんだから、この組み合わせはやめられないんだよなぁ！ いやぁ困った困ったハハハ。

これは人間の業《ごう》だな本当に。

「と、こんな感じで食べてください」

「じゃあおりゃあからいただくわ！」

「俺も！」

僕の食べっぷりに刺激され、アドラさんとガーンさんが同じように食べて麦酒を勢いよく飲み始めます。羽根つき餃子がパリパリと音を立てて鍋からはがされ、二人の口の中に入っていく。そして熱さに悶《もだ》えながら飲み込み、麦酒を一気に飲み干す。こら、一気飲みするな！ 急性アルコール中毒になったらどうする！

と、止める前に二人とも満足そうに、大きく息を吐きました。

「ぷはー！ これはいいな！」

「旨い！ 酒とよく合う！」

「ずりぃぞ！」

「俺っちもいただこうかな！」

二人の旨そうな様子に釣られ、みんなが餃子を食べ始めました。たくさん作ったので、全員が満足するまで食べられるでしょう。

そんな様子を見ながら、僕は静かに餃子を食べます。うーん、そのうちラー油も作るか。

何個も一気に食べて、麦酒をどんどん飲み干す皆さん。その中でもオルトロスさんが凄《すご》いペースで食べ続けています。

「おいオルトロス！　もう少し俺たちにも回せ！」

「ダメよーガングレイブ！　こういうのは早い者勝ちなんだから！　アタイ、この餃子がお気に入りになりそうだわーっ」

「旨いっスもんね、これ」

オルトロスさんの横で、みんなの陰に隠れてたくさん食べているテグさんが麦酒を飲みながら言いました。もう顔が赤くなってんだけど、テグさん。

見れば、皿にはこれでもかと餃子が積まれています。六個くらい一気に取っていて、それをチビチビ食べながら麦酒を飲んでる感じですね。

「底はパリパリでカリカリ、上側のプルプルの皮の中に、これでもかと具材の旨みが詰まった肉と野菜のミンチ。それが一口で食べられるのはありがたいっスね」

そう言いながら、テグさんはうつらうつらとしながら餃子を食べては酒を飲んでいます。

なんか、もう少し飲んだら眠りそうだなこれ。

「眠いんですか？　テグさん」

「……あのバカな偽親の後始末に奔走して、そこからこの集まりに呼ばれて、旨い夜食に酒を飲んだら、眠くなるっスよ」

「眠くなっても床で寝ないでくださいね」

「気をつけるっス」

ああ、でもこのままだとテグさん寝ちゃいそうだな。そりゃ、仕事をした後で酒を飲んだら一気に眠気が来ますよね。気をつけて見ていよう。

「ガハハハ！　こんな旨い酒とつまみを食ってるのに寝るたぁ、もったいないのぉ！」

愉快そうに笑いながら喋《しゃべ》るのはトゥリヌさんです。さっきからバカスカ飲んでるはずなのに、全く顔が赤くならない。それどころかペースが上がっていきます。

傭兵団《ようへいだん》のみんなも大概な大酒飲みなんですけど、この人はそれ以上かもしれない。

「それなら残りの料理は全て俺のもんじゃがな！」

「ガングレイブ、食うで！」

「おう！　渡してなるものか！」

「はいそこー。変な争いをして酒を飲みすぎないでくださーい」

僕が止めてはみるものの、トゥリヌさんとクウガさんとガングレイブさんの食べるペースは落ちません。むしろ早くなりました。

それに影響されたのか、他の人たちの食べるペースも上がりました。勘弁してくれ。ペースが上がっていないのはフルブニルさんと眠そうなテグさんくらいなもの。他の人たちはどんどん食べ続けています。

「フルブニルさんは、そんなに急いで食べないんですね？」

「シュリの料理を味わわずに食べるなんてもったいない！　細部まで行き届いたこだわりと工夫を、楽しみながら食べさせてもらうよ俺っちは！」

泣きそう。他の人たちが乱暴に食べてる中でこの意見は、ありがたすぎて泣きそう。

目元を拭い、僕も鍋から餃子《ギョーザ》を一つ取って醤油《しょうゆ》に付けてから食べました。

「そうしてください。今夜は……」

「わかってるとも！　今夜はガングレイブが結婚する前祝いの男子会だからね！」


どうも皆様、シュリです。夜食は体に悪いけどやめられない。反省してる。

ミナフェとの勝負の後、リルさんとエクレスさんとテビス姫がこっそりと菓子を食べたのを見かけたテグさんが、僕に怒りの言葉をぶつけてきたので夜食を作ることで許してもらうことになりました。

その話がどこから広がったのが、あれよあれよという間にガングレイブさんたちに広がり、こうして城の隅で男性だけ集まって餃子《ギョーザ》を食べるパーティが開かれました。

ガングレイブさん、クウガさん、テグさん、オルトロスさん、ガーンさん、アドラさん、ギングスさん、トゥリヌさん、フルブニルさんと僕の十人が集まっています。たわいない話をしながら食べる餃子と酒は最高だねぇ、と思いながら楽しんでいます。

「はぁ、旨いなぁ」

餃子が少なくなってきた頃、酒を飲みながら食べかけの餃子を口に入れ、噛《か》みしめるガングレイブさん。どうやら酒がようやく回ってきたようですね。

「テグの言う通り、皮も中身も旨い。たくさん食べたくなる味だ。酒ともよく合う」

「ありがとうございます」

「結婚前にできるバカ騒ぎにしては、上々だな。ありがとうなシュリ」

「あー……お菓子を用意できなかった僕からの謝罪ということで……」

僕はしどろもどろでガングレイブさんに言いました。

そうなんだよ、結局リルさんたちが食べ尽くしちゃって、食材がなくなっちゃったんだよ。止めようとしたときには遅かったよ。ミナフェの飲む焼き芋も同様に材料が尽きた。なので、同じ菓子を作るにはまた、食材を買い付けるところからしないといけない。それを理解してくれたのか、クウガさんは酒を飲みながら溜め息をつきました。

「はぁ……食い意地の張った女ってのは、止めても止まらんもんやからな。男よりも食い意地が張ってる時だって珍しくないわ」

「そんなもんスかね？」

「特に妊娠した女性は、子供の分も食わにゃならん。自分の体のためにも、赤ん坊のためにもな。そういうことやぞ、ガングレイブ」

と、いきなり話がガングレイブさんに振られてしまい、ガングレイブさんは驚きながら咽《む》せていました。

「ごほ、ごほ！　なんだいきなり！」

「お前のことやろガングレイブ。アーリウスと正式に結婚するっちゅうことは、子供のことも覚悟せにゃならん。わかるやろ？」

「そうだな……しかし、覚悟、か……俺に育てられるだろうか」

ガングレイブさんは不安そうに杯を床に置きました。静かになった部屋にコツン、と音が響きわたります。そして腕を組み、目を伏せました。

「俺はまともな親なんてものを知らない。あのクソ親しか記憶にない。そんな俺が……」

「不安に思うことなんかなーんにもなか、ガングレイブ」

そんなガングレイブさんに強い眼差《まなざ》しを向け、トゥリヌさんは杯を床に置いてから言いました。

「お前はアーリウスを愛しちょろう？」

「じゃあ何も心配なか！　俺だって、ミューリシャーリが妊娠して……子供を産むってなったときゃあ、不安じゃった」

「ああ、もちろんだ」

これは意外だな。トゥリヌさんはミューリシャーリさんにぞっこんなので、そういう状況になっても堂々としていると思ってました。

気づけば僕も他のみんなも、トゥリヌさんの話に聞き入っています。

「赤子は無事生まれるか、ミューリシャーリの体は大丈夫か、そして俺は妻と子を飢えさせずに守れるかっちゅう不安で、毎日が辛《つら》かったわ。仕事に身が入らんほどにな」

「そんなときにトゥリヌ殿はどうやって乗り越えたのかな？」

「フルブニル王よ、そんなもん決まっちょるがな」

トゥリヌさんは視線を落とし、両の手のひらを見つめました。

「トゥーシャをこの手に抱いた瞬間、全ての不安が吹き飛んだわ」

その目は優しく、顔には笑みが浮かんでいました。

「赤子の柔らかさ、温かさ、泣いている声、濡れた肌……そして汗まみれで息も絶え絶えなミューリシャーリが、笑顔で言うんじゃ。『お父さん、抱いてあげて』って。あいつだって辛そうなのに、俺を気遣ってのう。抱いた瞬間、ワイは笑いながら泣いちょった」

「それはなんでなん」

「決まっとる。ミューリシャーリが無事なこと、トゥーシャがこの手の中にいること。産んでくれた母親と産まれてくれた赤子……どっちにも感謝の念が、言葉が、思いが尽きなんだ！　血を分けた子供を産んでくれた母親には、本当に感謝ばかりだった……」

凄《すご》い、重みのある言葉だ……。トゥリヌさんはそのときのことを思い出したのか、涙目で笑っていました。不安も幸せも、どっちもごちゃ混ぜになってる。

その姿を見て思うことがあるのか、全員が黙りこみました。僕も何も言えない。下手なことなんて、何も言えない空気でした。トゥリヌさんの話は、それほど胸を打った。

そしてトゥリヌさんは涙を拭ってから、ガングレイブさんへ顔を向けたのです。

「じゃからガングレイブ、大丈夫じゃ。愛した女がいる男は強いもんじゃ。ちっとは不安になったりするがの、赤子の顔を見てもうたら、男はもっと強うなるけんな」

「そんだけ、ミューリシャーリ様のことを愛してるってことか」

「そうじゃガーン！　家族を守ろうとしたお前と、同じもんよ」

なるほどなぁ……好きな人のため、か。いつか僕にもできるかなぁ、と考えさせられる。

同じことを考えたのか、テグさんが神妙な顔をしていました。眠そうだったけど、どうやらトゥリヌさんの話で目が覚めたようですね。

「オイラもいつか、トゥリヌ様と同じように好きな女と一緒になりたいっスわ」

「お！　テグには好きな人がおるんか？　誰や？」

トゥリヌさんがそう話を振ると、テグさんは照れくさそうにしながら頭を掻《か》きました。

「へへ……実はミトス様の側近のユーリって人からまた、お誘いをもらってるっス」

「あ」

自慢げに語るテグさんですが、その名前を聞いて僕は思わず驚いて声を出していました。だって、ユーリって人は確か……。

「て、テグさん……ユーリって人は」

「ああ！　ユーリ嬢か！　確かに美人さんだねぇ！」

フルブニルさんが僕の言葉を遮り、ちょっと怒った顔をしました。

「俺の部下のガンロとも話したことがあるってねぇ！　それでそのとき、俺っちたちを差し置いてシュリに好みの料理を作ってもらう約束をしたってねぇ！　全く！」

「ああ、俺の配下のハイガもシュリにお願いしたらしいなぁ。だからこの場に呼ばんかったのだがな！　羨ましい、許さん！」

「その話はまた今度にしましょうねー」

フルブニルさんとトゥリヌさんが何やら荒ぶってますけど、ここはスルーさせてもらう。延々と恨み言を言われて終わらないだろうからね。それに、今はそんな場合じゃない。

問題はテグさんだ。ユーリさんってのは前にクウガさんと戦った『魔剣騎士団』の女性です。この人、祭りに来るってテグさんと約束しながら来なかった人で、ミトスさんと話したところ、どうやら相当モテるというか、好きものさんらしいことがわかりました。前に約束すっぽかされてるのに……。

「以前は約束をすっぽかされたっスけど、今度こそオイラの魅力をアピールするっス！」

そう意気込むテグさんを他の人たちは応援してますが……僕はその輪の中に入らず、遠い目をしてテグさんを見ていました。その先は、大変なんだけどな、と念を込めて。

「ガーンとアドラは好みの女性とかいるのかいな」

と、ここでクウガさんはガーンさんたちに話を振りました。どうやらこの場は、恋バナの空気になりつつあるようです。逃げたい。

だけど、ガーンさんもアドラさんも困ったような顔をして腕を組んでいました。

「俺は……今のところいないなぁ。エクレスとギングスが先になるかもな」

「おりゃあもじゃ。今はひたすら、シュリからの仕事をこなして修業するばかりよの」

「まぁ、だよねぇ。修業を始めたばかりの人が、いきなり恋とかしてられないよ」

二人の言葉に、フルブニルさんが頷《うなず》きながら言いました。

「誰だって最初のうちは、仕事や修業に慣れるのに精一杯だもんねぇ……」

「そうですねぇ。僕も恋愛をしてる暇がありませんよ。困ったもんです」

本当に困ったもんですよ。この仕事をしていると、どうも出会いが少なすぎるんですよね。地球にいた頃、他の人たちがどうやってチャンスを作っているのか、聞いとけばよかったですよ本当に。

僕がそう言うと、ガングレイブさんが意外そうな顔をしていました。

「なんだ。お前はリルかエクレスに心が揺れてるんだと思っていたぞ」

「え⁉」

ガングレイブさんの言葉に、驚きのあまり声が出ていました。

そんな目で見られていたのか、てエクレスさんがあれだけベタベタしてくるのは確かにそういう目で見られても仕方がないよなぁ……。

正直、モテたことがない僕にとってあの積極性はうれしくもあり、戸惑うものでもありっていいますか何というか……。

じゃありルさんはどうなんだ？

「シュリ、リルとエクレスならどっちの方がいいんや？」

「リルさんかな」

クウガさんの言葉に、僕は自然に口に出していました。

あまりにも自然にノータイムで答えたもんだから、数瞬後に僕は思わず顔を赤くして口を押さえていました。

なんでこんなに積極的に、しかも自然に言えたのか。それが僕にはわからない。でも、わからないけどもわかることだってある。

それだけ僕の中でリルさんの存在が大きくなっていたってことだ。

僕にとって、恋とは縁遠いものでした。仕事、修業だけが生きがいだった。だけど、もし恋をするなら漫画のような運命的なものがいいなとか思ってたけどね。

まともに恋なんてしたことがなかった僕にとって、これは結構な難題だ。

考えていると、僕の肩をぽんとガングレイブさんが叩《たた》きました。

「俺もアーリウスにそんな気持ちを抱いていることには、なかなか気づかなかった。ゆっくり考えてみろ。時間はいくらでもある」

静かに言われたことに僕は安心して、ひそめていた眉を緩めました。

時間はある。ガングレイブさんの言うように、いくらでも。その間に考えてみよう。

だけどなんだかテグさんとクウガさんとオルトロスさんはニヤニヤしている。

「まあ、シュリも男っスからねぇ」

「割と情熱的なところもあるんやな」

「自覚してないあたりがかわいいわね」

「な、なんですかそのニヤニヤは？」

僕がそう聞いても「なんでもない」としか言わない三人にやきもきしながら、僕は麦酒を飲みました。

反対にガーンさんとアドラさんはどこか複雑そうな顔をしていました。

「俺としては、エクレスには報われてほしいところではあるがな」

「おりゃあもじゃ。ようやく自由になれたんじゃけぇ、幸せになってもらいたいもんよ」

二人の言葉に胸がチクリと痛む。リルさんの方が、とは言ったけどもエクレスさんが気にならないと言えば嘘《うそ》になる。

だけどそれをここで言っても、不誠実なのは間違いない。だから何も言わない。

最後にトゥリヌさんとフルブニルさんは笑うでもなく、静かに酒を飲んで言いました。

「シュリ。お前も男なら、いつかは覚悟を決めにゃあならんぞ」

「結構大変なことだよねぇ。うん。俺っちはシュリが心配だ」

「はぁ……」

多分助言してくれてるんだろうな、ってのはよくわかります。

だけど今は……なんだかそのときじゃないと思ってる。

「自分の中の気持ちとか、ちゃんと考えますから」

僕はそれだけ言うと麦酒を一気飲みして、杯を空にして次を注《つ》いでおきます。

「それでは、フルブニルさんの好みの女性は？」

「決まってるよシュリ！　イムゥアのように小動物的な雰囲気の、頑張る女の子だね！」

僕が試しにフルブニルさんに聞いてみると、フルブニルさんは満面の笑みで堂々と答えてきました。まぁ、その返答は予想通りだったので僕は麦酒を飲んで言いました。

「フルブニルさん、イムゥアさんのこと大切にしてますもんね」

「俺っち、イムゥアのことはとても大切だからね！　こんな俺っちに最初からずっと付き従ってくれた、大切な女の子さ！」

「でも、それだったら身分の違いから結ばれるのは難しいんじゃないかしら？」

オルトロスさんが麦酒を飲みながら言うと、フルブニルさんの眼が鋭くなります。

「やめてくれやめてくれ！　確かにその事実も辛《つら》いところだけど、俺っちは安易にイムゥアを娶《めと》るような、そんな俗物的な愛は向けてないのさ。庇護《ひご》すべき対象……恋愛なんて超越して、守りたくて傍《そば》にいてほしい存在なんだよ」

「あらー……随分ロマンチックねぇ……」

なんともかんとも、フルブニルさんのとても深い愛情のあり方に、オルトロスさんは興味深そうに頷《うなず》いて笑いました。僕自身もフルブニルさんの言葉に、なんだかフルブニルさんが眩《まぶ》しく見えてきますね。そこでふと気になったので、聞いてみました。

「そういやオルトロスさんは気になる人はいないんですか？」

ピシ、と空気が固まった。ガングレイブさんたちはもちろんのこと、ガーンさんもアドラさんも、フルブニルさんもトゥリヌさんも、みんなが僕を驚いた顔で見てくる。

え？　何かマズいこと言ったかな？　と僕がキョロキョロしていると……。

「シュリ」

トン、と澄み渡るような、杯を置く音が部屋に響く。妙に耳に届く音で、全員がオルトロスさんの方を見ました。何事か、と思っていると、オルトロスさんは優しい顔をして、まるで悟りきったような雰囲気で言いました。

「アタイはね、いつもはそういう質問をされたらキレたの」

「えぇ？」

だからガングレイブさんたちは僕を驚いた顔で見たのか。地雷を踏んだ僕に対して、やっちまったなって感じの目だったんですね。ちなみに多分ガーンさんたちは、どこか聞いちゃいけない質問だと思ってたけど僕が聞いてしまったから、驚いたんだろうなぁ。

オルトロスさんはそのまま、静かに語り始めました。

「自分について喋《しゃべ》らなかった頃、質問されて怒ってたのは……単純にアタイがこんな性格というか好みなのを隠していて恋愛もできなかったのに、恋愛の話をしてくるからよ」

「そうだったのか⁉」

「嘘《うそ》やろっ？」

「オイラ、てっきり傭兵《ようへい》稼業なのに浮ついた話をしてたから、気を引き締める意味で怒ってきたのかと思ってたっス……」

テグさんの言葉に頷《うなず》くガングレイブさんたちなので、どうやら本当のようです。てか、気になることがあるんだけどな。僕は恐る恐るガングレイブさんに聞いてみました。

「ガングレイブさん……オルトロスさんがこういう性向なのを、なんで長年知らなかったんです？　少しはそんなそぶりが見えて気づくというか……」

「いや、こいつは出会った頃から無口だったし……昔、娼館《しょうかん》の護衛の仕事を長いこと任せてたんだが、そこで受けがよかったのはわざとこういうふうに喋ってたからだと……」

「小さい頃は大きな図体なのに引っ込み思案で、それを変えてくれたのはあの娼館のお姉様方よ。アタイはこの喋り方や生来《せいらい》の趣味や嗜好《しこう》に全く負い目はないわよ」

「マジでか……」

ガングレイブさん、なんだかショックを受けてる。

ガングレイブさんの中のオルトロスさんは、本当は無骨で真面目で、戦士然とした人ってイメージだったみたいですね……。

でも、それならオルトロスさんが語る気になった今、なおさら聞いてみたいですね。

「で？　そんなオルトロスさんは今では、誰か気になる人っています？」

「そうね……言っちゃおうかしら」

ガバ、と全員がオルトロスさんに注目する。もったいぶるようにしてから、その口から出た言葉は、

「アサギ、ね」

なんとも予想外すぎる言葉に、僕たちは驚きが強すぎて何も言えなくなりました。

だって予想外すぎるでしょ。びっくりしすぎて、誰もが口を開けない。そんな中で、僕はようやく咳払《せきばら》いをしてから言いました。

「ごほん……なるほど。ちなみにどこが？」

「彼女、意外と可愛いところ多いわよね。シュリもわかるでしょ？　男を手玉に取るのに、いざ純情を揺さぶられてしまうと戸惑うところとか。ガマグチのときとかね」

「え……あ、もしかしてあのとき女心を理解しろって言ってきたのって……」

「情熱的よね～。後ろから抱きしめるようにシュリの顔が近くにあって、後でドギマギしてるところとか」

あ、あのときのアレはそういうことかー！　言われてみれば、確かに僕は積極的すぎたな……思い出したら顔が熱い……！　なんということをしてたのか……！

「じゃ、アタイは言ったから今度はクウガね」

「ぶはっ⁉」

「あら、アタイに言わせておいて自分はだんまりはいけないわよ？」

オルトロスさんからの無茶ぶりで、クウガさんは驚いて飲んでいた麦酒を噴き出した。

確かに気になるなぁ。クウガさん、裏ではモテモテだからな。気になる人っているの？　興味があるのでクウガさんへ視線を向けましたが、口元を拭ってへの字に曲げてる。

「ワイはええやろ。女にゃ困らん」

「そんなこと言わず～。俺っちも気になるよ！　女に困らないクウガが、実は秘かに誰かに恋を？」

フルブニルさんも煽《あお》るように言ってきたので、さらにクウガさんは溜め息をつきました。大きく大きくついて、ものすごく躊躇《ちゅうちょ》してます。しかし諦めたのか、困ったように顔を両手で覆って隠す。

「しゃあないわ。オルトロスも言ったことやしな。ただし、笑うなよ？」

「笑わない笑わない」

「おりゃあたちはそんなに薄情もんじゃないきゃあな」

ガーンさんとアドラさんが真面目な顔をして言ったので、クウガさんはさらに躊躇する様子を見せて、

「……ウーティンやな」

と、ボソリと言いました。みんなの空気がその瞬間、滅茶苦茶冷えて固まった。

え、ええええええ……僕は思わず震える声で聞きます。

「み、ミトスさんはぁ……？」

「ありゃガキすぎるわ」

「そんなに年は変わらないはずだけどなー」

い、意外すぎる。ガキすぎるって言ったって……あんなに親しくしてるのに……。

他のみんなは必死に笑いを堪《こら》えて、顔を背けたり俯《うつむ》いたり、口元を隠したりしてます。笑わないって言ったからね。そこはわきまえるからね。耐えなきゃダメだよね。

だけどみんなが耐えてる中でただ一人、思いっきりニマニマして、クウガさんの肩に手を置くテグさん。

「で？　どこら辺に惹《ひ》かれたっス？」

「言わなあかんか？」

「ぜひとも」

テグさんの言葉に、さらに大きな溜め息をついたクウガさん。凄《すご》く葛藤してるのがわかる。

耳が赤い。顔まで真っ赤になってるのを見られたくないんでしょうね。わかるわ。

そして決意を固めたのか、顔を隠したままクウガさんは言いました。

「あいつ、立ち振る舞いを見りゃわかるが相当な腕前の女や。多分テビス姫専属の諜報官《ちょうほうかん》やな。強いで、きっと」

「そうなのか？」

ガングレイブさんがちょっと意外そうな顔をして聞きました。僕も同じ気持ちです。

「そや。んでな、観察してるうちにこう……美人やし、隙がないほど強いのわかるし、だから目が離せんくなってな……」

「そうだったんですか」

「ウーティンは戸惑った姿が一番かわええんじゃが、悔しいことに、シュリと一緒のときじゃないとそんな姿を見せないことやな」

ふぁっ。

「え？　なんで僕？」

「お前といるときが一番、ウーティンが無防備でええなと思うんじゃ。何度お前を脳内で殴ったことか……!!」

「そんなことを、言われても……。あの人、酒を飲んだら服を脱ごうとするくらい酒癖悪いですよ」

「お前を殺す」

「え、ちょ!?」

クウガさんが反応できない速度で僕を押し倒し、馬乗りになりました。

能面のように無表情のまま、拳を振り上げている!!　目が本気だ、殺される!!

「待てクウガ！」

「そうっスよ！　いくらシュリの前でしかあられもない姿を見せないのが真実でも、そんな滅茶苦茶しちゃダメっス！」

「お前を殺す、お前を殺す」

怖い怖い怖い怖い！　クウガさんの目がさらに鋭くなってきてる！　本当に殺されてしまう！　誰か助けて！　と視線を横に向けてみると。

「うははは！　クウガにこんな一面があるなんてね！」

「ええぞもっとやれ！　おもろいわ！」

フルブニルさんとトゥリヌさんは楽しそうに煽《あお》ってるだけでした。絶対に許さねぇ！

最終的にガングレイブさんとテグさんの二人がかりで引《ひ》き剥《は》がされたクウガさんですが、麦酒を一気に飲み始めてしまいました。

「け……ええもん。ワイはモテるんや……いつかそんな姿を見れるに違いないわ……」

「いつかは知らんが、その日が来ることにしとこうやんな。そんで」

トゥリヌさんは横目で、とある人物へ視線を向けました。その人はこの場に来ていながらさっきから一言も発さずに空気に徹している人です。僕もトゥリヌさんの様子で、ようやくいることを思い出しました。なにも言わずに、餃子《ギョーザ》と麦酒だけを楽しんでいる人。

「あとはギングスくらいなもんかのぅ」

そう、ギングスさんです。この人はどうやら餃子に夢中だったらしく、残り少なくなった餃子を全て皿の醤油《しょうゆ》に付けて、無我夢中で食べていました。

「んぉ？　なんだ？」

「なんだじゃねえだろ。ここに来ていながらなにも言わず、餃子と麦酒に夢中になってるじゃねえか。なんか話せよ」

「いや……餃子がな……俺様、この餃子が気に入っちまって……食べる手が……食べる手が全く止まらねぇんだ」

まるで好物を食べ尽くそうとする子供のような雰囲気を出しながら、ギングスさんは餃子を食べ続けていました。

すでに他の人たちは十分に餃子を食べていたので、ギングスさんが餃子を食べ続けることに文句はありませんが……。

「ギングスさん……今回は一応、結婚前のガングレイブさんを労《ねぎら》おうっていう男子会なので……なんかこう、食べる以外でも楽しみましょ？　ね？」

「まあ、そだな」

そういうとギングスさんは残りの餃子を三つも一気に口に頬張り、よく噛《か》んで飲み込んでから麦酒を飲み干す。それがたまらなく良かったのか、満面の笑みで息を吐きました。

「ぷはー！　いやぁ、俺様餃子を気に入っちゃったね！　シュリ、また頼むな！」

「はい、また今度。で？　ギングスさんは気になる女性はいるんですか？」

「あ、そういう話だったのか」

ギングスさんは麦酒が入っている大きな瓶から杯に移し、チビチビと飲みました。

「餃子に夢中で聞いてなかったが……で？　俺様の好みを聞きてーのか？」

「ぜひとも」

「……笑うなよ？」

杯をゆっくりと床に置き、ギングスさんは真剣な顔をしました。

その様子、これは本気だと感じた僕は頷《うなず》きます。他のみんなも同様に麦酒を飲みながら体を乗り出し、ギングスさんの言葉を待ちます。

全員がそんな空気を出したので、とうとうギングスさんは口を開きました。

「テビス姫だ」

「「ぶひゃひゃひゃひゃ!!」」

瞬間、クウガさんとテグさんとフルブニルさんが笑ってしまいました。他のみんなも必死に笑いを堪《こら》え、肩を震わせています。

「あ、あんな幼女がええんか！」

「何歳差っスか！」

「いやー、恋に年齢は関係ないんだねぇ！」

「貴様らぶっ殺すっ!!」

「おわ!? ギングスさん、そこらの椅子を持って振り回すのはなしです！」

ギングスさんが顔を真っ赤にして椅子を持って立ち上がったので、慌てて僕は止めました。目がマジモンだ、殺《や》る気だったよ冗談抜きで！

「笑うなっつっただろうが！」

「そ、そんなこと言うたかてっ」

「ギングス……俺はお前の兄だが、なんというか……相談に乗るぞ……！」

「ギングス様、どうしてそがぁなことになったがじゃ……っ!?」

クウガさんは笑いを堪えられず引きつってますし、ガーンさんとアドラさんは心配しながら笑うのを堪えてる感じです。それで余計にギングスさんは癪《しゃく》に障《さわ》るのか、椅子を持つ手が震えてる。抑えるのがそろそろ限界になりそうなんですけど！　椅子を持つ手を両手で押さえてるんですけど、なんでこの人片手だけで僕の両手に対抗できるのさ！

「うるせぇ！　あの堂々として気品溢《あふ》れる言動！　頭の良さに時節見せる優雅な立ち振る舞い！　惹《ひ》かれて何が悪い！　それが俺様の気持ちだ！」

「わかったので椅子を下ろしましょっ？　ねっ？」

僕が必死に宥《なだ》めると、ギングスさんは観念したように椅子を下ろして座りました。

僕は両肩で息をしながら呼吸を整えてるのに、ギングスさんは全く疲れた様子がないんだけどなんでさ？　どんだけ体力差があるのよ？

「しかし真面目な話、テビス姫を好きと言ってもどうするのさ？　相手は大国の姫だよ？」

笑うのをどうにか止めたフルブニルさんが聞くと、ギングスさんは難しい顔をして腕組みします。

「そこなんだよな……俺様はもう、領主の一族でもなんでもねぇからな……おとなしく、諦めるしか」

「諦めるなんて言っちゃアカン‼」

ドンッ！　と床を殴りつけ、トゥリヌさんが叫びました。あまりの大きな打撃音に、僕は驚いて肩を震わせてしまいましたよ。他のみんなもちょっとビクッとした。

だけどトゥリヌさんは構わず言います。

「俺だって、部族間の対立があったからミューリシャーリとの結婚を諦めるしかないと思うておったがじゃ……！　グルゴとバイキルは仲が悪かった、ひとときの逢瀬《おうせ》だけが、俺たちの救いじゃった……でもな！」

トゥリヌさんはその長い腕で、元の位置に戻って座ろうとしていた僕の肩を掴《つか》みました。

そのまま凄《すご》い力で引き寄せられ、トゥリヌさんは僕と肩を組みます。

「見ろ！　シュリのおかげで俺は愛《いと》しい女を手に入れた！　焦がれて焦がれて、頭がおかしくなるくらい好きな女を、とうとう手に入れた！　子も無事に産まれた！　お前も諦めんじゃなか！　諦めなけりゃ、いつかはその綺羅星《きらぼし》にも手が届く！」

トゥリヌさんは顔を真っ赤にしながら、叫ぶようにしてギングスさんに言葉を叩《たた》きつけました。なんか酒臭い、実は酔ってるんじゃないかトゥリヌさんよ？　んで、他のみんなも呆気《あっけ》にとられる中でギングスさんだけが心打たれたようで涙目の目元を拭いました。

「なんとかなるかな、こんな俺様でも」

「なるさ、俺でもなった」

「おう、ありがとうなトゥリヌ殿。俺様も、いつかテビス姫と堂々と話せるくらい、また武功や実績を積むさ。あの堂々とした美しい立ち振る舞いの姫の隣に立ってやる！」

なんか二人の間だけで盛り上がってるところに、僕は思わず口に出していました。

「テビス姫って、あれでもなんか小動物みたいにプルプル震えて僕に謝りに来るし、ウーティンさんが見栄っ張りを指摘すると、慌てた様子であたふたする人なんですけど」

「お前を殺す」

「お前を殺す」

「なんで⁉」
ス、と僕の背後に回ったクウガさんが、そのまま背後から僕を拘束してきます。くそ、動けん、とか思ってるとギングスさんが右肩を回しながら僕を殴る準備をしてるじゃないか‼　しかも殺気がみなぎってる！
「またシュリだけが知る彼女たちの姿か。死にたいようだな」

「やれギングス、ワイが抑えとくわ。鳩尾《みぞおち》を抉《えぐ》るようにして拳を叩き込め」

「ありがとうな、クウガ。俺様、一撃でやるからよ」

「やめろぉ!! 死にたくない!」

「お前ら、止めろ! ギングスとクウガはマジだ!!」

本当に殺されるかと思ったけど、ガングレイブさんたち全員がクウガさんとギングスさんを止めようとしました。今度ばかりは、本当に全員で押さえ込んでくれました。

そしてようやくクウガさんの拘束から解放された僕は、膝立ちになって頭を下げます。

「し、死ぬかと思った……」

「シュリ、お前はとりあえず逃げなさいっ。クウガとギングスはアタイたちが宥《なだ》めとくから!」

「ありがとうございます! 逃げます!」

オルトロスさんがそう言ってくれたので、僕は部屋を出ようと扉の方へ向かいました。

「そうだ、シュリ」

そんな僕の背中に、ガングレイブさんが話しかけてきました。

振り向くと、ガングレイブさんまでもが能面のように無表情になっています。

「ちなみに聞きたいことがある」

「え? なんです……この状況で?」

「なに、簡単な質問だ」

嫌な予感しかしないんだけど。とりあえず逃げる体勢をとって、僕はガングレイブさんの言葉を待ちました。そしてその口から出たのは、

「お前、俺の知らないアーリウスの姿を知ってるとか、ないよな?」

という追求の言葉だったので、急いで逃げました。

「ありませんっ!!」

ヤバい、あそこにいたら死ねる。

そのまま部屋を飛び出した僕ですが、実は別に頼まれごとをしてるので、逃げてから落ち着いて頼まれごとをこなすことにしました。

あっちもあっちで、面倒くさいだろうなぁ。

プロローグ２　女子会と唐揚げ　～シュリ～

「ということで、男性の皆様に秘密の女子会……夜中の唐揚げパーティーを開始しまーす」

「「「はーい」」」

僕が次に来たのはちょうど男子会が開かれている部屋から見て、城の真反対側に位置する部屋です。頼まれていた大量の唐揚げを皿に盛り付けた僕が入ったその部屋では、女性の皆様が優雅に机にクロスを敷き、行儀良く椅子に座ってグラスに注いだ飲み物を飲んでいるのです。

リルさん、アーリウスさん、アサギさん、カグヤさん、エクレスさん、テビス姫、ウーティンさん、ミトスさん、ユーリさん、イムゥアさんの十人で行われています。円形の椅子に上座も下座もなく座り、順序も別に決まってない感じ。

その机の真ん中に唐揚げの皿を置き、みなさんの前に小皿とフォークを配膳。それと唐揚げの横に大量のカットしたレモンを添えております。

レモンの出所？　そんなもん街で買ったものの備蓄だよ。ほんと、どうなってんだこの異世界。何でもあるじゃないか。

「では、無礼講で女子会を始めようではないか」

テビス姫の音頭で、みんな唐揚げにフォークを伸ばし、さくりと刺さった唐揚げを自分の小皿に取り分けました。

「そうですね。どうせガングレイブたちも、私たちに秘密で男だけでどんちゃん騒ぎしてるでしょうから。そうですよね、シュリ」

アーリウスさんが困ったような笑顔で言いました。

「はい！ ガングレイブさんたちは現在、この部屋から離れたところで集まって夜会を開いております！」

僕は背筋を伸ばし、手を後ろで組んで答えました。気分はスパイ。事実そうだ。

「ご苦労、シュリの兄ちゃん。情報は大切だよねぇほんと」

ミトスさんは呆《あき》れたように笑って言いました。

「シュリの兄ちゃんも賢明だよ？ こういうとき、女子に逆らうと後が怖いんだから」

「はい！ 肝に銘じておきます！」

みんなから一歩離れて立っていた僕は、元気よく答えました。

「テビス姫様から今宵《こよい》の夜会の食事を頼まれると同時に、男子会の間諜《スパイ》を命じられましたから！ 職務に忠実に励みます！」

「よろしい」

テビス姫はそう言いながら、レモンを手に取って聞きます。

「んで、シュリよ。このレモンはどのように使うのか教えてもらえるかな」

「はい！　好みに応じてこの唐揚げにレモン汁を搾ってかけていただけば大丈夫です」

「？　最初からこの……唐揚げとやらにかければよかったのではありませぬか？」

カグヤさんが不思議そうに聞いてきます。うん、誰だってそう思うよな。普通はな。

だけどね、それをしたら戦争になるんだ。僕は神妙な顔をしてカグヤさんに言いました。

「カグヤさん。僕のいた国ではそれをやらかしたら冗談抜きで喧嘩《けんか》になります」

「そ、そうなのですね。まぁ確かに、人の好みはそれぞれであります故」

僕の本気を感じ取ってくれたのか、カグヤさんは少し怯《おび》えながらも納得してくれました。

危ない危ない……ここが戦場になってしまうところだった……。地球でもこういった話はよく聞きますからね。冗談では済まされないことって、食べ物関連だと特に多い。

唐揚げにレモンもその例の一つですが、他にも餃子《ギョーザ》に酢をかけるかどうかも有名だし。

「まあ、どうぞ。食べてください」

「なら、いただこうかな」

そう言って一番に食べ始めたのはエクレスさんでした。楽しそうに、大皿から小皿に取り分けた唐揚げにレモンを搾ってかける。

準備を整えてから一つ、唐揚げをフォークで突き刺して口に運びました。ちなみにこの唐揚げ、一口サイズに作りました。女性が食べやすいようにね。たくさん作ったし。

食べてからすぐ、エクレスさんは驚いたように口を手で押さえました。

「美味《おい》しい！」

エクレスさんは嬉《うれ》しそうに咀嚼《そしゃく》して、飲み込みました。

「これは、とても美味しいね！　鶏肉、かな？」

「そうです。鶏肉を揚げた料理です」

「ふむ、ニュービストにも似たような料理はある。庶民の料理で、潰した老鶏を少しでも食べられるようにしたものを妾《わらわ》も食べたことがあってな。あれはあれで、硬いが食べごたえがあったのぅ」

「へー……」

そうか、似たような料理はすでにあるのか。まぁ当然ですよね。こっちにだって、似たような発想の料理を作る人だっているはずなので、そういう料理がこちらにあっても不思議ではありません。

というか、僕はこっちの世界に来てから、落ちついてこちらの世界の料理を味わっていないんだよなぁ。前にもそんなことを思って行動したような覚えがあるけど、結局この世界特有の料理というやつを食べていない。

そのうち、テビス姫に頼んでニュービストの料理を教えてもらおっかな。そんなことを考えていると、他の皆様も行儀良く唐揚げを食べ始めておりました。

「うーん、美味しいねこれ。良い鶏肉を使ってるってことかな、兄ちゃん？」

「そうですね。卵を生まなくなった老鶏を潰すのではなく、肉用の若い鳥を潰して作ったものなので」

ミトスさんの疑問に、僕は淡々と答えました。

「ちょっと高かったですが、やっぱり唐揚げは衣も中身も美味しくないと」

僕の答えにアーリウスさんは頷《うなず》きました。

「そうですね。この唐揚げ、外はカリカリのものとしっとりしたものと二種類ありますが、どれも中身はホクホクで柔らかくて美味しいです。レモンをかけるとなおさら美味しい」

「そう？　リルはかけない方が好きかな」

リルさんは遠慮なくバクバク食べながら言います。

「レモンをかけると確かに脂のくどさは減ってさっぱりするけど、リルはこの鶏の脂も含めて美味しくいただいてる」

「そうでありんすか？　わっちはかけた方が好みでありんす」

「ワタクシはかけない方が好みですね」

「アタシはかけた方が好き」

「妾《わらわ》もかけた方が好きであるのぅ」

「ボクはかけない方が好き」

「……自分もそのまま、が」

「ワタシはかけた方が好きかなー」

「えと、呼んでいただいただけで私は嬉《うれ》しいですけど、私もかけた方が好きです！」

リルさん、アサギさん、カグヤさん、ミトスさん、テビス姫、エクレスさん、ウーティンさん、ユーリさん、イムゥアさんとそれぞれが言葉を発して、互いの顔を見やりました。

意見が分かれ、少しだけ剣呑《けんのん》な雰囲気が場を支配する。だけどそれも一瞬で、いきなりテビス姫が笑い出しました。

「フハハハ！　うむ、確かにこれは個人の好みでレモンを使う方が、平和であるな！」

「ですね。全部にレモンをかけてしまうと、確かに喧嘩《けんか》になります故」

カグヤさんも朗《ほが》らかに笑って、賛成しました。他のみんなも納得した様子なので、これで一件落着と言ってよいでしょう。

よかった……地球の日本で起こるようなレモン戦争は回避できた。本当によかった。

「うーん、しかし美味《おい》しいね！　これ、外側がカリカリのやつとしっとりしたやつの二種類あるけど、どうやって作ってるの、シュリくん？」

「そうですね……どこから話したものか」

まずこの鶏肉ですが、繊維に対して直角に切っております。それをボウルに入れ、胡《こ》椒《しょう》、醤油《しょうゆ》、鶏ガラスープ、ニンニクを加えて揉《も》み込んで下味を付ける。カリカリのものは、普通に衣をつけて油で揚げたものです。温度は菜箸《さいばし》でチェックしようね。油に入れた菜箸の先から泡が出るくらいだぞ。

外側がしっとりとしたものは、リルさんに作ってもらった魔工レンジを使いました。小麦粉をまぶしてレンジに入れ、火を通すと柔らかく仕上がる。

ということを簡単に説明すると、テビス姫はなるほどと納得しておりました。

「下味と、油の温度の管理と。手間をかけることの大切さがよくわかる」

「そうですね。他にも手を加えれば、別の料理にもなりますし味わいも変わります。応用が効くのが、この料理の良いところかと」

「ふむ。肉を食べるための若鶏を飼育し、肉にして売る……もう少し牧場の規模を広げれば可能であろうな。国に戻ったときに試してみるとしよう」

テビス姫は唐揚げをフォークで刺して目の前に運び、ブツブツと呟《つぶや》き始めました。

こういうところ、為政者《いせいしゃ》らしいというかなんというか。いや、どっちかというと商売人ですかね？　まあ販路を広げて国を富ませると考えれば同じか。

「エクレス！　取りすぎ！　もう少し自重する！」

「嫌だ！　美味《おい》しいもん！」

が、テビス姫を見てそんな感想を抱いていると、何やらリルさんとエクレスさんが騒いでおりました。そっちに視線を向けてみれば、エクレスさんの小皿にこれでもかと唐揚げが盛られています。どうやら大皿から取りすぎたのでリルさんに注意されたようですが、見逃してないぞ。リルさんも小皿に積んでないだけでたくさん食べていたな？

だけど二人の言い争いは段々と激しくなってきていました。

「もっと食べたいし、もっと欲しいもん！」

「シュリの料理ならそれも納得するけどそれは取りすぎ！　ボク、これが気に入ったんだ！」

「嫌だ！　油断したらあっという間になくなるから！」

「はいはいはいはい！　喧嘩《けんか》はそこまでにしましょうね！」

ボクはリルさんとエクレスさんの間に入り、二人の争いを鎮《しず》めようとしました。

このままだと立ち上がって白熱しそうになってましたから。急いで止めないと女子会が台無しになるところだったよ！

「リルさん、足りなければまた後日作りますから……！　エクレスさんも、慌てなくてもまた次の機会にでも作りますからね！」

「うむ……シュリがそう言うなら信用しよう」

「お願いね、シュリくん。なのでもっと食べさせてもらうね！」

結局リルさんは渋々おとなしくしてくれたけど、エクレスさんはさらに食べ続けています。

そんなに気に入ってくれたの？　て思うほど凄《すご》い勢いで食べている。嬉《うれ》しいけど、凄すぎて戸惑う。

「えと、シュリ様！　美味しいご飯をありがとうございます！」

「はい、どういたしましてイムゥアさん。それと、僕に様は付けなくて構いませんよ。別に僕、そこまで偉くないので」

「はい、その、シュリさん！」

ああ、イムゥアさんの一生懸命で健気《けなげ》な様子に癒やされる……。確かに、これはフルブニルさんが大切に思うわけですね。話すだけでも荒《すさ》んだ心が和みます。

「うま、うまっ」

「次、もっともっと！」

それに比べてリルさんとエクレスさんは……唐揚げを食べ続けるだけじゃないか。イムゥアさんを見習ってくれ。もう少し上品にしてくれないか、本当に。

「ところでミトスちゃん、最近クウガとはどうなのー？」

「え⁈　それをここで聞くの？」

ユーリさんからの質問に、ミトスさんは顔を真っ赤にして戸惑っておりました。

唐突に始まった恋バナに、他の女性陣は視線をそっちへ向ける。

「それは、気になる話でございますね」

かちゃり、とフォークを皿に置いてハンカチで口元を拭ったカグヤさんが、背筋を伸ばし居住まいを正してから言いました。

「クウガとミトス様は、何やら日頃から稽古《けいこ》に励んでいると聞き及んでおります故。どのような進展となっているのか、お聞きしても？」

「ええ～……そんな、話すことなんて何もないよぅ……」

だけどミトスさんは照れくさそうに身をくねらせて、言葉にするのをためらっておられる様子。これは、僕はこの場にいてはいけないいな。逃げた方がいいかもしれない。

だって……クウガさんの好みの相手ってウーティンさんだもんなぁ……！

あっちで話を聞いてからこちらで話を聞くと、ものすごく気まずいよ！　僕はこれ以上居心地が悪くなる前に逃げた方がいいと改めて判断し、足音を消しながら扉の方へにじり寄ります。

「いやね、稽古をしてるのは事実なんだけどね～。良い稽古ができたら、ご褒美をもらいたいと思ってるんだよぉ……」

「それはなんやぇ？　気になるでありんすね～」

「言えないよう！　恥ずかしいもん！」

アサギさんの茶化すような問いかけに、さらに惚気《のろけ》ながら答える、顔が真っ赤のミトスさん。ご褒美にキスすることになってるのを知ってる僕ですが、ここでそれを言う勇気はない。

ダメだ、改めて逃げた方がいいと痛感させられる。聞いてるだけで心が痛い。ミトスさんの思いとは裏腹な、クウガさんの気持ちを知ってる状態だとキツい！

ということをおくびにも出さず、少しずつ逃げます。

「そういうアサギはどうなのさ！　アタシばっかりに言わせないでよ！」

「わっち？　わっちはねぇ……」

ミトスさんはなんとか話題を逸《そ》らそうと必死に、アサギさんへ話を振る。だけどアサギさんは迷ったような、困ったような顔をするばかりで言い淀んでる感じです。

「男衆でマシなのは、シュリくらいなもんやぇ」

「うぇ」

驚きのあまり僕の口から悲鳴が漏れる。同時に、脳裏には笑顔のまま拳を振り上げているオルトロスさんの様子が浮かぶ！　アサギさんは僕の方を見ることなく続けました。

「なんてったって、料理が旨い。気が利く。優しい。稼ぎを十分に蓄えられそうな仕事っぷり。ふむ、優良物件やぇ」

「ほ、褒めても何も出ないですよぅ」

僕は咄嗟《とっさ》に口に出していました。ちなみにこれ、照れてるんじゃなくて怯《おび》えてるんだからね。オルトロスさんに知られたら、顎が砕けるほど殴られそうだ。

「ま、シュリは弱いのが欠点でありんすぇ。やはり結婚相手に選ぶなら、最低限背中は守ってほしいぇ」

「そ、それならオルトロスさんとかは……」

「オルトロス？」

僕が思わず言ったことに、アサギさんは面食らったようでした。

「まぁオルトロスもマシでありんすなぁ……ただ、あのオネェ言葉にわっちが慣れるかどうかでありんすな」

慣れてくださいお願いします。とはとても言えなかった。さすがにこの場にいない人の気持ちを代弁してそんなことを言うのは、あまりにも不義理なので。

「ワタシは、仲良くしてくれる男性なら誰でも歓迎よ～」

ユーリさんは退屈そうに飲み物を口にしながら言いました。

「ん、ワタシはフラフラしてる方が性《しょう》に合うから～。それを許してくれるお友達のみんなは、ワタシにとって大事なお友達ね～」

「それは……浮気性というものでありますか？」

「うーん、悪く言えばそうなるわね～。ただ、ワタシはどこまでも自由でいたいから」

カグヤさんの質問に、ユーリさんは答えました。

ユーリさん。それなら、テグさんが……とはまた言えない。言えるはずがない。

困った、本当に心臓に悪いぞここにいるの！　さっきから僕を気にせずに話してるけど、僕から男性陣に伝わると思ってないのかこの人たちは！

「カグヤはどうなのよ～？　この中で一番、謎じゃない？」

ユーリさんの言葉に、確かにそうだなと思う。カグヤさんが誰かに惚《ほ》れる姿を想像できない。他の人たちも同じ感想を抱いているのか、カグヤさんの方を見やる。

だけどカグヤさんは微笑を浮かべて、堂々と答えました。凛《りん》とした様子だ。

「ワタクシは、一生独身でしょうね」

カグヤさんがポロリと零《こぼ》したそれに、みんなが驚く。僕だって驚いた。

てっきり、結婚して普通の幸せな家庭を築くのだとばかり思っていましたから。なんだかカグヤさんだったらそう言うだろうと、勝手に決めつけてましたよ。

カグヤさんはそのまま、唐揚げを一つ食べると、口元を押さえて咀嚼《そしゃく》して飲み込む。

「ワタクシは女性であることや傭兵団《ようへいだん》の隊長、医者といろいろ役目はございましたが……根っこは宗教家でございます。自らの教義を確立し、それで救世を為《な》したいと」

「それは大きく出たのぅ。その教義とはなんじゃ？」

テビス姫の質問に、カグヤさんは目を爛々《らんらん》と輝かせ、満面の笑みを浮かべました。やべ、これは大変なことになるぞ。僕と同じように、やばい雰囲気をカグヤさんから感じ取ったテビス姫もまた、自分の失言に気づいて顔をしかめました。

「ワタクシの教義は、神はあらゆるものに宿るというものです！　神殿のそれとは違う、ちゃんと神を崇《あが》め奉るものです。神は森羅万象《しんらばんしょう》あらゆるものに宿り、我々を見守ってくれるのです！　この机も、椅子も、壁も床も皿も燭台《しょくだい》も魔工道具も、何もかもに我々は感謝を捧げ、大切に扱わねばなりませぬ！　神は細部に宿る――ならば！」

ダメだ。宗教家に宗教の教義なんか聞いたらこうなるのは当然だ。全員がドン引きして口を差し挟む余地がない。カグヤさんの目には狂気が宿り始めてるし、あまりの豹変《ひょうへん》ぶりにイムゥアさんは泣きそうになってる。聞いたテビス姫も、困ったような後悔してるような顔で頭《かぶり》を振っておりました。仕方ない、ここは僕が泥を被《かぶ》るか。

「と言ってるカグヤさんですが、裏では淫靡《いんび》な小説を書いてますよね？」

「や、やめてくだされシュリ……ここでそれを言うのは、なしでございます故……」

あの小説のことを指摘すると、カグヤさんはすぐに恥ずかしそうにしながら静かになってくれました。うむ、場が静まってくれて助かる。

「あの小説……？」

「イムゥアさんは知らなくてもいいことですので」

疑問符を浮かべるイムゥアさんに、そっと言っておく。あんなもん、こんなピュアな女の子に見せられるか。

「わ、ワタクシはそれだけですので、次はテビス姫がお答えになってくださいませ……」

「妾《わらわ》っ？　妾も言わねばならんのか？」

「場の流れに沿ってくださいまし……」

マジで？　そっちに話を振るの？　カグヤさんから言われたテビス姫ですが、困ったように腕を組んで唸《うな》りました。

「うむ、確かに場の流れに沿うものであるならば、答えぬのは不義理であるな」

「では？」

「しかしのぅ。妾は答えられる立場にはないのじゃ」

テビス姫はグラスに手を伸ばし、神妙な顔をしました。

「なんせ妾はニュービストの正当なる王家の一員にして、現国王の一人娘であるからのう。色恋で相手を決めるなどもってのほか、相手も我が国の格に釣り合わなければ話にならぬ。妾の一存や一時の想いでなんとかなるほど、王家の威厳は軽くはないぞよ」

テビス姫の言葉に、その場の全員が黙り込みました。

そうなんだよな。テビス姫はなんだかんだ言っても大陸有数の大国の姫君。聖木の森によって天候不良などの天災から肥沃《ひよく》な大地を守られている、神秘の国の王族です。

親しくしてもらってるから忘れがちだけど、本当はこうやって話すこともありえないほど、格が高い人なんだよ。僕よりも年下ですけど、それほど威厳のあるお人です。

ギングスさん。あなたが想い慕う姫は、かなりの高嶺《たかね》の花ですぞ。大変だぞ。

「そんな人が、ここで唐揚げを食べてるの？　現国王の一人娘、テビス姫が？」

「リルよ。その言葉はヤボであるというものじゃ。今だけは自由にさせておくれ」

「今だけ……？」

リルさん。リルさんのその疑問、もっともですよ。僕だってそう思いますもん。誰だって思うよ。テビス姫、ここでこんなことしてていいの？　って。なんだけどテビス姫は素知らぬ顔をしている。わかっててここにいるのだから、ヤンチャなお姫様だよ、本当に。

「ほれ、妾《わらわ》の話は終わりじゃ。次はイムゥアとやら、言うてみぃ」

「私ですか⁉　わ、私はご主人様が幸せならそれでいいです！」

イムゥアさんが満面の笑みでそんなことを言うもんだから、全員がほっこりしてしまいました。うん、フルブニルさんが大切に思うわけだ。なんというか、ピュアだ。

「フルブニルと結ばれたいとか思わぬか？」

テビス姫のその質問に、イムゥアさんは数秒だけ固まりました。

で、質問の意味を理解したイムゥアさんは恥ずかしそうに耳まで真っ赤にして、手で顔を隠してから言いました。

「そ、そんなこと、想うの……ご主人様に失礼ですよぅ……」

あらやだ可愛い。イムゥアさんの照れた様子に、この場にいる全員がまたまたほっこりとしました。うーむ、フルブニルさんが大切に思うのも頷《うなず》けるし、幸せ者だなぁ。こんな可愛い人を傍《そば》に侍《はべ》らせているとは。

「それでは次に私ですね。私は――」

「いや、アーリウスはガングレイブ以外いないだろうからいいよ」

「リル!? 惚気《のろけ》させてくださいよ！」

「いつも聞いてるからいい」

アーリウスさんの悲痛なお願いはどこ吹く風と、リルさんはばっさりと切り捨ててしまいました。まぁ、当然だよなぁ。アーリウスさんとガングレイブさんはこれから結婚するんだし。これで別の人の名前が出たら大問題だよ。ありえないだろうけど。

「それじゃあボクだね！　ボクは――」

エクレスさんが勢いよく立ち上がりながら言おうとした瞬間、その肩を掴《つか》んで立ち上がらせないようにする手がありました。エクレスさんが引きつった笑みでそっちを見る。

そこは、隣に座っているリルさんがエクレスさんの肩を掴んで動きを止めるという、なんとも剣呑《けんのん》な雰囲気になっていました。怖い。

「何かなー？　リル……何か言いたいのかな？」

「別に。何もない」

「だったら離してくれてもいいんじゃないかな?」

エクレスさんがそう言うものの、リルさんは肩を掴《つか》んだまま立ち上がらせないように動きを抑えたままです。手を離す様子が一切ない。

ここで何か意地を張っているのか、エクレスさんは力でリルさんの手を剥《は》がそうとはしない。なんだか、何が何でも立ち上がってやるって感じで足に力を込めています。

なんか凄《すご》い不毛な争いを見てる気分だ。

「いい加減に離しなよリル! ボクが立ち上がると、何か不都合でもあるのかなっ?」

「どうせエクレスのことだから、立ち上がりながらシュリに駆け寄って腕に抱きついて、シュリのことが好きとか言うに決まってる。そんなことは断じてさせない」

え……そんなラブコメ的展開が待ってたの……? 胸がときめくじゃん……。

思わず胸がトゥクンと鳴りそうでしたが、そんな都合のいいことは起きないと思い直し、気持ちを落ち着かせました。んなこたぁ、ありえんのだよ。

「なんでバレたのさ……!」

え……マジだったん……? トゥクンとするじゃん……胸がときめいたよ……。

と、一人でドキドキしてる僕でしたが、リルさんとエクレスさんのいがみ合いはいつまで経《た》っても終わりません。立ち上がろうとするエクレスさんと、それをさせまいとするリルさんの攻防が延々と続く。

「そうさ！　ボクはシュリくんのことが好きさ！　腕に抱きつこうとしたさ！　これでいいだろう！　いい加減手を離しなよリル！」

「断じてさせない！」

とうとう根負けしたらしいエクレスさんが椅子に座り直しました。リルさんは満足そうに手を離して、再び唐揚げに手を伸ばします。なんだこの不毛な争い……二度目か。

「本当に、お主《ぬし》らの争いは不毛というかなんというか……」

「大丈夫、シュリ兄ちゃん？　こんなことが延々と続いてるの？」

「延々と続いてるんです」

テビス姫が呆《あき》れ顔でリルさんを見る傍ら、ミトスさんが僕の心配をしてくれました。うん、その優しさが僕の胸を癒やしてくれるんだよなぁ……。

「じゃあ、その、リル様の好きな人は誰ですか⁈」

ぴしり、と空気が固まった。その質問はいつか誰かがするのはわかってたけど、自分がするのは避けていた……そんな空気です。なのにイムゥアさんはそれを言った。言い切った。

聞かれた当人であるリルさんすら、驚いて咽《む》せていました。

「ごほ、ごほっ⁉　え、リル？　リルのこと聞くの？」

「はい！　皆様がおっしゃってるので、リル様の好きな人も聞くべきかなって！」

すげぇ天然。イムゥアさん、こういうところ強いな……！　イムゥアさんは悪意が全くない善意の笑顔で言い切りました。それに困るのはリルさんです。

「えと……リルの好きな、人？」

困惑した顔のまま口元を拭い、返答に窮している様子。そういえばリルさんのそういう話、聞いたことないなぁ。思い出してみると……ダメだ、ハンバーグをねだる様子しか思い浮かばん。ただ……それだけじゃないよな、と僕は思う。

困惑しながら何も言えないでいるリルさんを見ながら考えてみる。

たくさんの戦《いくさ》を乗り越えた。言いにくいだろうことも教えてくれた。

作ったご飯を美味《おい》しいと言ってくれて、時々わがままを言って、親しくなって。

そして、名前を呼んで笑みを浮かべたリルさんの姿が蘇《よみがえ》る。

突然、先ほど男子会で思わずリルさんの方がいいと言ってしまったことを思い出しました。

「で？　なんでそこでシュリの顔が赤くなるぇ」

「はぇ？」

アサギさんからいきなり指摘されて驚く僕。顔が赤い？　どういうことだと頬を触ると何やら熱を持ってるような感触が。どういうことだ、なんで僕が赤くなる⁉

「いえ、何でもないです。なんかよくわかんないけど、何でもないです」

「ふーん」

ニマニマしながらアサギさんが視線を僕とリルさんへ交互に向けました。そして一言。

「互いに自覚なし、か」

「どういうことですかアサギさんっ？」

「何を言いたいアサギっ！」

僕とリルさんが同時に聞きましたが、アサギさんはニマニマするだけです。

なんだ、何が言いたいっ。

「聞かなくていいってことだよきっと！　ねえシュリくん！」

「え？　そんなもんですかエクレスさん？」

「そうだよきっと！　そんなもんなんだよ！」

エクレスさんがやたらと言ってくるので、僕はそうかと矛《ほこ》を収めることにしました。

「……気づかれても困る……その前に手を打たねば……！」

なんか剣呑《けんのん》なことも呟《つぶや》いてるけど、無視しておこう。

「面白いことになりそうじゃのぅ。のぅ、ミトスよ」

「ですねぇテビス姫様。先が楽しみです。ちなみにテビス姫はどう思っていられる？」

「傍《そば》にいるには十分な人材で度胸もある男なのは間違いなし。妾《わらわ》の眼に適《かな》うかどうかはこれからしだいかの」

「なるほど」

テビス姫とミトスさんが何やらこそこそと言い合ってますが、よくわからんな。他のみんなもニマニマしながら僕とリルさんを見るし、一体何が何なんだ。

だけど、この中で一人だけ笑わずに、淡々と唐揚げを食べてる人物がおりました。

「で？　残る一人となったのぅ、ウーティンよ」

「……はい？」

テビス姫がニヤリと笑いながらウーティンさんへ問いかけます。本人は無表情のままでフォークを置き、口元を布で丁寧に拭いております。

「お主《ぬし》が恋慕の情を向けておる相手よ。誰ぞおらぬのか？」

「……私、には、そのような、人物、はおりませ、ぬ。ただただ、姫さま、の、ために」

「あ、そういうのはええから」

「えぁ？」

呆然《ぼうぜん》とするウーティンさん。その様子を見たテビス姫が立ち上がり、劇場の役者のように大仰な身振り手振りをしながら歩きます。

「おおウーティンよ！　妾《わらわ》の忠実なる臣よ！　その忠信、忠義、まことに見事なるぞ！」

「はい、姫さま」

「妾は時として厳しい任をそなたに与えたと思う！　命の危機など些細《ささい》なこと、女としての尊厳も危うくなり、失敗の折には死にたくなるような任もあったことであろう！　しかし！　しかしウーティンよ！　お主はその全ての任務を見事十全にこなし、生きて尊厳を保ちこの場に存在しておる！　褒めてつかわす！」

「はは！　ありがとうございま――」

「だからのぅ」

椅子から降りてひれ伏そうとしたウーティンさん。ですが、その両肩をガッと掴《つか》んだテビス姫は、動きを封じました。そのまま三日月のように口端を歪《ゆが》ませます。

「お主が女として幸せになる道を、妾は邪魔したくないと思うておるのよ」

「女として、の、幸せ、ですか？」

「そう……女としての幸せ。それは千差万別、人によって形が変わるものであろう。じゃが、男としての幸せも、女としての幸せも、特に変わらぬ。妾はそう思うのよ」

テビス姫はそのまま肩に置いていた右手を艶《なま》めかしく動かし、ウーティンさんの首、鎖《さ》骨《こつ》を撫《な》でます。やめろ、なんかエロい。イムゥアさんなんて顔を赤くして手で目を隠しながら、指の隙間から見てるんだぞ。

「もっとよー……そこで……！　そこで押し倒せ……！　忠実なる僕《しもべ》と主《あるじ》の……禁断の恋ってのも……いいものねぇ……！」

なんか知らんがユーリさんも興奮して見てる。怖い。

「それはの。結局のところ、慕う人間と共にあることよ」

「自分には、姫さま、が」

「違うのじゃ！　そうではないのじゃよ、ウーティンよ……」

テビス姫の右手が首元や鎖骨《さこつ》を撫《な》でると同じく、今度は左手がウーティンさんの頬を優しく撫でております。

「慕う人間と共に。そこには好意という情もある。さらに性欲だの金銭欲だの様々な打算的な思いもあろう。そういうのをさっぴいた、恋慕の情よ」

「恋慕……？」

「そう。恋慕の情と聞いて誰が浮かんだ？　異性であれば面白いのぅ。どうかな？」

「自分は……」

ここで、なぜかウーティンさんは僕を見た。それも迷いなく。

は？　と思ったのは僕だけではなかったらしく、他のみんなも驚いた顔をしました。

どうやらこれは無意識の行動だったらしく、ウーティンさんはすぐにハッと気づいて僕から視線を逸《そ》らしました。そして耳を真っ赤にしている。

このとき僕の脳裏に浮かんだのは、クウガさんが乾いた笑い声をあげながら僕を追いかけ回している情景。確実に殺しに来ている血涙を流すクウガさんと、泣きながら逃げる僕。

やめてくれ、嘘《うそ》だろまさかそんな怖い怖い死にたくない。

「ほう……」

テビス姫はウーティンさんから手を離すと、楽しそうに笑っておりました。

「フハハハ！　これは面白いことになりそうじゃのぅ！　どうじゃエクレス、敵が増えたようじゃぞ？」

「……あ！　まさかテビス姫様、そのために⁉」

「フハハハ」

笑ったまま、テビス姫は自分の席に戻ってしまいました。

ウーティンさんの真意はわからないけど、顔は無表情のままこっちをチラチラと見ているその様子から……まあ気になる人扱いはされてるのかもしれません。

モテない僕は、心の中で小躍りしていたでしょうね本来なら。でもクウガさんの話を聞いた後だと……怖さと嬉《うれ》しさの板挟みで死にそうです。

てか死にたくない。どうすればいいんだ。ていうか……。

「あの……女子会なのに男の僕がいて、話を聞いてるってのはマズいのでは……？」

僕がそう言うと、女性全員が僕の顔を一斉に見る。それも全員が無表情のままだ。

さっきまでの笑いはどこへやら、全員が同じ顔をしてる……！　怖くて固まったよ！

テビス姫はゆったりと、口を開きました。

「シュリよ。妾《わらわ》たちはな、信頼しておるのだよ」

「しん、らい、です、か？」

震える声で僕が聞くと、テビス姫は頷《うなず》きました。

「そうじゃ。お主《ぬし》ならこの場での話を外に出さぬ。そうであるな？」

「もちろんでございますテビス姫様。私こと東朱里《あずましゅり》は、決してこの場での話を外にもらさないことをここに誓います」

怖い怖いテビス姫の笑顔が怖い。ていうか、全員がこっちに視線を向けてニッコリと笑いかけてくるけど滅茶苦茶怖い！　なんなんだこれ、僕は何に巻き込まれてるんだ。

「よろしい。ではそろそろ下がるがよいぞ」

「かしこまりました」

「えぇー。もう行くの？」

エクレスさんが名残惜しそうにしますが、そんなこと言われても困るんだよ、男性の僕が女子会に顔を出している時点でおかしいんだから。しかも恋バナまで聞いたからどうしようもない、この秘密は墓場まで持っていくぞ絶対に。

「では皆様、おやすみなさい」

僕は返事を聞く前に、とっとと部屋を出て扉を閉め、廊下を歩きます。十分に部屋から距離を取ったところで、大きく息を吐きました。緊張のあまり呼吸すら忘れてたよ！

「はぁー！　はぁーっ。はぁー、はぁー……はぁ」

僕は困った顔をしながら胸を撫《な》で下ろします。全く、テビス姫には困ったもんだ。あの場であんな話になったときに、さっさと僕を退散させてくれればいいのに。

絶対に面白がってあの場に残してたろ、僕を。

「まぁ……さっさと明日に備えよう」

ともかく、これで男子会と女子会の仕事というか差し入れは全部終わりだ。どうせ男子会の方だって、今頃酔い潰れて寝てるかなんかだろう。

そう思って僕は自分の部屋に戻ることにしました。

明日からも仕事だ。なにより、期日は迫ってきてる。

ガングレイブさんの結婚式は、もう目前だ。

それまでに準備と対策は、万全にしとかないとな。

七十五話　やってきた末の妹とエビチリ～シュリ～

「できればもう一人、手練《てだ》れの料理人が欲しいですよね」

「それは自分も賛成っち。料理長、副料理長はいるとしても……できればホールと厨房《ちゅうぼう》を行き来できる人材か、何かの料理を専門とする部門料理長が欲しいっち」

どうも皆様、シュリです。ガングレイブさんの結婚式の準備が本格化してまいりました。

ミナフェが弟子になって厨房に入ってくれたおかげで、凄《すご》く助かっております。なんせ腕の良い料理人だから、作業が進む進む。

ガーンさんとアドラさんへの教育のために時間が割かれてもなお、余裕がある。

さすがはオリトルで宮廷料理長をしているゼンシェさんのお孫さん、厨房での仕事を全て把握していて、動きに無駄がない。動線がとても綺麗《きれい》です。

で、ミナフェと一緒に昼ご飯の喧噪《けんそう》が終わった後、改めて厨房の椅子を対面に設置して座り、結婚式に向けての話し合いをしているわけです。

「料理長……はゼンシェさんにお願いしたいですね」

「それは……やめた方がいいっち」

「なんでですか？」

「自分は強引にオリトルから抜けてこの場にいるっち。シュリの弟子として。でもじいちゃんはオリトルの宮廷料理長。他国の結婚式で大きな顔で行動すれば、それはあとでガングレイブの疵《きず》になって残る可能性があるっち。自分の結婚式まで他国の料理長の手を借りねばどうにもならぬのか、と延々と後ろ指をさされるっち」

「ああ、その心配はありますね……」

　確かにそれはダメだ。ガングレイブさんが正式に領主となったことを大々的に喧伝しつつ、後ろ盾となったテビス姫たちの存在を知らしめ、お二人の結婚を祝うのが目的です。過剰なまでに他国の助けを借りれば、それはガングレイブさんのためになりません。もしかしたら将来的にそのことに関して糾弾《きゅうだん》してくる人物が現れるかもしれない。

　そうしないためにも、今回はあくまでも僕たちが主導者となってやらなきゃいけないわけです。

「じゃあどうします？　料理長として指示を出すのは誰に」

「シュリでいいだろ」

「シュリでええやんな」

「シュリでいいっち」

そこに作業を終わらせたガーンさんとアドラさんも加わってきて、三人で僕を見ました。

「ええ!? 僕!?」

驚いた。そりゃあもう驚きましたよ。

僕はまだ修業中の身で、こんな大きな結婚式での料理の経験なんてありません。

だけど、ミナフェは何を言ってるんだって感じで顔をしかめて、僕に言いました。

「当然だっち。シュリはこの城で厨房《ちゅうぼう》を仕切る立場にあるっち。そんな人間が料理長として動かないで、どうするつもりだっち」

「そ、そうだったのか……いやそうですね」

言われてみればその通りだ。ミナフェの言ってることに間違いはない。僕は納得した顔で頷《うなず》いた。ここで城の厨房の責任者が矢面に立たずしてどうする。

しかし、そうなるとさらに問題点が浮上してきます。

「それでは副料理長と部門料理長を誰にするのか……副料理長をミナフェに頼むことになりますが」

「無論自分はそのつもりっち……ケケケ」

ミナフェは好戦的な笑みを浮かべて、猫背な背筋をさらに曲げて愉快そうにしています。

端《はた》から見たら魔女だよ。怖いな。だが、その言葉に反応する人たちもいた。

「おいおい待てよ」

そこに椅子を持ってきて座ったのが、ガーンさんでした。その顔は不快そうに歪《ゆが》んでいて、何やら不穏な空気を感じる。

「ミナフェは俺の妹弟子になるんだろうが。後から弟子入りした奴に頭を下げろってのか？」

「え？　あ」

僕はガーンさんの言い分に、言葉を詰まらせてしまいました。

確かにガーンさんからしたら、心穏やかに聞ける話じゃありませんでした。そりゃ、実力はあるけど後からやってきた人が、自分の上司になるなんてのは納得しづらい。

だけどわかってもらわなきゃいけないのです。僕はガーンさんに申し訳なく思いながら言いました。

「確かに弟子になったのはガーンさんの方が早いですが、何せ経験と技術はミナフェの方が上なのです。彼女が傍《そば》で場を仕切らなきゃ、仕事が回るかどうかわからないので……」

僕の言葉にガーンさんは悔しそうに唇を噛《か》み、拳を握りしめました。

ああ、わかるよその気持ち。僕も地球で同じ目に遭ったことがある。

修業時代、とあるレストランで働いていた頃。いくつもの店でバイト、もとい修業を掛け持ちしてた頃。実力を評価されているという自信があった。

ある日、突然正社員の人が僕の上司として厨房《ちゅうぼう》に入った。それは仕方がない。その頃の僕はただのバイト、正社員とは立場が違う。

だけど実力はあっちの方が上だった。後から入ったけども立場も実力も向こうが上、僕の方が厨房に入っている月日が長いとはいえ、後から来た人に抜かされて指示されるのは、かなりキツかった。自尊心がボロクソになりそうだったな。

そんな僕だったけど、どうやって折り合いをつけたかって……単純に正社員さんがいい人だったんだ。僕がモヤモヤしてるのを察して積極的に話しかけてきたし、いろんなことを教えてくれた。ミスをすれば指導され、成功すれば一緒に喜んでくれたんだよ。

だから僕も経験年数や勤務年数で無駄なプライドを持つことをやめた。厨房はいつだって実力主義なんだ、そう思うと心が楽になって……素直にいろんな技術を吸収できるようになった。

「ガーンさん」

それをわかってほしい。経験年数や勤務年数だけで驕《おご》らないでほしいんだ。

僕はできるだけ優しく、穏やかに言いました。

「あなたは僕の一番弟子だ。だけど、実力で一番なわけじゃない」

「……」

さらに悔しそうに拳を握りしめるガーンさん。僕はさらにもう一言、付け加えました。

「逆に言えば、余計な考えを持ってないから伸びしろは一番のはずだ」

ガーンさんはハッとして、拳の力を緩める。

「伸びしろは、一番」

「そうです。あなたは誰の教えにも染まっていない。まっさらで発展途上だからこそたくさんのことを吸収できるし、好きなように経験や実力を、己の内面に積める。可能性は一番大きいはずです」

ミナフェが苦い顔をしますが、ここは無視だ。ごめん。

「アドラさんも同様に資質はある。ガーンさん。あなたが一番弟子と名乗るに相応《ふさわ》しい料理人になれるかどうかは、これから先の頑張り次第です。余計なプライドが生まれない今のうちに経験を積めるだけ積みましょう。その果てに、あなたが名実共に一番弟子と名乗るに相応しい料理人になれるよう、僕も頑張りますから」

「わかった！」

ガーンさんは一回だけ拍手をして、さらに両頬を叩《たた》きました。

パン、パンと音がして、ガーンさんの目つきが変わった。やる気に満ちあふれ、さらには挑戦的な笑みを浮かべている。

「お前に余計な心配をさせたっ！　……俺もミナフェが副料理長として結婚式に臨むこと

「別にお前に認めてもらわなくても……いや、それは余計な一言だっちね、すまん」

ミナフェはそっぽを向いてそう言いますが、わかるよ。照れてるんですね。顔はこちらに見せてませんが、頬の端が緩んでるのがわかりますから。

「おりゃあも頑張るが、何をすりゃええかね？」

そこにアドラさんも加わってきた。

「おりゃあもやるがね」

「はい。もちろんです」

僕は机に頬杖《ほおづえ》を突く。だけど、難しい顔になってしまう。

「アドラさんにも盛り付けや食材の仕込みやらをしてもらいます。だけど足りない」

「足りない？」

「テビス姫たちの助けがあれば料理人の数は揃《そろ》うでしょう。だけど、ミナフェの言う通り、この国に帰属して城に勤める人が料理を主として行わなければいけません。その問題をどうするか……」

「ああ……大多数の奴らは反感を持っていて、城に来ないからな」

結局のところ問題はそこなのです。ストライキをしている人たちをどうにか連れ戻さないといけない。その方法が思いつかない。というか、彼らに会う暇すらない。

本当ならとっくの昔に説得に行かねばならないのにそれができていない。

「ここまで時間が経《た》ってほったらかしにされたのでは、さらに意固地になってるんじゃないかなって……」

「自分ならへそを曲げて国を出るっち」

「おりゃあならよっぽどの条件がないと戻らんの」

「俺なら頭を下げられても戻らねぇ」

「だよねぇ。で、どうします？　せめてもう一人、結構な実力を持った人が来てくれると助かるんですけど」

全員で唸《うな》りながら考えてみるけど、全員何も言えずに困るばかりです。アイディアが出ない。当然の話なのですが。ここで考えても埒《らち》が明かない。結局そう考えた僕は、立ち上がりながらうなじを摩《さす》りました。

「ここで考えていてもどうにもならないかもしれません。とにかく行動してみましょう。その、戻ってきてくれそうな人に会いに行って説得してみましょう」

「つけあがらんかね？」

「アドラさん。もし会いに行った人がそんなことをする人なら無視しましょう。どのみちそんなことをする人が厨房《ちゅうぼう》に戻ってきても、厨房内の秩序が乱されるだけです」

僕がキッパリと言ったので、ミナフェは噴き出していました。

「そりゃそうだっちねぇ……っ。こんな状況で足下《あしもと》を見るようなアホを無理に引き入れたら、後が怖い怖い。端《はな》から入れない方がいいっち」

「でしょ？　じゃあ……」

「あのー、ガーンさん」

と、僕たちが行動を起こそうとしたときに、書記官の人が厨房《ちゅうぼう》に入ってきました。

なんか申し訳なさそうな顔をしており、気まずそうだ。ガーンさんは不思議そうに書記官さんの前に立ちました。

「なんだ、俺に用事か？」

「いえ、私が用があるのではなく……客人が来ております」

「きゃくじん？」

間の抜けた声でガーンさんは答えました。ほう、ガーンさんに客とな。珍しい。

当の本人もこの状況で尋ねてくる客について見当が付かないらしく、今度は困った表情を浮かべました。

「誰だ？　俺に客人なんて……諜報《ちょうほう》の仕事をしていた頃の協力者か何かか？」

「いえ……それが……ガーンさんに、というより……」

書記官さんもまた何やら困った様子です。

「うちはここの関係者だ、フィンツェと言えばわかるはずだから、としか言わないんですよ。だから、城に元からいたガーンさんにお知らせしようと。いったい何なのか……」

一瞬、ガーンさんは不思議そうにしていましたが……目を見開き、みるみるうちに顔が真っ赤になっていきます。

「ちょっと行ってくる!!」

そしてこっちを振り向くことなく走り出したのです。

いきなりのガーンさんの行動に、僕たちは呆気《あっけ》にとられるしかありませんでした。何の説明もなく去って行ったので、混乱して足が動かない。

「えっと……え？　ガーンさん？」

「なんかよくわからんけど、追った方がええっちゃね！」

アドラさんの慌てた言葉に、僕とミナフェもようやく、事態がガーンさんにとって急を要することだと理解しました。ガーンさんだけを放っておくわけにはいかない、と。

「心配なんで僕が」

「みんなで行くっちよ」

「え」

なんで、と言う前にミナフェはさっさと厨房から去って行きました。素早い行動なのはきっと、厨房の中でムダに動いて埃《ほこり》を立てないためなんだと信じてる。決して物見高いからではない、心配だからだ。

「仕方ありませんね、行きますか。アドラさん」

「合点承知」

僕とアドラさんも厨房《ちゅうぼう》から出ると、城のエントランスへ向かいました。

しかし……ガーンさんがあんなに慌てる理由とは？

「アドラさん、フィンツェという名前に聞き覚えは？」

「ねえっちゃ。おりゃあも知らん。そんな名前の知り合いがガーンにおるっちゅうこと自体知らなんだ」

「そうですか」

ガーンさんと結構付き合いが長いはずのアドラさんでも知らないとのことなので、ガーンさんの個人的な付き合いの中でも本当に親しい人なのだろうか？　うむ、わからん。

早歩きでエントランスに着いた僕らでしたが、そこにガーンさんの姿はありません。てっきりここにいるかと思ったのですが、違うようです。

ですが、出入り口の方が何やら騒がしい。どうやらエントランスの外のようです。

外に出てみれば今日はどんよりとした曇り空。そして人だかりができている。そこにガーンさんはいた。

「あ、ガーンさ――」

僕が呼ぼうとしたけど、ミナフェが僕の肩を後ろから掴《つか》んできました。

僕を引っ張り、動きを止める。

「なに？」

「シュリ、よく見てみるっち」

ミナフェが真剣な顔をして言う。それに倣《なら》って僕もガーンさんを見るが、ようやく気づいた。ていうか、こんな空気で呼びかけるのはバカだったと自覚させられる。

ガーンさんは一人の少女の前で跪《ひざまず》き、少女の両手を掴んで肩を震わせていた。少女はそれを困惑しながらも笑顔で宥《なだ》めているのです。

少女はどうやら旅をしていたらしく、丈夫そうな外套《がいとう》を羽織っている。さらに背嚢《はいのう》を背負い、空いている片手には杖《つえ》を握っていた。

旅をしていても整えていたらしい綺麗《きれい》な銀髪をショートボブにして、右耳の上で黒色の×の字のピンで留めている。

顔つきはどことなくエクレスさんとガーンさんに似ている感じがする。エクレスさんよりも女性らしいが、目つきはガーンさんに似て鋭い。体つきは細身であり、胸はほぼないが全身に無駄な肉が一切ついていない。背丈は……僕と同じくらいか。

少女は膝を突き、ガーンさんの肩に優しく手を置いて微笑《ほほえ》んだ。

「もしかして……幼い頃に遊んでくれた人、ですね……？」

「そうだ、俺がお前と一緒に遊んでたガーンだ……！　おかえり……よく帰ってきてくれた、フィンツェ……っ！」

ガーンさんの声が、震えている。その嗚咽《おえつ》の具合からどうやら泣いているらしいです。

周りにいる人たちも何事かと取り囲みますが、二人は気にする様子を全く見せず再会を喜んでいるようでした。

どういうことなのかよくわかりませんが、あの少女はガーンさんにとって大切な人だったようですね……。二人の空気を読んで、僕たちは待つことしかできませんでした。

「見苦しいところを見せた……すまん」

「うちも失礼したの……」

「いや、謝ることなんかないですよ」

ようやく二人が落ち着いた頃に、僕とミナフェとアドラさんは、ガーンさんと少女を連れて厨房《ちゅうぼう》に戻りました。

二人は衆人環視の中で感極まって泣いたことに羞恥心を覚えていたようで、顔を赤くして俯《うつむ》いていました。その二人の姿があまりも似ているので、なんだか微笑《ほほえ》ましい。

「して、そちらの方はどなたですか？　ガーンさんのお知り合いで？」

「ああ、こいつ……いや、この子は俺の——」

「それは、うちから自己紹介させてもらうの」

女の子は椅子から立ち上がり、優雅に頭を下げました。とても様になっています。

「初めまして、うちはニュービストのレストラン『アキブネ』で料理人として働いていたフィンツェ・スーニティというの。よろしく」

「アキブネ……！」

ミナフェの驚いた声に振り返ってみれば、その顔は警戒心で歪《ゆが》んでいました。敵愾心《てきがいしん》、とでもいうのでしょうかね。あまりの様子にアドラさんがミナフェに尋ねました。

「アキブネってなんじゃあ？　ミナフェ」

「ニュービストの国内でも、最も格式が高い店のひとつだっち。自分も話に聞いたことはあった。貴族だけじゃなく王族もお忍びで常連として料理を食べに行くほどだっち」

「それは凄《すご》い！」

僕は思わずワクワクして言いました。だって、ニュービストの王族もお忍びで来店するってことは、あのテビス姫も来たってことでしょ？

あの人の舌は本物だし、料理を見る目も確かだ。そんな人を常連にする店なんて、ちょっと想像しにくい。まあ普段のテビス姫は麻婆豆腐《マーボーどうふ》を食べて汗を流しながら旨い旨いと言ってる少女なんですけど。まあ、そこは気にしないでおこう。

「そんな立派な店にお勤めだったとは」

「いやいや……うちはニュービストで野垂《のた》れ死《じ》にしそうだったところを拾われて、生きるために必死に料理人としての技量を磨いただけだったの」

「なおさら立派じゃないですか」

僕がさらに褒《ほ》め称《たた》えると、フィンツェさんは照れくさそうにしながら椅子に座りました。

「いやぁ……ありがとう」

「……フィンツェはスーニティと名乗ったけど、ここの領主と関係があるっちか？」

ミナフェは恐る恐るといった感じでフィンツェさんに聞いた。

僕とアドラさんも、同時にそれに気づいた。確かにフィンツェさんは〝スーニティ〟と名乗った。そう名乗るということは、ここの領主と何かしらの関係が――？

僕がそう思っているとフィンツェさんは胸を張って言った。

「その通り！　うちは元々ここの領主の娘だったの！　それも正妃の娘で、エクレス兄さんの妹なの！」

「えええええっ?!」

驚いた。そりゃもう僕は驚いた。ミナフェとアドラさんも同様に驚いている。

エクレスさんの妹に当たるってことは、それは前領主ナケクさんと正妃の間に生まれた娘ということになる。

ギングスさんとガーンさんにとっては腹違いの妹だ。だからこそ気になる。

「そんな人がなんでニュービストのレストランで料理人として働いとったがじゃ？」

おま、ちょ、そこは気になっても誰も聞かなかったのに！　アドラさんの疑問に、フィンツェさんは辛《つら》そうな表情を見せました。

「うちは小さい頃、この城でガーンさんやエクレス兄さん、ギングス兄さんに構ってもらってたの。ガーンさんに特に可愛がってもらってたのは、ぼんやりと覚えてる。そんな物心つき始めた頃に、側室のレンハにニュービストに追放されたの」

「おおう」

ここでもレンハの名前が出てくるか。ろくなことをしやがらねぇな。思わず顔が歪《ゆが》む。

「そしてその土地でうちは放り出されて、着の身着のままで、もちろんお金なんてなかったの……路地裏で飢えて死にそうだったときに、今のお義父《とう》さんとお義母《かあ》さんに出会って……料理の腕を仕込まれて生きる術《すべ》を身につけさせてもらって……なんとか幸せに暮らしてましたの。いつか故郷に帰れるその日を、夢見て……」

「フィンツェー！」

「フィンツェさん！」

ガーンさんは感極まって泣きながらフィンツェさんを抱きしめ、僕は涙を拭いながらフィンツェさんの頭を撫《な》でました。

「辛かったな、悲しかったな、でも幸せに過ごしててよかった!!　俺、俺はお前のその後が心配で、でも何もできなくって……！　すまなかった！」

「帰ってこられてよかったですね！　もうあのクソアマはいませんからね！　これからは穏やかに生きていいんです!!」

「え、あ、うん」

なんて悲しいエピソードなんだ！　レンハによって追放されて、その後に放り出されて死にかけるなんて！　でも、でも拾ってくれる人がいて良かったなぁ！　そんな気持ちで僕も感動してしまったのです。

「シュリ、落ち着くっち」

と、そんな僕をミナフェが片手で襟首《えりくび》を掴《つか》んで引っ張りました。

「確かに話の内容は涙が出そうだけど……フィンツェは、なんで今頃になって帰ってきたっち？　いや、レンハがいなくなって帰ってこられるようになったわけだけども」

あ、と僕もそれに気づきました。

確かにレンハはもういなくなって、フィンツェさんを阻むものは何もない。だけど、それだけで故郷に帰るためとはいえ、ずいぶん危険な一人旅をしようと思うだろうか？

僕たちがそう考えていると、フィンツェさんは優しくガーンさんを離しながら言った。

「うちがここに帰ってきた理由は一つ」

フィンツェさんはガバッと立ち上がって言った。

「ここにガングレイブって奴がいるでしょ！　そいつからスーニティを取り返すために帰ってきたの！」

「ぶはっ」

その物言いに、僕は思わず驚きのあまり息を吐いた。

「そして、エクレス兄ちゃんとギングス兄ちゃんの仲違《なかたが》いを終わらせて、この領地を平和にするの！」

「ぶほっ」

今度はガーンさんが息を吐き出す。

「ガングレイブ傭兵団《ようへいだん》を追い出し、スーニティを取り戻し、家族の絆《きずな》を取り戻す！　それこそがうちの――」

「フィンツェが帰ってきたって本当⁉」

僕たちが何も言えないでいると、厨房《ちゅうぼう》にエクレスさんが入ってきました。

「本物のフィンツェか⁈　俺様にも顔を見せろ！」

同じようにギングスさんも入ってくる。二人とも慌てた様子で、フィンツェさんの姿を確認すると破顔して涙ぐみました。そして二人ともガーンさんと同じようにフィンツェさんを抱きしめ、涙ながらに頭やあちこちを撫《な》でます。猫可愛がりかな。

「よかった、生きてたんだね！　本当に生きてたんだね！　フィンツェのことは調べても情報がなかったから、どうしたものかと長年悩んでいたんだ！」

「大事な妹が生きているだけでも嬉《うれ》しいのに、こうして戻ってくれたことに俺様は感動しっぱなしだ！　生きていてくれてありがとう！」

「え、あ、うん。はい」

二人の感動の様子に比べて、フィンツェさんは何やら冷静なご様子。どうした感動の再会だぞ？　と僕が思っていると、フィンツェさんは恐る恐る口を開きました。

「あ、あの、エクレス兄さん……？」

「なんだいフィンツェ？　なんでも聞いてごらん！」

「あの……これ……？」

エクレスさんとギングスさんが不思議そうにフィンツェさんから離れました。

するとフィンツェさんは、エクレスさんの胸を触ります。

「え？　え？　に、兄さんって？　てか二人とも喧嘩《けんか》してたんじゃ？　ガーンさんは知ってたの？」

「あん、そうだね、説明しないとね」

エクレスさんは恥ずかしそうに体をよじってから言いました。てかフィンツェさんよ、エクレスさんの胸から手を離しなさい。そのままなの見てらんない。

「シュリ？」

「何でもないです」

ミナフェから厳しい視線が来るけど無視する。怖い怖い。

「そもそもボクは男ではなく女なのさ！」

「えええ！」

「そもそも俺様と姉貴は喧嘩してないぞ。数年前から仲直りしてレンハを追い出した」

「えええ！」

「あ、それとガーンはボクたちの兄だよ。腹違いの兄だね！」

「えええ！」

「俺はそこにいるシュリに弟子入りして料理人になってる」

「えええ！」

「フィンツェが何をしようとしてるのかは想像つくが、俺様と姉貴はガングレイブに領主を押しつけたんだ。奪われたわけじゃないぞ」

「えええ！」

「俺の師匠のシュリはガングレイブの傭兵団《ようへいだん》で働いていた料理人だぞ。今はここの厨房《ちゅうぼう》を仕切ってる」

「えええ！」

怒濤《どとう》の情報量に耐えられなくなったのか、フィンツェさんは天井を見上げたまま固まりました。僕から見ても、この一連の流れは酷《ひど》い！

僕は思わずガーンさんの肩を後ろから掴《つか》んで言いました。

「その多すぎる情報量は人を壊すと思いません？」

「説明は一度の方が手っ取り早い」

「そうだとしてもフィンツェさんを思いやってあげてください……」

可哀想すぎるわ。ガーンさんは当たり前のように言うけどもさ！

で、固まっていたフィンツェさんでしたがなんか段々傾いてる。なんだなんだと見ていると、とうとう真後ろに倒れてしまったじゃないですか！

「ちょ！　フィンツェさん?!　大丈夫ですか!?」

「しまったやりすぎたか！　しっかりするんだフィンツェ！」

「エクレスさんが介抱すると余計ややこしいことになりそうなんですけど！」

結局、フィンツェさんは客室に運んで寝かせておくことにしました。ここまでの旅の疲労も相まって気絶したらしい。そりゃ仕方ない。

結局エクレスさんたちは、僕からキツく叱っておきました。反省しろ。

「キミがガングレイブ傭兵団《ようへいだん》の料理番となれば話が違う！　うちと勝負なの！」

「ええぇ……」

結構な時間が経《た》って、現在は夕飯の準備のために厨房《ちゅうぼう》でバタバタしてるところでした。外では曇り空の下に見えていた日が沈んで暗くなり始め、城内で働いている人たちが食堂に来て仲間同士で休んでいたりします。中には札遊びもしたりする人も。

そんな料理人にとって忙しくなる時間帯に目覚めたらしいフィンツェさんは、僕を指して敵愾心《てきがいしん》丸出しで言ってきたのです。

「勝負……とは……」

「うちが勝ったら、厨房の料理長を降りてもらうの。まず厨房を取り戻す！」

「代わってくれるなら……これ以上ないくらい嬉《うれ》しい……！」

思わずにじみ出る嬉しさを抑え、僕は顔を背けました。人数が足りなくてひたすらキツい料理人としての仕事に、料理長の立場まで押しつけられた僕にとっては嬉しい話だ。

ぜひとも代わってほしいと言おうとしたら、僕の前にガーンさんが立ちました。

「やめるんだフィンツェ！　シュリはここの料理長として働いているし、ここを取り戻すなんてこともしなくていい！　エクレスたちは最終的にガングレイブに領主の座を譲ってその下で動いてるんだぞ！」

「だとしても、うちがまだいる！　正妃の……母様の末の娘のうちがいるの！　うちにも次期領主継承権はあるはず！」

「やめとくっち」

そんなヒートアップしているフィンツェさんの肩を、ミナフェが後ろから優しく叩《たた》いて穏やかな顔で言いました。

「ただでさえ今のこの領地では、ガングレイブに従わない貴族派と呼ばれる派閥の連中が仕事を放り出して抗議してるっち。そこにフィンツェがそんなことを言って割り込んだら、領内で内乱が起こるのは自分でもわかるっち」

「その混乱に乗じて！」

「それと」

ミナフェはなんかもう、哀れを通り越して同情するような目をしていました。

「シュリとの勝負は自分がもうしたっち。毎回毎回お前のような奴が現れては勝負だのなんだの言ってたら、面倒な人が来るっち」

「面倒な人って。いや、失礼だぞ」

ミナフェの言い分はわかるけどそれは言ってはいけないぞ。とりあえずそこだけ注意しておく。本当に面倒な人が来るからな。

「そうだな、俺からしても面倒な人だ」

「おりゃあからしても面倒な人じゃがな」

「やめるんだみんな。噂《うわさ》をすれば影がさすって言葉が僕の故郷にはあってだな、噂話をしてたら本人が――」

「呼んだかの」

「呼んでないです」

しまった、思わず反射的に返してしまったじゃないか。ウキウキと厨房《ちゅうぼう》に顔を出してきたテビス姫は、一瞬にして驚き顔になりました。

「呼んでないのか!? 何やらまた面白そうなことになっておるようだから、顔を出したのに！」

「すみません、呼んでないのは事実ですが言葉がキツすぎました。言い直します。お呼びじゃないです」

「……余計言葉がキツくなっておるぞ！」

はぁ……とフィンツェ以外の全員が同じように溜め息をついて疲れた表情を浮かべました。なんでこの人はセンサーの感度が滅茶苦茶良いのさ？

で、もちろんテビス姫の隣にはウーティンさんがいます。ウーティンさんはいつも通り、背筋を伸ばして綺麗《きれい》に立っていて、身だしなみも乱れておりません。

だけど、その唇の端がピクピク動いているのを、僕は見逃さなかった。

なのでジェスチャーで、言葉にせずウーティンさんに伝える。

——お疲れさまです。全部が終わったら、またチャーハンを食べますか？

それに対してウーティンさんは左手で何かを持つ動作をして、右手で何かの道具を使って口に運ぶ動作をしました。それだけでわかる。

――ぜひとも。

そんな言葉が聞こえてきそうでした。

「で？　今度はどんな料理勝負をするのじゃ？　何やら知らない顔がおるが？」

「この人、ニュービストのアキブネってレストランにいた料理人で、この領地における正妃様の末の娘さんです。エクレスさんの実の妹で、ギングスさんとガーンさんの腹違いの妹さんです。何でもここの領地を取り返したいらしいです」

「……はぁぁぁぁああ」

テビス姫は一瞬にしてつまらなそうな顔になり、すっごいでかい溜め息をつきました。

そうだろうな、テビス姫としてはそんな反応になる。

なんせガングレイブさんがこの領地で領主をすることになったのは、テビス姫たちの策略に乗せられたからだし、今では後ろ盾だ。そんな相手に真っ向から対立なんて、テビス姫としては溜め息しか出ないでしょう。

テビス姫は、哀れな子羊《こひつじ》でも見るような優しい笑みを浮かべながら、こっちに歩いてきます。

「えーっと……妾《わらわ》は」

「これはテビス姫様！　うちは、レストラン『アキブネ』で部門料理長をしていたフィンツェ・スーニティという者です！」

「そうか。あのレストランの部門料理長であったか。ちなみに何を担当しておった？」

「えと、ソーシエとポワソニエ、あとロティスールを兼任、しておりました」

「ソーシエとポワソニエとロティスールを⁉」

僕は思わず驚きのあまり、飛び上がりましたよ。とんでもない人がこんなところに⁉

隣にいたミナフェも同様に驚いた顔をしている。そうだ、ミナフェだってわかるもんな。

わからないらしいガーンさんは僕の近くに来て、そっと聞いてきました。

「……ソーシエとかポワソニエってなんだ？」

「……有り体に言うとソーシエってのはソースを調理する人です。厨房《ちゅうぼう》では凄《すご》い重要な立場の料理人です。

ロティスールってのは主に肉料理を担当する人のことです。メインデッシュとなる肉料理を手がける人なので、生半可な人じゃ務まらない。

ポワソニエは魚料理を担当します。こちらもメインを張るような料理の役割です。

つまり、三つの役割を兼任するこの人は、一線級の実力を持ったとんでもない料理人です。下手したら僕よりも凄い」

「そんなにか……⁉」

「そんなにです……この世界にもソーシエとポワソニエって名前があったんだな……」

最後はガーンさんにも聞こえないように呟《つぶや》きましたが、それほどこのフィンツェさんという人は凄《すさ》まじい。誇張でも何でもなく、料理修業を二年やって故郷に帰ろうとしてこの世界に迷い込んだ僕なんかよりも、遥《はる》かに経験や技術があるでしょう。

どれだけ凄い人かって、シェフ・ド・キュイジーヌ《料理長》とスー・シェフ《副料理長》の次に偉い人なのです。料理においてソースとは滅茶苦茶大事なもので、料理の味や格に関わる。そのソース作りと、メインディッシュとなるロティスールの肉料理とポワソニエの魚料理まで手がけるなんて、信じられない。

むしろ僕の方がこの人に弟子入りしたいくらいだわ。

僕だって子供の頃から練習を続け、二年間修業にも出ましたが、下手したらそれよりも先を行ってるかもしれない。冗談でもなんでもなく。

「ちなみにテビス姫様にお聞きしてもよろしいですか？」

「なんじゃシュリ？」

「その……アキブネってレストランはその、小さい店で少数精鋭主義か何かでやってらっしゃるので？」

僕は恐る恐るテビス姫に聞いてみました。確かにフレンチの店でこれらの部門を兼任する話は珍しくない。だけどそれは小さな店とかの話だ。

これが大きなレストランだったら、ロティスールはグリヤーダン《焼き物》とかフリチュリエ《揚げ物》とまで細かく分類されることがある。

だからてっきり、一流だけど小さな店なのかと思って聞いたのです。

だけどテビス姫は胸を張って、堂々と言った。

「とんでもないわ。百人は入るホールに、数組の貴族や王族が入れるゲストルームまで備えておるレストランじゃ。ニュービストにおける料理の顔じゃな」

「やべ」

とんでもねー店のエース級料理人だった。頭を下げた方がいいくらいだ。

だけど気になることもまあ、ある。

「いや、その、フィンツェは……そんな店をほっぽってここに来たっちか？」

ミナフェも同じ疑問に行き当たったらしく、こっちもビビりながら聞いている。

そうなんだよ、それだけ大きなレストランで重要なポジションを兼任するほどの人物が、レストランの仕事を投げ出してまでここにいるのは……その……故郷のことがあったとしてもダメなことだ。例えるとプロスポーツ組織のエースナンバーを持つ選手が、ユニフォームを投げ捨ててるのと同じくらい。

それに対してフィンツェさんは困った顔というか、バツの悪そうな顔をして俯《うつむ》きました。

「お、おお……滅茶苦茶引き留められたし、お義父《とう》さんとお義母《かあ》さんには怒られたけど、お義父さんたちは説得してわかってもらったの……店側は、その、無理やり……」

「フィンツェよ、お主《ぬし》の両親とは？　育ての親のことかの？」

「はい、義理の親です。マセンとチャルナです」

「はぁ⁉　アキブネでその人ありと言われた、妾《わらわ》が直々《じきじき》に王家の刻印を入れた包丁とまな板を贈った料理人たちが、お主の親というのか⁉」

「はい、そうです」

「なるほど、じゃからここ数年のアキブネの料理は格式が高く味も素晴らしかったのか……良い親を持っておったのじゃな……！」

「自慢の両親です！」

フィンツェさんは嬉《うれ》しそうにテビス姫に返しますが、テビス姫も僕も驚愕《きょうがく》のまま固まっていました。僕の愛用している包丁にも、テビス姫がニュービスト王家の刻印を入れてくれている。切れ味が良くて使い勝手も良い、愛用の包丁です。

フィンツェさんの義理のご両親は包丁だけでなくさらにまな板まで贈られている、と聞いて冷や汗が流れそうです。この人、凄《すご》い人なんだな。

「ぐへへ……で、シュリよ。このフィンツェと勝負するのかの？」

「姫、さま。美味《おい》しい、料理が、食べられそうだ、と涎《よだれ》、が、出ております」

「は！　出ておらぬ！　出ておらぬぞ！」

テビス姫はにやけた顔のまま口元を拭っていますが、あれはきっと僕とフィンツェさんを勝負させて美味なる料理を食べようと思ってるんだな。

だけど、勝てる勝負しかしないのかと、この場にいる全員に怒られるかもしれませんが、僕は勝負なんてしたくありません。顔を強張《こわば》らせたまま、どう断ろうかと考え込んでしまいました。

そりゃそうだ、レベルが違う。目の前の人物は、この世界における料理の最高峰とも言えるような技術と経験、知識を持った超一流の達人だ。勝てるわけがない。勝負なんておこがましいとさえ言えるほどだ。勝負なんてしたくない。

「えーと……またトゥリヌさんたちを呼ぶのですか？」

「いやいや、今回は妾《わらわ》だけが判定すればよかろう。準備期間はたっぷり一か月、お互いの渾身《こんしん》の料理をテーマなしで……」

「姫、さま。美味《おい》しい料理を、食べたい、だけ、なのはい、ただけません」

「うるさい！　こんな勝負そうそうお目にかかれん！　ここで二人の渾身の料理を食べねば美食姫の沽券《こけん》に関わるではないか！」

「ではうちが勝ったら、この厨房《ちゅうぼう》の全権をもらってもいいですか？」

「好きにすれば良かろう。あのシュリよりも実力があるのならば、だーれも文句は言えぬ」

「……あの？」

　ここでフィンツェさんは怪訝《けげん》な顔をしました。

「もしやとは思ってましたが……テビス姫様、このシュリという人は……まさか」

「ふむ、フィンツェも知っておったか！　そう、このシュリという男は麻婆豆腐《マーボーどうふ》を作った男よ！　いやー、旨いもんを作ってくれたもんよ！」

「なら、なおさら負けるわけにいかないの」

　フィンツェさんはテビス姫の説明を聞いて、より強い敵意を露《あら》わにして僕を睨《にら》んできました。

　なぜだ？　なぜそんな目を僕に向けるのか、僕にはわかりません。だけどフィンツェの敵意は本物です。

「そうか……お前が、あれを作った料理番だったの」

「えっ」

「お前が発明した麻婆豆腐、うちも食べた。お前が作ったものではないが、一番よくできているというものを隠れて食べたの。旨かった。とても旨かったしうちには真似できないと思ったの。だから、うちのレストランにテビス姫様が来なくなったの」

　テビス姫が、レストランに来なくなった？　僕はその言葉が気になってテビス姫の方を見ると、テビス姫自身も思い出したような顔をしてる。

「あ、そういえば……しばらく行ってなかったのぅ……」

「姫、さまは、あれから、シュリの料理の、情報、を、集めることを、重視して、いらっしゃいました、から。実際、それ、で、料理技術、や、新レシピ、もできています」

「そんなことしてたの？」

びっくりしました。ウーティンさんが当たり前のように言うので、そんな評価をもらっていたというか料理の情報を集めてたとか、なんか漠然としすぎてて何にも言えない。

それだけ注目してくれたと思えば、まあ嬉《うれ》しいのだろうか……？　いや、面倒な人にターゲットにされてると思った方がいいな。

いや、今はそこは問題じゃないんだ。テビス姫が僕のことを逐一調べてることは置いておこう。後で問いただすけど。問題はフィンツェさんのことだ。

フィンツェさんはやる気まんまんで肩まで回して気合いを入れ直している。ここで勝負を断ることなんてできないだろう。うん、そんだけ実力差があるから勝負したくない。

……逃げるのは簡単だけど、立ち向かうのは難しい。まさかここでそれを痛感させられるとは。キツいな。

「フィンツェさん」

「やるの？　うちは」

「勝負はまた今度にしましょう」

「なんだって？」

フィンツェさんは間の抜けた声で聞いてきます。他のみんなも僕を見る。

「今、僕たちはガングレイブさんの結婚式に向けて準備をしてるところです。人手不足だって深刻で、それをどうするか困ってるところなんです。……時間が、ないんです」

言い訳としては苦しすぎるし、自分でも情けない気持ちで顔がしかめっ面になるけども、これが事実なのです。僕がそれを言うと、フィンツェさんは笑みを浮かべて言いました。

「それなら、なおさら勝負しよう」

「はっ？　聞いてましたか？」

「聞いてたの。人手不足なら、うちが一人入れば全て解決するでしょ」

え。フィンツェさんが手伝ってくれる、と？　それは願ったり叶《かな》ったりだ。これだけ立派な経歴があって実力が保証されており、大きなレストランで働いていた実績がある人なら頼りになる。確実に。

だけど、結婚式の料理を作るためにはこの人に勝つ必要がある。勝てない勝負に挑まなければいけない。それが僕の両肩にズシン、とプレッシャーとしてのしかかる。

「……僕は」

「受けるだろ、シュリ」

未《いま》だ迷う僕の肩に、ガーンさんが腕を回してくる。

「なに、気負うことは何もないだろ。いつも通りのお前なら――」

「そんな簡単な話じゃ、ないです」

ガーンさんが呆気《あっけ》に取られたような顔をしていますが、僕は構わず続けた。

「僕にはまだ、克服しないといけない課題もありますから」

「課題？」

ガーンさんは僕に聞いてきますが、あえて何も言わない。ガーンさんの腕を解き、僕はフィンツェさんの前で頭を下げました。

「フィンツェさん。勝負はどうか後日に――」

「どうしてそこまでうちとの勝負を先延ばしにしようとするの？」

「っ……」

改めてフィンツェさんに聞かれ、僕は答えに窮した。フィンツェさんは間違いなく凄《すご》い人だ。並大抵の料理では勝負にすらならないだろう。

そして――僕にはまだ、心につかえていることがある。テビス姫は僕の顔を見て、何かを察したように頷《うなず》きました。

「妾《わらわ》が下した先日の評価を、気にしておるのか」

びく、と僕の肩が震える。やはりテビス姫に隠し事はできないらしい。一目で見抜かれてしまったか。テビス姫は大きく溜め息をついて、腕を組みました。

「シュリの作る料理は凄いものが多い。そして、それを作るために必要な材料と技術はとんでもなくレベルの高いものじゃろう。シュリ以外に材料を用意して作れるものがおらぬ状況で、再びそんな料理を作って良いものか。そこを迷っておるのじゃな」

「……そのとおり、です……っ！」

全て言い当てられてしまい、僕は頭を上げることができませんでした。

今の僕に、胸を張れるだけの自信がない。あんな情けない負け方をして、どんな顔をして父さんに会えばいいのかわからないほどに、だ。

それだけあの敗北は僕にとって重いものだった。何より、思い知らされたこともある。

今までの僕は地球の料理を作って、たまたま幸運に恵まれていただけだったと。

「シュリ。お主《ぬし》の葛藤はお主だけがわかるものじゃ。妾には慮《おもんぱか》ることはできぬであろう」

テビス姫は僕に近づくと、僕の肩を叩《たた》いて耳元に口を寄せてきました。そして小さな小さな、僕とテビス姫以外には聞こえないほどの声で言いました。

「ウーティンから聞いた。お主は外海人であると」

一瞬、僕の背筋を冷たいのか熱いのかわからない何かが、走り抜けて脳天を貫いた。

視線だけでテビス姫を見ると、テビス姫は冷たい目をしている。

まるで僕の全てを見透かすかのような、そんな目だ。

「いや、流離い人《さすらいびと》と呼んだ方が正確であるかな？」

「それを……どこで……!?」

「そんなことはどうでもよい。お主《ぬし》が作り続けてきた料理は、〝外〟のものであったのだな。道理で文化が〝進んで〟いた料理だったわけじゃ」

「テビス姫様……僕は、騙《だま》すつもりは……」

思わず声が震え、掠《かす》れ、なんとか絞り出すことしかできなかった。

テビス姫に失望されることが恐ろしい。料理の腕を見込まれていたのに、実際はすでにあった料理を作っていただけと思われるのが、怖くて仕方がない。

背中を冷たい汗が流れる。なのに体の芯は気持ち悪い熱さを感じる。

だけどテビス姫は僕の様子を見て冷たい目をやめた。そして、キョトンとした顔をする。

「騙す？　騙すとはなんじゃ」

「僕が作ってきた料理はオリジナルのものではなく、誰かが……先に……」

「それの何が問題じゃ？」

テビス姫はさらに、自分の顔を僕の肩に――顔の横に乗せてきた。

そしてもう片方の肩に腕を回し、僕の首を抱くようにしてくる。

「知っていても、作れなければ意味がない。知っていても、食材がなければ話にならない。お主はとても濃密な修業期間を過ごしておったのではないか？　胸を張るがよい」

その言葉は、スッと僕の中に染み渡ってくるように心地よかった。

「お主は調理技術を磨き、調理現場を改善し、食材を生み出し、確かにこの大陸に発展をもたらしてきたではないか」

「それは」

そうしなければ地球の料理は作れないからです、という言葉をギリギリで飲み込んだ。

僕がこの大陸の人間ではないと思われてるのはわかったが、流離い人という言葉の真意……別世界の人間であることまでは知られていない、と思いたい。

今はそれはいい。問題なのは、地球の料理を作るためにはこの世界の厨房《ちゅうぼう》施設の道具はどれもこれも〝原始的〟すぎる。

竈《かまど》と鍋があれば作れる、というものは確かにたくさんある。だけど僕が学び、習得してきた料理や技術というものは繊細な火加減、微細な技、豊富な食材と調味料があってこそ成り立つ。それを傭兵団《ようへいだん》という立場で用意するならば、どうしても自作するかリルさんに頼んで地球の道具を再現してもらう必要があったわけです。

それが発展をもたらした、と言われればそうかもしれませんが……。

「自信を持て。例え誰かが通った道筋を歩んできたのだとしても、お主《ぬし》は確かに誰よりも前に、一歩前に、半歩前にでも進もうとしてきた。誰よりも登ろうとしてきた。自信をなくすことはない。お主の進んできた道は間違ってはおらぬ」

このテビス姫の言葉には救われました。ただ自分のためにしてきたことですが、誰かが通ってきた道を歩んだとしても、僕は確かに料理の道を誰よりも先まで進もうと、辛《つら》い道を越えようと歩みを進めた。それを認めてもらえたのが、何より嬉《うれ》しい。

テビス姫はバッと僕から離れると、カラカラと笑い出した。

「シュリは涙もろいのぅ。ガングレイブたちからは褒められておらんかったのか？」

「いや、そんなこと、ないです」

いかんいかん。陽気に笑うテビス姫に、ようやく僕は自分が涙を流しそうだったのを自覚した。慌てて目元を拭って、僕はテビス姫と向かい合う。覚悟は決めた。

「勝負は……いずれ受けようと思います」

「いずれ、のう」

「いずれ、です」

「いずれでは遅いのじゃよ。勝負するには良い機会があることだしのぅ」

テビス姫は満足そうに笑うと、今度はピョコピョコと楽しそうに跳ねながらフィンツェさんの前に立った。フィンツェさんは一連の流れを黙って見ていましたが、テビス姫が近寄ってきたことで慌てて頭を下げます。

「フィンツェよ。お主はスーニティの領主の娘であるが、その前にニュービストのアキブネの料理人であった、と思ってよいかの」

「は、はいです」

「ここは妾《わらわ》の顔を立てると思って、結婚式に協力してはもらえぬかの」

フィンツェさんは絶句する。まさかテビス姫からそんなことを言われるとは思っていなかったらしく、言葉に詰まっている様子でした。

そりゃそうだ。フィンツェさんは自分の故郷を取り戻したいと思ってる。だから僕に勝負を挑んできた。僕に勝ち、まずは厨房《ちゅうぼう》から！　と息込んでいたのだから。

フィンツェさんは納得できない顔をしてテビス姫に言いました。

「それは！　それは……テビス姫様の」

「命令じゃ、お願いではない」

有無を言わさぬ口調にフィンツェさんの口は止まる。

テビス姫はさらに、こう言いました。

「フィンツェよ。今この場での勝負はやめるのじゃ。相応《ふさわ》しい舞台はある」

「相応しい舞台？」

「そうじゃ。それが結婚式じゃ」

!? テビス姫は何を企んでいるっ？　ガーンさんとミナフェが何かを察知したらしく、慌てた様子を見せました。

「まさかテビス姫様、フィンツェに結婚式を仕切らせて、どちらが料理長に相応《ふさわ》しいか競わせるおつもりか？」

「厨房《ちゅうぼう》に頭が二人いるなんて正気の沙汰じゃないっち！　シュリの指示ならともかくフィンツェの指示で自分らが」

「違うわい！　さすがにそんなアホなことさせられるか」

ガーンさんとミナフェの言い分に、テビス姫は苦い顔をした。

「妾《わらわ》でもそんなことはせん。そもそもここはすでにガングレイブの領地ぞ、妾が好き勝手やっては怒られよう」

「……え？」

思わず僕はテビス姫の顔を凝視する。次にウーティンさんの顔を見ました。

「……今までは好き勝手、やっていなかったと？」

「やって、た。怒っ、た」

あ、そうですか。ウーティンさんは眉間に皺《しわ》を寄せて呟《つぶや》いたので、怒りは相当なものだったんやなって。怖っ、今度からウーティンさんを怒らせんとこ。そんな僕とウーティンさんの様子を多分あえて無視しているテビス姫は、真面目ぶった顔で言いました。

「結婚式ではシュリとフィンツェ、それぞれが作ればよい」

「ほぅ！」

「あ、なるほど」

僕とフィンツェさんはテビス姫の言葉に、ようやく納得できました。テビス姫がやろうとしていることが理解できた。

「どちらの料理が、より結婚式を盛り上げることができたか、ですか」

「その通りじゃ。これならば、フィンツェが勝ったとしても厨房の力関係に関して誰もが納得するじゃろう。シュリが勝ったのならばフィンツェも認めざるを得ぬ。二人それぞれ、周囲に自分の実力を認めさせるにはこれ以上相応しい場所はあるまい」

「ガングレイブさんの結婚式でそれをするのは、正直気が引ける部分もあるんですけど？」

「食べ慣れたシュリの料理と初めて食べるフィンツェの料理、この二つが競うことでより素晴らしい料理を生み出して結婚式を盛り上げればよい。時として競争がなければ、腕は鈍るぞ？」

テビス姫の指摘に僕は言葉を詰まらされた。

確かにその通りだ。自分だけが先頭に立って走っていると思い上がっていれば、いつの間にかたくさんの人が横を通り過ぎて前へ進んでいく。それが職人の世界だ。

テビス姫の指摘は、まさに僕が現状で詰まっているということを思い知らされる言葉なわけです。どこかで思い上がったところがあったからこそ、僕はミナフェとの勝負で課題を無視した自己満足な菓子を出してしまったのですから。

「……わかりました」

ここまで来たら覚悟を決めねばなるまい。逃げるわけにもいくまい。

ガーンさん、アドラさん、ミナフェの視線を感じる。期待されている。ならば応《こた》えねば。

「そういうことでしたら、精一杯勝負させていただきます」

「最初からそう言えばよかったのぅ。全く」

テビス姫は呆《あき》れ顔で言いますが、内心僕は困っていた。

だって、どう考えたって勝てる算段がないんですから。経歴から考えると、僕よりも修業に打ち込んだ人かもしれないのだから。

格上に挑む勇気って、そんな簡単には出ないんだ。改めて、ガングレイブさんたちが格上と思われる相手とも戦っていたことに、尊敬の念が湧いてくる。

「では妾《わらわ》はこのことを――」

「すみませんがテビス姫様。他の人には知らせないでいただけますか？」

意気揚々と去ろうとしていたテビス姫の背中に、僕は慌てて声を掛けた。

振り向くテビス姫の顔は明らかに不満そうだ。でも、言わないといけない。

「ガングレイブさんたちには結婚式を、なんの憂いもなく挙げてもらいたいんです。他の人たちも同様です。お願いします、テビス姫様」

「ならばどのようにして勝負の判定を下す、と？」

「テビス姫様に一任します」

テビス姫は驚いた顔をして、自分の鳩尾《みぞおち》を指さします。

「結婚式の料理勝負を、妾だけで判断せよ、と？」

「はい。テビス姫様は先日の勝負の折、冷静に課題を念頭に置いたうえで判定を下しました。今回もそのようにお願いします」

「それは、妾を信用すると？」

「あなた以上にこのことで信頼、信用できる人は、いないかと」

少なくともガングレイブさんたちではダメだ。身びいきして、納得できる判定を提示できるとは思えない。トゥリヌさんたちでもどこか感情とかで判断しそうだ。

その点、テビス姫は食という観点においてこれ以上の舌と眼を持つ人はないと、信頼できる。食に関して真摯《しんし》で貪欲《どんよく》で、素晴らしい感性を持っている。

感性と言うが、この場合は機械よりも正確で平等な『賞味する能力』と言った方がいいかもしれませんね。その舌の能力で、今回の勝負を見てほしかった。

「あなたの判断において、自分の納得する結果を得られたら……僕は前の勝負の情けなさを克服できると思うんです。それだけでなく……もう一段上の料理人になれるかも」

「あいわかった！」

テビス姫はにんまりと笑って、僕の方に手のひらを突きつけました。どこかご機嫌で、どこか楽しそうで。肩まで震わせながら嬉《うれ》しそうな様子を見せています。

「そこまで言うなら妾《わらわ》も審判を務めるに吝《やぶさ》かではない！　お主《ぬし》の判断が間違ってはおらぬと、この先舌と眼で証明してくれようぞ！」

「お願いします」

「では妾はこれで去ろう！　あ、フィンツェはそれまで厨房《ちゅうぼう》でおとなしく働いておれよ」

「え」

テビス姫はそこまで言うと、さっさと厨房から去って行きました。

去り際に残された言葉に呆然《ぼうぜん》とするフィンツェさん。何も言えないままその場に立ち尽くしていました。そしてこっちを見て掠《かす》れた声で言う。

「……うち、勝負しないまま、ここで働かなきゃいけないの？」

ミナフェが肩を叩《たた》いて慰めていました。

「諦めよっか」

がっくしとうなだれるフィンツェさん。それをよそに僕は胸に手を当てる。

この人は僕にとって、大きな壁だ。おそらくこの世界で無視できない、同年代というか年下の料理人で僕よりも立派な経歴を持っている。

この人との勝負で僕は僕自身の壁を越え、新しい何かを得られるだろうか。

そう思うと、胸が高鳴り心が昂《たか》ぶってくる。


「で？　うちは結局、明日からどういう立場で仕事をすれば？」

「その前に、今日はありがとうございました。急遽《きゅうきょ》仕事に入ってもらって……ずいぶん助かりました」

「テビス姫の命令なら仕方ないの。ニュービストから出奔《しゅっぽん》しているけど、うちは一応あの国に長年世話になったから」

仕事が終わり、フィンツェさんも落ち着いたので、僕は厨房の椅子に座って待つフィンツェさん、ミナフェ、ガーンさん、アドラさんへ料理を出すことにしました。

僕は魔工コンロで今日最後の調理をします。

「凄《すご》かったぞ、フィンツェ」

ガーンさんは嬉しそうな顔をしてフィンツェさんの頭を撫《な》でました。

「まさか離れている間にあんな凄い料理人になってたとはな！　兄として鼻が高いぞ」

「いや……それは……うん、頑張ったの」

ちょっと嫌そうなそぶりは見せるものの、どこか照れくさそうで嬉《うれ》しそうなフィンツェさん。仕事をしている間にガーンさんとの距離を測っている節がありましたが、どうやら整理はできているようですね。よかった。

「ガーン……兄ちゃんも、その、まさか料理人になってるとは思わなかったの」

「ああ。お前にとっては後輩になるな。すまんが、至らぬところがあれば教えてくれるか？」

「うん、わかった」

「こうしていると、普通の兄妹じゃなぁ」

そんな二人の様子を見ながら、アドラさんはのほほんとしていました。

「昼間はあんだけ騒いどった小娘も、可愛ぇところあるじゃにゃあきゃあ」

「うるさい！　ガーン兄ちゃんもそうだけど、アドラはもう少し厨房《ちゅうぼう》での動きを覚えた方がいいの！　せめてミナフェくらいには動くべきなの！」

「それは自分の技術はその程度と言ってるっちか？」

ミナフェはじろりとフィンツェさんを見る。フィンツェさんはガーンさんの手を優しく払いのけ、その視線に好戦的な笑みを浮かべて真っ向から対抗した。

「言っとくが、自分だってオリトルの宮廷料理人で次期料理長だったほどだっち。お前にその程度と思われるほど弛《ゆる》んでねぇっち」

「は！　オリトルの宮廷料理人だろうが、ニュービスト最高のレストランでそれなりの立場でいたうちから見たらまだまだなんですけど～？」

「……その最高のレストランとやらは、シュリが現れてからはテビス姫の来訪がなくなったとのことだったたっちね？」

「殺す」

「死ね」

「やめろ二人とも！　俺の前で妹と仕事仲間が喧嘩《けんか》するのは見たくねぇ！」

「おりゃあの前でそんな争いをするなら外でやんないね！」

なんか四人で喧嘩をはじめそうだから、さっさと料理をお出ししましょうか。

「はいはい、喧嘩はそこまでにしてくださいね。これをどうぞ」

僕は料理を盛り付けた四枚の皿を器用に両手に持ち、みんなの前に差し出しました。

皿に盛られた料理を見て、全員が不思議そうな顔をします。

「それで、シュリ。これは？」

「せっかくフィンツェさんが、うーん、まあ期間限定で仕事に入ってくれるそうですし。歓迎の意味も兼ねて料理を出そうかな、と」

「うちへの宣戦布告なの？」

「そんなつもりは全くありません。本当に歓迎だけです」

せっかくだから冷めないうちに食べてほしいなと思い、僕は笑みを浮かべて言う。

「なので、新鮮なエビが手に入ったのでエビチリでも食べてもらおうかな、と」

そう、僕が作ったのはエビチリだ。普段は新鮮なエビなんて簡単に手に入らないから作れないいんだけど、今回はその新鮮なエビを使った料理を作らせてもらいました。歓迎しているという気持ちが伝わればいいなと思ってます。

なんでエビを手に入れることができたかというと、リルさんのおかげなんですよ、これ。エビを使った料理を食べたいとか言って、あらゆる手段と道具を使って秘密裏に動いていたそうです。それをちょっと失敬しました。あとで謝ろう。

材料はエビ、卵、塩、胡椒《こしょう》、酒、ショウガ、ニンニク、長ネギ、豆板醬《トウバンジャン》、砂糖、ケチャップ、酢、鶏ガラスープ、醬油《しょうゆ》、ごま油、片栗粉です。

いやぁ、こうして見てみると……この世界に来てから地球の料理を再現するために、随分とたくさんの調味料を作ってきたもんだ。惚《ほ》れ惚《ぼ》れとしてくるよ。

さて、作り方をおさらいしましょうか。エビは背わたを取っておきます。

次にエビを軽く水で洗い水気を取って、塩、胡椒に酒、おろしておいたショウガと混ぜ合わせ、片栗粉を加えて揉《も》んでおきましょう。

次にショウガ、ニンニク、長ネギをみじん切りにして豆板醬、砂糖、ケチャップ、酢、鶏ガラスープ、醬油、ごま油と混ぜておきます。中華料理で言うところの混合調味料ってやつだな。卵も溶いておこうな。

今回は鶏ガラスープを使うけど、粉末の鶏ガラスープと水でもできるぞ。鶏ガラスープを使う場合は量に注意だ。

熱した鍋にごま油を入れて卵を投入して半熟程度に炒めてから一度取り出しておく。

その後、鍋にニンニク、ショウガを入れて炒めたらエビ、豆板醤を加えてさらに炒め、火が通ったら水と混合調味料を加えて一煮立ちさせ、ここで弱火にして水溶き片栗粉を加えて混ぜよう。

そして残しておいた長ネギを入れて火を弱めてさらに炒め、馴染《なじ》んだら火を止めてさっきの卵を戻し入れる。そうしたら器に盛る。これで完成です！

「さあ、冷めないうちにどうぞ」

「おう、いただくか」

「そうじゃな、料理長直々《じきじき》のまかないじゃあ。ありがたくいただくがな」

ガーンさんとアドラさんは嬉《うれ》しそうに、匙《さじ》を持って食べ始めました。二人とも美味《おい》しそうにがっつくので、料理人冥利《みょうり》に尽きる。

ミナフェはというと、慎重にエビを匙にのせては観察して、それから食べている。

「ミナフェ……もっとこう、今は普通に食べてもらえると……」

「見たことない料理だから、今のうちに味を盗まないと。もったいないっちな」

気持ちはわかるがそれを今やるかね……と呆《あき》れていた僕ですが、目を転じればなんとフィンツェさんも同じことをしているではないか。

こっちはミナフェよりもさらに熱心に観察しており、まだ食べてすらいない。匂いを嗅ぎ、とろみを確認し、匙《さじ》にエビをのせて眼前で見ていたりする。

「フィンツェさんも。今は普通に食べてもらえたら嬉《うれ》しいんですけど……」

僕がそう言ってもフィンツェさんは何も言わない。観察をやめる様子がない。

仕方がないので諦めた僕は溜め息をついてから鍋を片付けることにしました。

まあ、食べ方は人それぞれだよね……いや、あまり行儀が良くないからちゃんと注意すべきか？　そんなことを考えながら片付け始めようとしたら、後ろでガタンと音がする。

振り返れば、フィンツェさんが驚いた顔をして立ち上がっているではないか。頬がちょっと膨らんでいるから、やっと食べてくれたらしい。

「これは……これ、まさか麻婆豆腐《マーボーどうふ》と同じ調味料を使ってるの？」

フィンツェさんの目には本気さが感じられる。本気でそれを聞きたいようだ。

だから、僕はゆっくりと頷《うなず》いた。

「はい。僕が豆板醤《トウバンジャン》という調味料を一から作ってこの料理に使用しました」

「嘘《うそ》だ……あの調味料を……!?　テビス姫様がお気に入りの麻婆豆腐は、調味料から作ったのであって、どこかで作られた既存のものを使ったのではないと!?」

フィンツェさんは目に見える形で困惑し、エビチリを見る。そして、とうとう震える手で料理を口に運んだ。

正直僕は緊張していた。背筋が強張《こわば》り、後ろに隠した右拳を強く握りしめる。この人は僕の料理をどう受け取るのか、どう評価するのか。この世界に来てから、テビス姫に料理を出すのと同じくらいに緊張してきます。

と、僕が悩んでいる横でガーンさんとアドラさんは美味《おい》しそうに食べているので、なんだか緊張感が解けてくる。

「お二人とも……もう少し落ち着いて食べたらいかがですか？」

「んなこと言ったって、旨いもんは旨いからな」

「そうそう。おりゃあは難しいことはわからんが、これが旨いっちゅうことだけはわかる」

アドラさんは皿から、豪勢に一度に三匹もエビを匙ですくい上げて口に運ぶ。その豪快な食べ方を見ていると、こっちは嬉しくなってきますね。

「うーむ！　リルの魔工道具で運ばれたエビは新鮮でえぇのぅ。身がプリプリで歯応え十分じゃ！　旨みがこれでもかと溢《あふ》れてくるがな」

「そうだな。だが、何より驚くのはこのソースだ。少しピリッとする辛さの中に旨みをいっぱい内包している。それがエビの旨さをこれでもかと引き立てている」

「うん……そうだっちな」

ミナフェはミナフェで、エビを一匹ずつ丁寧に行儀よく美しい所作で食べている。いつもは猫背なのに背筋が伸びている。

この人、普段の食事でも結構猫背のはずなんだけどな。そんなどうでもいいことを考えてたけども、ミナフェは真剣な顔のままで念入りに咀嚼《そしゃく》している。

「これに使われてる調味料そのものの味が凄《すご》く濃くて特徴的だっち。独特な辛味の中に風味と旨みがあるっち。……これ、普通の野菜炒めに入れても上等な味になるっちな」

「まあ、ずぼらに料理しても味ができちゃいますね」

「そんだけの濃くて特徴的な、下手したら料理に使われる食材全部をこの味に変えて台無しにする可能性のある調味料を大胆に使ってなお、エビの特徴や美味《おい》しさが十分に感じられる。兄弟子たち、これが調味料を使いこなすということだっち。覚えとこな」

「うるせぇ妹弟子。そのうち俺もこんだけの料理を作るからな」

「見ちょれよ妹弟子」

「そんな喧嘩《けんか》の仕方ある？」

ニマニマした顔で言うミナフェに、本気の苛立《いらだ》ち顔で返すガーンさんとアドラさん。この人たち、本当に仲良くしてくれないかな。

呆《あき》れた感情が出てくるけど、今はフィンツェさんだ。果たしてフィンツェさんはどのような感想を述べるのか。それが気になってしまう。

フィンツェさんは椅子に座り直し、鼻で、舌で、口の中で、喉で、目で、エビチリを観察し続けていました。

エビを二匹ほど食べたところで、フィンツェさんは溜め息をついて匙《さじ》を置きました。

思わず顔が強張《こわば》る。緊張が奔《はし》る。ダメだったか？　それとも――。

「……これに使われた調味料を、一から自作したと言ってたの……本当なの？」

「はい」

なんのための質問だ？　と気になるけど今は置いておこう。フィンツェさんの口から出てくる続きを聞きたいので、それ以上は何も言いません。

フィンツェさんはもう一度大きく溜め息をつきました。

「……この、豆板醬《トウバンジャン》？　とかいう調味料と……あとはニンニク、ショウガ、それと……何かスープのようなもので味を調えてる、と……合ってるの？」

「正解です」

おお、良い舌を持ってらっしゃる。それに気づかれるか。

「なるほど……強烈な旨みを持つ調味料に、同じく強烈なクセと旨さを持つ何かを組み合わせて、それを勢いのまま調えるか……なるほど」

フィンツェさんはそれだけ言うと、再び匙を手に持ちました。

そして何を思ったのか、皿を持って勢いよくエビチリを口に運び始めたではないですか。

今までと違った、あまりにも食いしん坊な様子に他のみんなもエビチリを食べる手を止めてフィンツェさんを見る。そりゃ、さっきまで行儀良く……はないけど丁寧に料理を食べていた様子から一転したかき込みようなので、驚きますよね。

そして、口一杯にエビチリを頬張り、唇の端にソースを付け、フィンツェさんは机の上に乱暴に匙《さじ》と皿を置いた。そして僕を睨《にら》んでくる。

だけど、その目は敵を見る目じゃない。

というか、僕が傭兵団《ようへいだん》の料理番と知って向ける仇《かたき》を見るような目じゃない。なんというか、越えるべき壁を見つけたって感じの顔だ。

「お前、名前を改めて聞かせてほしいの」

「シュリ・アズマっていいます」

するとフィンツェさんはエビチリを飲み込み、僕の眉間目掛けて指をさしてくる。

「お前の実力はよくわかったの！　正直なところ、天才的な腕を持つ傭兵団の料理番といっても、所詮は野戦で食べるものを食べられるように作るだけの男で、うちにとって敵じゃないって思ってたの！」

「僕は、長年高級レストランで働いていたっていうあなたの腕を今日一日でまざまざと見せつけられたので、自信が揺らいでいるし、あなたのことを凄《すご》いって思ってます」

実際、今日の動きは凄かった。動線に無駄はなく、包丁捌《さば》きも華麗で流麗で無駄がなく、調理時間に対する体内時計は狂いなく、何より全ての料理に関して頭の中で行われるタスク管理は完璧の一言だった。

その姿に、僕はもう一年ほど地球で必死に修業をしていたらこんな動きができたかも、なんて思えなくなりました。自信を失ってしまった。

そんな凄い人が、僕に向けて言ってくるのです。

「だけど違った。シュリは間違いなくどこかでちゃんと修業してきた！　幼い頃からなのかどうかまではわからないけど、間違いなく動きの全てに基礎を叩《たた》き込まれた職人のそれを感じた！　そして……」

フィンツェさんは指をおろし、僕に向けて好戦的な笑みを浮かべる。

「自分で調味料を作ろうっていう研究熱心で精力的な一面もある！　うちがこの先まだ何年も修業しないと思い至らないような域に達していると、うちは認める！」

正直嬉《うれ》しかった。この人にそれだけ評価されるとは思っていなかったのですから。

この人は凄い人だ。今日一日でそれを知った。僕よりも、この世界の厨房《ちゅうぼう》に適応した動きとしっかりとした基礎を叩き込まれてる職人だ。だから嬉しい。思わず口の端が笑みで歪《ゆが》むほどに。本当に嬉しい。

「だから、うちは結婚式の勝負までシュリに全面的に協力してやるの」

「……傍《そば》で技を盗むためっちか？」

そんなフィンツェさんに、ミナフェは苦々しい顔で言う。

「はん！　シュリから盗めるものは全部盗むの。それが料理人て奴なの」

「理解はできるけど、弟子のうちがそれを許すと？」

「それを決めるのは師匠のシュリなの。どうなの？」

フィンツェさんがそう聞いてくるので、僕は笑みを浮かべて返しました。

「もちろん、手伝ってくださるならぜひともお願いします」

「シュリ！」

「だけど」

ミナフェに向かって手を伸ばして、続きを遮ります。そのまま僕はフィンツェさんを真正面から見て言いました。

「僕もあなたの厨房《ちゅうぼう》での動き、盗ませてもらいますから」

僕の言葉に驚いた様子を見せたフィンツェさんでしたが、すぐに穏やかな笑みを浮かべました。

「おとなしそうな顔をしてても、やっぱりシュリは料理人なのね」

「お互いさまでしょう」

そう言って、僕たちは笑い合った。

地球で長く修業を続けてようやく到達できたかもしれないレベルにいる人物が、こうしてすぐ傍で仕事を手伝ってくれるというのだ。これを活かさないでどうする？

目の前に突きつけられた修業の目標に、僕の胸は高鳴る。この人のそれを盗めれば、僕はもっと先に行けるだろう。そんな予感すらある。

「じゃ、明日からもよろしく」

「こっちこそ」

僕とフィンツェさんは握手を交わす。ただし、二人とも手に僅かに闘志を込めていた。あちらからの宣戦布告と、こちらからの宣戦布告の意味合いが籠《こ》もってるのは嫌でもわかるし伝わってきた。

「ガーンさん。アドラさん。お二人もぜひ、フィンツェさんを見習ってみてください。今はまだ真似できないかもしれませんが、それでも見といて損はありませんから」

「お、おう」

「わかったがじゃ……」

ガーンさんとアドラさんから緊張が伝わってくる。だけど、二人にはぜひとも見習ってほしい。それだけ、フィンツェさんの仕事ぶりは参考になるでしょうから。

「じゃ」

「そういうことで」

　僕とフィンツェさんは同時に手を離すと、フィンツェさんはすたすたと厨房《ちゅうぼう》を出て行ってしまった。その後ろ姿を見て、僕はぽつりと呟《つぶや》く。

「……これは手強《てごわ》いぞぅ」

彼女の技術は僕よりも上だ。結婚式における勝負。彼女がどんな料理を出すのかはわからない。だけど、僕はもう作るものは決まっている。

テビス姫のときのような失敗は絶対にしないように、考えに考えて決めた料理だ。

そう簡単に越えられる壁じゃないけど、挑ませてもらいますよ。フィンツェさん。

七十六話　地下牢《ちかろう》のレンハとステーキ ～シュリ～

「んで、いつまでレンハのことを放っておくのかなガングレイブ？」

次の日、ガングレイブさんの使っている執務室に料理を運んだ僕が聞いたのは、明らかに不機嫌そうなエクレスさんの声でした。

今日はことさら忙しく、朝からガングレイブさんは精力的に働いています。わざわざアーリウスさんが厨房に来て「すみませんが朝食は執務室で、簡単に食べられるものを」と言ったほどだったのです。

それで僕は、どうせならエクレスさんたちの分もと、サンドイッチをたくさん作って持ってきたのですが、そんな僕の目に飛び込んできたのが、エクレスさんの不機嫌な様子だったわけです。怖いな、朝から。

「……えっと、何か大切な話なら僕は外に出ていましょうか？」

「いやいやいや！　シュリくんは大切な人だとも。ここから出て行かなくてもいいんだよ？」

蕩《とろ》けたような笑顔で言ってくるエクレスさんに恐怖を覚えながら、僕は咳払《せきばら》いを一つしてから言い直します。

「話がズレてると思うので戻しますが、大切な、話をしている、なら出ましょうか？」

「あー、いや。別にシュリくんに聞かれても問題はないよ。問題は――」

エクレスさんは再び不機嫌な顔をして、ガングレイブさんの机の前に立ちました。

「あれをほっぽらかしてるガングレイブに問題がある」

「あー……忘れてたわけじゃない」

「そこは知ってる。ガングレイブの記憶力は凄《すさ》まじいから」

「信頼ありがとう。もう一度言うが、忘れてたわけじゃない。ただ……どう扱えばいいかわからなくてな」

ガングレイブさんは座っていた椅子の背もたれに寄りかかり、眉間を押さえて言う。

「下手に誰かと接触されると反乱の旗頭になる危険もある。外部と連絡する手段を手に入れられたら厄介すぎる。かといってキチンと罰を与えると死刑にすることになるから、根回しをしておかねば混乱が起きるかもしれない……」

「いやその、罪人なら罪人で刑罰を与えることに混乱ってのは？」

「シュリ……相手は領内の資産や資材だけでなく、職人を送るなどの技術流出までしていたクズなのだ。だけどな、それでも領主の側室から正妃になってしかも派閥まであったんだ。そしてグランエンドの縁者でもあるから、あっちからも抗議されるかもな」

うーむ、と僕は唸《うな》りました。

「領内で犯罪を犯した人を領内で裁こうにも、他国からの干渉が厄介、ですか」

「ていうか今の今までグランエンドから何も通達がないのが怖いんだよ。なんせ、一か月以上も牢《ろう》にぶち込んでるんだぞ、レンハを。そろそろ何か言ってきても不思議じゃない」

段々とガングレイブさんの苦悩がわかってきました。全てはレンハを取り巻く縁の深さと厄介さが原因ってことでしょう。

きちんと裁こうとすると、領内の派閥の残党が行動するかもしれない。

さらに、処刑を強行すればグランエンドはスーニティを攻撃する口実にしかねない。屁理屈《へりくつ》でしょうが。だけど、そういった屁理屈やクソ理論を、大義名分とか正論に変えてしまうのが、国における外交ってやつなのかなと。

「じゃあ、なおさら慎重に行動しないといけませんね」

「慎重になりすぎて、もはや放置になってるのが問題なんだよシュリくん」

それもそうか。エクレスさんが溜め息をつく姿を見て、僕も同じように疲れた顔になりました。結局、そこなんだよなぁ。慎重すぎるのはただの臆病なんですよね。

「で、ガングレイブさんはこのような議題が出ているところを、どうするおつもりなのでしょうか？」

「……一応、そろそろ顔を見せた方がいいなとは思ってる」

「いや、思ってるじゃなくて行動に移してほしい」

エクレスさんからの指摘に、ガングレイブさんは息を詰まらせてのけぞりました。こんなリアクションを取れる余裕はあるらしいので、容赦しなくてもいいと判断。

「ではガングレイブさん、さっそく顔を出しに行きましょう」

「今からか⁉」

「思い立ったが吉日。やろうと思ったならすぐにやらないと、やらない理由を探して結局やらずじまいになるのが人間ですよ」

「……まあ、そうだよな。そーだよなー。はぁ……仕方ねぇか」

ガングレイブさんはよっこらしょ、と重たい腰を上げて立ち上がりました。爺《じじい》かあんた？

いや、それはいいんだ。やると決めて腰を上げたならば、茶化すことはよくないでしょう。ふぅ、仕方のない人だ。

「じゃあ、僕も一緒に行きましょうか」

「え？　シュリくんも行くの？」

「僕、あの人に恨み言のひとつも行ってやらないと気が済みませんので。なんせ縛り付けられてから槍《やり》の柄《え》で殴られてますので」

エクレスさんが意外そうな顔をしたので、僕は頬を指でなぞりました。痛かったよ、あの暴力は本当に。幸いにして歯が抜けたり折れたりせず、口の中を切っただけだったので助かりました。この世界に歯科医はいないからね、そうなったら地獄や。

そんな僕を見て、エクレスさんは優しい笑みを浮かべる。

「そうだね。大切な人の顔に傷を付けたんだもの」

そのままエクレスさんは、僕がなぞった頬を指でさすりながら顔を近づけてきました。

その妖艶な笑みと舌なめずりを見て、僕の背筋をゾワッと冷たいものが走る。それと顔が赤くなりそうでした。

「ボクも一緒に行こうか」

「あ、はぁ……」

「はーいそこまでにしろなー。行くぞー」

ここでガングレイブさんが僕とエクレスさんを引き離してくれました。助かった……。

エクレスさんは不満そうな顔をしましたが、こちらへ笑みを向けてウィンクをしてくる。

そして声を出さず唇が動く。『続きが欲しいなら、夜にボクの部屋においで』と。

僕も笑顔で声に出さず口を動かしました。『遠慮します』と。

エクレスさんは不満そうにしてるけど、口を尖《とが》らせるだけで何も言わなかったのでそのままにしました。

「それで私のところに来たのか！　今更、今更すぎるだろう!!」

「それは、まあ、俺も思う」

「ナケクと話したときに私とも話をしてればよかっただろうが！」

で、結局地下牢《ちかろう》に来た僕とエクレスさん、ガングレイブさんの三人でしたが……魔工ランプの薄明かりに照らされた先にいたのは、もうボロボロの姿で最後に見たときから考えると相当痩せているレンハでした。

その姿を見ると、さすがの僕でも怒りが引いてくる。いや、なくなることはないけど殴りたくなるような灼熱《しゃくねつ》の怒りはもうない。燻《くすぶ》る程度になってしまいました。

なんせ一か月以上、地下牢に入れられて風呂にも入れず、食事の量だってそんなになかったのでしょう。もう見た目が……こう……身なりのいいホームレスかな、て……。

立ち上がる気力もないのか、座ったまま鉄格子を掴《つか》んでこっちを睨《にら》んできます。

「いや、さすがに俺も放置しすぎたのはマズかった。それは」

「うるさい！　とっとと私をここから出しなさい！　私の祖国、グランエンドが黙ってないわよ！　すぐにでも軍勢が来るでしょうね、準備期間は十分にあったのだから！」

騒ぎ立てるレンハのキンキン声に、僕は顔をしかめて耳をトントンと叩《たた》きました。すげえうるせえ。地下牢という場所も相まって、音が反響して耳へのダメージが凄《すご》い。

隣に立っているエクレスさんは、思いっきり嫌そうな顔をしたままです。ガングレイブさんも立ったままレンハを見下ろしてるのか。いや、実際見下ろしてるる感じ。

「エクレスさん、どう思います？」

「確かに一か月以上も時間があったんなら軍勢を整えるには十分かと思うけど……それをするならまず、使者を出すよね。確認とか、宣戦布告とか……普通なら」

「普通なら」

僕が小声で聞くと、エクレスさんは呆《あき》れたように頭を横に振りました。

「そう、普通なら。あそこは……まあ戦《いくさ》を頻繁にやらかす国だからね……。確証はないけど、後ろ暗いことをしてる噂《うわさ》だってある。とは言っても、今回はあっちの身内が向こうの手引きでこっちに害をもたらしたわけだから、何かしら話をしようとは思うよね。普通は」

「普通、は？」

「なんせこの一か月以上、そういった話が全くないんだもん。困ったもんだ、向こうから話し合いの糸口を出してくれないんだからこっちから出すしかないけど……それもどうかと思うよね。筋が違うよね。向こうがやらかしてきたんだから、向こうから話をしてこいって思わない？」

結構な早口でまくしたてるエクレスさんを見て、エクレスさんも結構不満が溜まってるんだなぁって正直思った。こめかみが痙攣《けいれん》してるのが、すえた埃《ほこり》の匂いがする薄暗い地下《ちか》牢《ろう》の中でさえもわかるほどなんですから。

ふと魔工ランプを見るけど、だいぶ明かりが絞られてるのかね。リルさんの作るランプより暗いな。今度リルさんに相談しておこう。とか現実逃避しておく。

「確かに、向こうからなんの音沙汰もないのはなにか理由が？」

「は！　話し合いすら生ぬるい……貴様らを殺すだけだろうさ！」

「いや、それは……いや、そういうことにしておこう」

ガングレイブさんはこれ以上、そこを否定して議論しても生産的なことは何もないと判断したのか、黙ってレンハの言うことを聞いていました。

「それはそれとして。お前がこの領地で発生した反乱の首謀者と断定したうえで、俺はお前を罰しなければいけないわけだが」

「そんなことをしたら！」

「まあそんなことをしたら向こうも怒るだろうがな。怒ってこっちに何かしらの通告が来たら、もう面倒くさい糸口探しをしなくていいと俺は思ってる」

「な！」

レンハは驚いた顔をしてガングレイブさんを見ますが、さすがにこれは僕だって嘘《うそ》だとわかる。そんなことをガングレイブさんはしない。

この人は最悪を避ける人だ。そして、それを為《な》すために必死に行動する人でもある。

「嘘だね」

エクレスさんも同意見だったらしく、今度は一歩踏み出してガングレイブさんの横に立ちました。真面目な顔をして背筋を伸ばしています。

「レンハ。こんな話をするのは後回しにしよう」

「なんだと？」

「いちいちこんな形で話を伸ばそうなんてしなくていい。ボクたちはもっと建設的な話をしたい」

　僕は驚いてエクレスさんを見ました。横顔しか見えないけど、目が冷たい。

「グランエンドは今回の件で、どれだけの行動に出ると思うか？　そしてその行動をどれだけの規模で起こすと思うか？　それとこの領地内に残ってるレンハの影響下の人員はどれだけいるか？　そいつらはどういう行動をしているか？　それを話してほしい」

　あ、なるほど、と僕は思った。確かにエクレスさんが聞こうとしていることは、とても大事なことです。それを聞いておかないと、今後この領地内に火種を残すことになります。

『貴族派』と僕たちが呼んでいるストライキ実行犯たちもまた……レンハの影響下にある人たちでしょう。あの人たちへの接触が未《いま》だに行われていない以上、どんな爆弾になるのかわからない恐怖がある。

　あ、そう考えたら一刻も早く話をしに行きたくなってきたぞっ。

「それを聞いてどうする？」

「むしろ、それを聞く以外にお前に用などあると思うの？」

言い放つエクレスさん。レンハとの間に、火花が見えるというか空間が歪《ゆが》むほどの険悪な空気があります。僕でも見えるほどなので、ガングレイブさんなんかはエクレスさんから一歩離れてしまいました。お前がそこでビビっちゃダメだろ。

　この二人がどんな話をするのか――？　と僕は気を引き締めて背筋を伸ばしました。

「話してくれるか？」

「私からそれを聞きたければ、拷問をするか……そうだな、待遇の改善を要求する」

「待遇の改善？」

エクレスさんがそう聞くと、レンハは鉄格子から手を離して手を広げました。

「暗くて汚い地下牢《ちかろう》！　風呂もなく厠《かわや》も汚い！　食事は……おいしくないし量もない！　話し相手もいない！　こんな状況で摩耗《まもう》した精神の私が話すことに信憑性《しんぴょうせい》はある？」

ガングレイブさんとエクレスさんは顔を見合わせて困った表情を浮かべました。

僕も同様に嫌そうな顔になっているでしょう。そりゃそうだ、本当のことを話してほしけりゃ旨い食事と快適な環境を寄越せなんて、図々《ずうずう》しいにもほどがある。

ガングレイブさんもそれがわかっているからこそ、エクレスさんと目配せしたあとに口を開きました。

「お前はそんなことを要求できる立場か？　一か月以上も使者が来ないような奴にそこま

でしてやる価値などない。温情から話だけで終わらせてやろうとしたが、そこまで言うなら――」

「私の要求を呑《の》むなら、私はエンヴィーの居場所について話そう」

空気が凍った。ガングレイブさんは口を噤《つぐ》み、僕は鳥肌が立った。

だけどそれ以上に、エクレスさんの雰囲気がガラリと変わった。顔こそ見えませんが、ガングレイブさんはビクリと肩を震わせた。

それを言ったレンハですら、明らかに怯《おび》えた顔をしているほどだ。エクレスさんから出る雰囲気に、この場の全員が総毛立った。

「……嘘《うそ》を言ったら、ボクはお前を許さない」

「あ、いや、そ、それは本当、だ」

「なら、ガーン兄さんの母親の……母上付きのメイドであったマーリィルの居場所も吐け」

「い、一緒にいる。一緒に、いるから」

その言葉を最後にエクレスさんは黙り込む。腕を組み、少しだけ顔を俯《うつむ》かせました。

僕とガングレイブさんはエクレスさんが何かを言うまで待っていた。下手に言葉にするのが怖いほどに、エクレスさんの姿に鬼気迫るものがあったのです。

レンハもまた何も言えず、後ずさっていた。無理もない、エクレスさんの怒りはもっともだ。自分の母親を人質に取ったように言うレンハに、はらわたが煮えくり返るような思いでしょう。

この時間がどれほど続いたのか、エクレスさんは大きく溜め息をついてから腕組みを解きました。そしてガングレイブさんの方を向いてから軽く頭を下げます。

「すまない、ガングレイブ。ボクがこんなことを頼める立場にないのはわかってるけど」

「いや……わかった。無理もねぇよ、家族の居所がわかるならな」

どうやらレンハの要求を聞くようですね。となると、このあとのこともわかる。

レンハは快適な環境と旨い食事と言った。ならば、

「シュリ」

エクレスさんが言うことは決まってる。エクレスさんは僕の方へ真っ直ぐに体を向けてから、僕の胸に手を当てて頭を下げました。

「あなたにも、嫌な事を頼みたい。どうかレンハに美味《おい》しい食事を食べさせてくれ……。すまない、すまないが……」

「大丈夫です」

僕はエクレスさんの手を取り、優しく握って言いました。

「やりますよ、僕は」

魔工ランプが灯《とも》る薄暗い地下牢《ちかろう》の中で頭を下げたエクレスさん。顔はよく見えない。

だけど、僅かに肩が震えているからどういう顔をしているのかは、わかる。

あえてそれを言うことは、しないけどね。

「……ということで、美味しい食事を作りましょう」

「断る!!」

厨房《ちゅうぼう》に戻った僕がそれを説明した瞬間、怒号を上げて反対意見を言うのはフィンツェさんとガーンさんでした。無理もないなとは思ったのですが、ここで断られても困る。

僕はなだめすかすように優しい口調で言いました。

「いいですか？　ここでレンハを籠絡《ろうらく》してしまえば、ガーンさんとフィンツェさんのお母さんの居場所もわかるんです。旨い餌で釣って取り込んでしまえば」

「だとしても断るの！」

「とっとと拷問でもやって吐かせりゃいいだろうが!!」

ダメだ、この二人は怒りのあまり目が血走ってる。説得だけでも骨が折れそうだ。

レンハが美味しい食事を、と望むために厨房を使い、その手伝いを求めたところでこれだよ。二人とも怒り狂って反対してくる。困った、本当に困った。

いや、無理やりにでも料理を作ればいいと思うんですけどね？　ここで横から邪魔をされたら困ります。それを避けるために二人の理解が欲しいわけなのですが……。

まあ無理もないよなぁ……。この二人にとってレンハは不倶戴天《ふぐたいてん》の敵。自分たちの親を追放し、フィンツェさんに至っては領地から追い出され、領地は混乱の極みに達していた。何かを聞きたければ拷問をすればいいじゃないかと言う二人の気持ちも、そんな感じなのでわかるっちゃわかるんです。

でもそれをして本当に口を閉ざされても困るわけで。

「なら僕だけでやるので」

「厨房《ちゅうぼう》を使うってのか！　あんな奴のために！」

「認めないの！　やりたきゃ別のところでやるの！」

これだもの。厨房すら使わせてもらえそうにない。二人して僕の前に立って、息ぴったりで厨房を使うのを阻止してくるんだもん。しかも顔が怒ったままだから怖いよ。

そうして困っていると、厨房に食材を運んでいたミナフェがこちらをチラと見てきました。すまんが助けてくれ。そんな視線を向けると、ミナフェは溜め息をついて食材を机の上に置きました。

「あのなぁ、お二人とも。これは領主の命令だっち。しかも、二人にとっても大事な話が聞けるチャンスだっち。自分から見ても怒りが収まらないのはわかるけど、そこまで」

「部外者は引っ込んでるの！」

「お前にゃ関係ない！」

「そこで騒がれてると、自分の仕事にも支障が出るから口を出してるっち」

ミナフェは呆《あき》れ顔のまま、僕を指さしました。

「シュリもシュリだっち。なんでそんな話を馬鹿正直に受けてしまうのか？」

「う、いや、それしかないかなって」

「別の方法だってあるはずだっち。怒り狂った客の言うことを全面的に認めてしまったら、店は成り立たんっちよ」

うぐ、正論だ。ミナフェの言う通り、今のレンハの言い分は店に好き勝手言ってくるクレーマーと変わらない。そんなクレームをいちいち聞いてたら店なんて潰れてしまうのは、いつだって変わらぬ真実だろうよ。あんなもん、付き合ってられん。

それでも聞かないといけない時もあるわけで……くそ！　これが中間管理職として上から下から突き上げを食らう感覚か！　辛《つら》い！

と、僕が苦悩しているところにアドラさんが清掃の手を止めて近づいてきました。

「三人とも、シュリを困らせんのはやめぇや」

「俺たちは！」

「そんなもん、恨み言の一つも言いたいんじゃったらシュリが料理を運ぶとき、一緒に付いていって好きなだけ言やぁええじゃろうよ」

「えっ、それはちょっと」

僕はアドラさんの話を止めようとしましたが、アドラさんが僕の方を見て黙ってるようにジェスチャーをしてくる。こう、手で口を塞ぐような仕草だ。

く……ここは、まあアドラさんに任せてみよう。僕は口を閉ざしました。

黙った僕を見て、アドラさんは改めてガーンさんとフィンツェさんに向き合う。

「二人の恨みはもっともじゃ。おりゃあだって、結局あのクソ女がやらかしたことで迷惑を被《こうむ》っちょる。恨み言の一つだって言いたいがな」

「だったら！」

「だから、二人とも一緒に行って言いたいだけ言えばええじゃろう。今までは仕事が忙しくて地下牢《ちかろう》に恨み言を言いに行く暇もなかったじゃろうが、今回はレンハに料理を作らにゃならん。持って行って好きなだけ罵声を浴びせりゃええわ。あとの始末はシュリがなんとかしてくれっちゃあな」

「え、無理っ無理でしょ、それ」

なんていう責任転嫁《てんか》だ！　あとの始末とかできるわけないでしょ！　僕は慌ててそれを拒否しようとしました。

「あのですね、そんなこと僕には無理」

「あいつを思う存分罵倒してもいいなら俺は認めてやる」

「本気ですか？」

ガーンさんが真っ先に矛《ほこ》を収めてしまったのを見て、僕は呆気《あっけ》に取られてしまいました。マジで？　そんな条件で引き下がっていいの？　もっと良い条件あると思うよ？

だけどフィンツェさんまで、そんなガーンさんの様子を見て何か考えるように唸《うな》って、そして意を決したように膝を叩《たた》きました。

「わかったのっ。ガーン兄さんがそれでいいと言うなら、うちも引き下がらないと筋が通らないの」

「そうかぁ？」

別にそうでもないと思うんだけどなぁ！　ここで二人が認めてしまったら、僕が後で大変じゃあないか！　やめておくれよ！

切実な僕の願いも空しく、二人とも怒りを鎮《しず》めてしまいました。いや、本来は良いことですけどね！　納得できないのは僕だけなので、腕を組んで唸るしかできない。

そんな僕に近寄ってきて肩に手を置いてくるミナフェが、笑いを堪《こら》えながら言いました。

「プププ……！　その、なんというか、頑張るっち……！！　ククくっ……！」

「その悪意にまみれた笑いをやめなさい」

全く、誰に似たんだそんなところ。はぁ、でもなんとかしないとダメかぁ。

僕は改めてガーンさんとフィンツェさんに向かって口を開きます。

「まあ、その、そういうことなので……いいですかね？　レンハに料理を作って持って行っても」

「そういう条件でやるなら、俺は認める」

「うちも。一緒に行かせてもらえるなら邪魔はしない」

まあ、それで二人とも溜飲《りゅういん》を下げるならいいかなぁ……。

二人の気持ちを蔑《ないがし》ろにするわけにもいかず、かといってガングレイブさんからの指令を無視するわけにもいかず。本当に中間管理職って辛《つら》い。

ということで僕は腕をまくり、食材を選ぶことにしました。

「さて、気合いを入れるとしますか。あの女のことだから、生半可なもんを出したら絶対文句を言ってきそうですよね」

「それは違いないな」

ガーンさんは重々しく頷《うなず》いて肯定します。

「あのクソ女……面と向かってこれでもかと今までの不満をぶつけてやる」

「はいはい……さて、料理にかかりますか」

「何を作るつもりなの？」

「そうですね」

僕は食材の中から上等な肉を取り出して、吟味します。うん、鮮度良し。これにする。

「ステーキでも出してやれば、いいんじゃないかと」

「肉か。それならうちが作ろうか？　うち、そういうのもよく作ってたから」

あー……確かに。前のレストランでそういう職務を兼任していたフィンツェさんなら、信用できますね。正直どういう技術を使ってくれるのか、ぜひとも見てみたい。

のだけど、今は僕が作ったものを持って行かねばガングレイブさんは不安がるでしょう。それに任されたのは僕です。

「フィンツェさんなら任せてもいいかと思いますが、皆さんはそれぞれ食事の時間に向けた準備をお願いします。今回は僕が作るということで」

「了解だっち」

いの一番に動き出したのはミナフェです。こういうとき彼女は頼もしい、やってほしいことを察して素早く動いてくれる。

他のみんなも動いてくれてるので、その間に作ってしまいましょう。

さて、ステーキを作るといってもただのステーキでは、レンハも納得しないでしょうね。だから、かなり手の込んだステーキを作りましょう。

用意したのは牛肉、タマネギ、ニンニク、塩、胡椒《こしょう》、赤ワイン、オリーブオイルくらいなもんか。もっといろんな材料も使えばいいんだろうけど、シンプルイズベストってね。

最初にタマネギとニンニクをすりおろしておき、これを牛肉によく揉《も》み込んで馴染《なじ》ませます。

察しのいい人はここで気づくと思います。そう、これはシャリアピンステーキってやつですね。タマネギを揉《も》み込むことにより、下味を付けつつタマネギの酵素によって肉がとても柔らかくなります。

さらにここで胡椒《こしょう》をふって揉みましょう。あと、ここで時間を置きましょうね。慌ててはいけません。

胡椒ってのはね、あくまで臭い消しなの。焼く十数分前にふっておこう。臭いを消す時間が必要だからね。

それと塩は焼く直前にふらなきゃダメだよ。特に塩をふるタイミングが重要！　早くふると肉汁が流れ出てパサパサな肉になっちゃうから。僕も子供の頃にこれらの失敗をやらかしたことがあって、あのときは大変な思いをして食べました。

焼いてる途中に塩をふるのも駄目。塩が肉に馴染《なじ》まないので塩の味が立ちすぎる。これも同じ失敗をしました。ステーキとは、ただ焼くだけではない奥深い料理なのですね。

次に、これらに気をつけてソースを作る準備をしましょう。タマネギとニンニク、胡椒を肉に馴染ませている間に揃《そろ》えておきます。

タマネギの半分のすり下ろしとみじん切り、ニンニクのみじん切りとスライスを準備。あと必要なものは醤油《しょうゆ》とバター、赤ワイン。

さて、材料が一通り揃ったところでフライパンを火にかけて熱し、オリーブオイルをひき、肉を焼きましょう。胡椒、タマネギ、ニンニクを馴染ませたさっきの肉に軽く塩をふり、フライパンに入れる。

さあて、ここからは火加減にも注意だぞう。じっくり弱火で焼く人もいますが、ここは強火で焼こうな。目安はフライパンから煙が出るくらいね。怖がっちゃダメだから。

焼いている間は絶対に肉に触れてはいけません。押しつけたりする方もよくいますがこらえましょうね。強火で焼き、肉汁が浮いたらひっくり返します。

さて、ここからフランベの時間だ。

「よし……て、何を見てるんです？　皆さん」

後ろを振り向いて見れば、全員が全員作業を止めてこっちを見ているではないですか。赤ワインの瓶を片手に、僕は首だけ振り返って言いました。

「作業の手を止めちゃだめでしょ。ほら、やったやった」

「シュリ、質問があるっち」

「なに？」

ここでいったい何を聞こうというのか？　神妙な顔をして聞いてくるミナフェには悪いけど、話は早めに切り上げてほしい。

「手短にお願いね」

「最初にタマネギを肉に揉《も》み込んだのはなぜ？」

「タマネギの酵素で肉を柔らかくしつつ旨みを引き出すため」

それだけ言うと、僕はとっととフランベするためにフライパンに向かいました。すまん、時間がないんだよ。時間が。

さて、ここで僕は赤ワインを投入。一気に揮発《きはつ》したアルコールに引火して炎が上がる。

うーんこれこれ！　この感じだよなぁ！　これで香り付けも完璧でしょう。

「大変だ！　火が上がってる！」

「水！　水を用意せぇ！」

「え？」

振り返ると、ガーンさんとアドラさんが慌てたように瓶の水を両手にこっちに向かってきてる！　まさか、ここで水をぶちまけるつもりか!?

かといって調理の手を止めるわけにもいかないので、僕は慌てて声を張り上げました。

「ガーンさんアドラさん！　これは調理の工程で必要なことだから！　水を持ってくるな！　来ないでくれ！　大丈夫だから！」

「馬鹿野郎！　火事を起こすつもりか！」

「早う消さんと大変なことになるっちゃ！」

ダメだ、この二人は水をぶっかけるつもりだ！　てか、火が上がってるところに水を入

れても逆効果だわ!! 僕はフライパンから目を離せないから、必死に呼びかける。

「ミナフェ! フィンツェさん! ガーンさんとアドラさんを止めてくれ! 二人ならこの状況での水がどんだけ危険がわかるでしょ!?」

「もちろんだっち!! やめろ二人とも!!」

ミナフェは僕の真後ろに立ち、どうやら両手を広げてガーンさんとアドラさんを食い止めてくれているようです。よかった、これで時間を稼いだか?!

「二人ともやめるっち!! こんなところで水なんぞかけるんじゃない!」

「だけどフライパンから火を噴《ふ》いてるぞ!?」

「それは自分にもよくわからんけど、少なくとも水をかけたらもっと大惨事になるっち!! 水が油に触れたら熱で蒸発して弾《はじ》けて、さらに油も飛び散って火が広がるだけっち!! ここはシュリを信じて待つっち!!」

必死にミナフェが止めるけども、ガーンさんとアドラさんは水を手に騒ぐばかり。

そうしていると、ようやくフランベの火が消えた。

「これで、よし」

はぁ……これで一安心だ。血の気が引いたよ、今度からはやることをキチンと説明した方がいいだろうか……。

「ガーンさん、アドラさん」

僕は地の底から出てくるような低い声で、二人に言いました。

「今度からは調理技術よりも、厨房《ちゅうぼう》の現場で起こる事故に対する対処法の講義を始めます。料理を教えるのは当分先送りにしますね」

「お、おおぅ」

「すまんかったたっちゃ……」

「教えてなかった僕も悪かったんですけどねっ」

そうだよね、よく考えたら厨房ではいろんな事故が起こるんだ。油への引火だったり、包丁で指を切るとか食材の毒を除去してたらその毒に中《あ》たるとか、例を挙げればキリがないくらいたくさんある。

それをちゃんと教えて、その場合どうするかを知っておいてもらわないと。今のように水をぶっかけに来るかもしれない。

「兄弟子の名前が泣くっち!!　修業期間は短いだろうけども、それでもやっちゃいけないことくらい最初に教わっとくっち！」

「いや、すまん……」

「おりゃあはてっきり、水をかければなんとか……」

「さて、残りをやるかぁ……」

後ろでミナフェがガーンさんとアドラさんに注意している声が聞こえるので、そっちは任せましょう。僕はソースを仕上げるために肉を取り出し、皿に盛り付けます。

フライパンに残った肉の脂を使ってソースを作る。ニンニクを入れて香りを加え、タマネギを投入して炒める。火が通ったら残りの赤ワインを適量投入し、アルコールを飛ばすように煮立てて醤油《しょうゆ》を加え、バターを溶かす。

皿に盛ったステーキとは別に器を用意してソースを入れ、これにて完成なり。

うむ、上手くできたな。香りもよし、見た目もよし。

「よっし、これで完成だ、わっ⁉」

気づけばすぐ近くでフィンツェさんが皿を覗《のぞ》き込んでるじゃないですか。凄《すご》い至近距離なので、逆に気づかなかった。

フィンツェさんは一通り外見からステーキを確認すると、今度はソースを作っていたフライパンの方に向かいます。

……まさか、と思ったらフィンツェさんはフライパンのソースを指で取って舐《な》めました。おいおいそれ、まだ粗熱取れてないんだけど！　と心配になったんですけど、当のフィンツェさんはというと。

「……醤油、ニンニク、赤ワイン、あと肉の脂……うん、これはうちもレストランで使ってるものだ」

と、平気な顔をして人が作ったソースの味を盗もうとしてやがりました。

まさかここまで徹底した料理人だとは。いや、感心しますね。やる気のある人なんか、こうして鍋の残りから味を盗むとかやりますからね。

「しかしわからない……あれはいったい……」

「フィンツェさん、料理ができたのでレンハの所に行きますよ」

ブツブツと何かを呟《つぶや》きながら思考の海に漂っているフィンツェさんに呼びかけました。

だけどフィンツェさんは反応しない。指を舐めた姿勢のまま、天井を見上げて呟くばかり。

ダメだな、こうなったら。

「僕がやったフランベとかタマネギとかの意味はちゃんと教えるので早く行きましょ？」

「よっし行くことにするの」

やっぱり、これが知りたかったのか。だからってその意識の切り替え方は早すぎない？

「ガーンさんも行きましょか。ね？」

「おう、わかった」

「ミナフェとアドラさんは引き続き作業をしてください。さっさと終わらせてきます」

「了解だっち」

「おうよ」

ミナフェとアドラさんは返事をすると、さっさと作業に戻ってくれました。だけど僕は見ました。僕が軽く片付けて後で洗おうとしているフライパンから、ミナフェが隙を見つけてフィンツェさんと同じように味を盗もうとしているのを。

僕はそのままガーンさんとフィンツェさんと連れだって城の廊下を歩く。もう少ししたら昼か、早く終わらせてミナフェたちと一緒に昼の準備をしないとな。

そんなことを考えていた僕ですが、ふと横を見ればフィンツェさんが目を輝かせながら忙《せわ》しなくあちこち見ている。首も、胴体も、それに釣られて大げさに連動します。

なんか、田舎から都会にやってきたばかりの昔の僕を思い出しますね。

「フィンツェさん？」

「あ、いや、これは……懐かしさがこみ上げてきたの」

ああ、なるほどそういうことか。僕は納得しました。

帰ってきたばかりで、落ち着いて城の中を見ている暇はなかったのでしょうが、今はそうする余裕ができたということでしょう。なんせここはフィンツェさんが生まれ育った城なのですし、この領地は生まれ故郷なわけですからね。懐かしむのは無理もない。

それがわかっているガーンさんは、優しい笑みを浮かべてフィンツェさんの頭に手を乗せました。

「ああ、そうだ。懐かしくて当然だ。……お前はまだ幼いころにレンハによって追い出されたけど、それでも記憶には残ってるはずだからな……」

「ガーン兄さん」

「改めて、おかえり。フィンツェ」

「うん」

フィンツェさんは嬉《うれ》しそうにしながら、頭を撫《な》でるガーンさんの手の感覚に浸ってるようでした。この人、案外ブラコンの気でもあるのだろうか。

そんなことを考えてると、ようやく問題の部屋に着きました。ここにレンハが移されているはずです。部屋の前に立った僕は、料理を持つ両手を握り直して感触を確かめる。

「入りますよ」

僕はそう一言声をかけるけども、中から返答はない。

まあいいでしょ。入らせてもらお。僕がガーンさんに目配せすると、扉を開けてくれました。両手が塞がってたから助かる。

「失礼しまー……」

中に入ってみればそこは客室で、ソファのような椅子が二脚、机を挟んで対面に置かれている。そこにはガングレイブさん、アーリウスさん、エクレスさん、ギングスさんが立ったままレンハと向かい、もう一人はレンハの前のソファに座っている。

問題のレンハは、早々に着替えさせてもらって体を拭いたのか、清潔感がある。髪も梳《す》いてもらったようです。

今は質素な白いシャツと黒いズボンを穿《は》いてる。前に見たような豪華な衣装はやめて、今は楽な服装をしているってことでしょうね。

レンハは、対面に座った……少女へ言葉を投げかける。

「それで？　いきなりこの部屋にやってきたあなた様が、私なんぞに何の用がおありでしょうか？」

「聞きたいことなんぞわかりきっておると思うがな」

「いやいや、今の私はもはや元領主の側室などという肩書きだし、その旦那様も地下牢《ちかろう》にいるので、私などがテビス姫の願いを察するなど、とてもとても」

そう。レンハと向かい合っていたのはテビス姫でした。傍《そば》にはいつもどおりウーティンさんがいる。

僕からでは、レンハのにやついた嫌な顔と、テビス姫の後ろ姿しか見えない。

それでもレンハの態度のせいでテビス姫が明らかに苛立《いらだ》っているのがわかった。そういう雰囲気をありありと浮かべているのです。

「じゃあはっきり聞こうか。グランエンドはどれだけニュービストに手を伸ばしておる？　父上には……陛下には後妻を娶《めと》るつもりがないからお主《ぬし》のような女をあてがう策謀は無理じゃろうが、それでも家臣に手を伸ばしてもらっては困る。知っておることを言え」

「さあ？　私にはわからないわ。私はここを任されただけだから」

「そもそも、どうやってアルトゥーリアやスーニティに自分の身内を側室として送り込めた？　普通、こういうことは警戒されると思うのじゃがな」

「本人に聞いてみてはいかがでしょうかねぇ？　旦那様に聞いてみたら？　私がどうやってあの人を籠絡《ろうらく》したのか」

なんだかよくわからないけど、のらりくらりとレンハがテビス姫の質問を躱《かわ》してるのがわかる。それがさらにテビス姫を苛立たせてるんでしょうね。

だけど話が終わるまで待ってたら、せっかくの料理が不味くなっちゃうよ。ここは遠慮なく、話に入らせてもらおうか。

「失礼します。レンハ……さんに料理をお持ちしました」

「お、やっと持ってきたのね。待ってたわ」

「なに!?」

レンハは嬉《うれ》しそうにしていますが、テビス姫は驚いてこちらを振り向きました。僕と視線が重なり、手に持っている料理に目を移し、そして不機嫌そうに眉をひそめます。

「シュリ……お主、こんな者のために料理を作ったのか……」

「欲しいと言われれば用意するのが料理人ですし、それに……美味《おい》しい食事を出せば、ガーンさんたちの母親の居場所を教えてもらえるって話なので」

「なんじゃとっ？」

テビス姫がレンハの方へ視線を向けると、レンハは勝ち誇ったように足を組んで背もたれに寄りかかりました。

「ま、そういうことですよテビス姫。待遇を改善してくれれば、話すと言ってあるので」

「……お主《ぬし》、一応は反乱の首謀者であろうが」

「情報は使いどころが大切ですよねぇ」

なんか言い方に悪意があるし苛《いら》つくな。実際、黙って立ってるガングレイブさん、アーリウスさん、エクレスさん、ギングスさんは何も言わないけど、それぞれが苛立った様子を見せています。

これは、マズいな。とっととこっちの目的の話をしてもらって、ここを去ろう。あとはしらん、ガングレイブさん頑張ってくれ。

「では、こちらをどうぞ」

僕はレンハの前にナイフとフォーク、そしてステーキを盛った皿を置きました。

レンハは嬉《うれ》しそうにしながら足を組むのをやめてナイフとフォークを手に取ります。

「いいじゃない。宴《うたげ》の時は子豚の丸焼きを作ってたけど、今度も肉なのね」

「ええ。まあ、わかりやすく機嫌を取るならこれを」

僕はレンハから一歩引いて離れました。

「シャリアピンステーキがよろしいかと思いましてね」

このために用意した柔らかくて美味《おい》しいシャリアピンステーキ。レンハの前で焼けた肉とソースの匂いを振りまいています。ふと目を転じれば、テビス姫が悔しそうに貧乏揺りをしてじっと見ています。一国の姫なんだから、そんな態度は控えてほしい。

レンハはそのままステーキにフォークを刺してナイフで切り分け、口に運びました。

「うんうん、やはり私のような人間は、こういう贅《ぜい》をこらした料理を食べるのがふさわし……」

なんて言っていたレンハの動きが、明らかに止まった。

浮かべていた笑みがなくなり、口の動きも止まり、冷や汗でも流しそうなほど緊張している。

はて？　僕はなんか料理で失敗でもやらかしたか？　そんな不安がよぎる。

レンハ以外の全員がレンハの様子を見て、不思議そうにしている。そりゃそうだ、ステーキを食べてる途中で驚いたように動きを止めてるんだから。何があったんだと気になるのは当然でしょう。

僕だって同じだ。失敗は何一つしなかったはず。むしろ上手くできて美味しく仕上がったはずなのに。どうしてこの人は固まってしまったのか？

レンハはそうして数秒間固まっていましたが、次第に口が動き出しました。

「……美味しい」

消え入りそうな声のその感想を聞いて、ようやく僕は胸を撫《な》で下ろす。よかった、不味かったわけではないのか。

すぐにレンハはゆっくりとした動作でステーキを食べ続けました。

「焼き加減も、ソースの出来映えも、文句の付けようがない……普通に美味《おい》しい。肉の旨みを十二分に引き出すように焼かれてる……。しかし、特筆すべきはこの柔らかさ」

レンハは切り分けた肉を口に運び、咀嚼《そしゃく》する。

口の動きは緩慢だけど、動きが止まることはない。

「柔らかい……本当に柔らかくできている。唇でもちぎれるんじゃないかと思うほど柔らかく、食べやすい……そして食べれば感じる芳醇《ほうじゅん》な風味よ……。

この部屋にシュリが入ってきたときから感じてた良い香りは、これだったのね。風味も香りも、味も柔らかさも、どれをとっても美味しくできたステーキ……」

「そんなものなら妾《わらわ》も食べたいのぅ。シュリ、後で妾にも作っておくれ」

「え、あ、はい」

テビス姫が唐突にこちらを向いてお願いしてくるので、思わず僕は了承しました。

いいのかな……ガングレイブさんが僕の方を睨《にら》んでくるけど、本当にテビス姫だけに料理を作っていいのだろうか……まあ後はガングレイブさんに任せるとして今は無視しておこう。後のことは後の自分に任せる。

で、レンハはというと黙々と美味しそうにステーキを食べ続けてる感じ。最初は無表情だったのですが、だんだんと笑みが浮かんできています。

それも嫌みな笑みではなく、純粋に美味しい食事を食べて嬉《うれ》しいということと、食事を楽しんでいるという、そんな感じの優しい笑みだ。これを言ったらギングスさんに苦い顔をされるかもしれませんが、その笑みは確かにギングスさんを彷彿《ほうふつ》とさせる。

そのまま食事を終えたレンハは、行儀良くナイフとフォークを皿に置き、用意していた布で口元を拭いました。

「うん、確かに美味しかったわ」

「それじゃあこっちの約束を守ってもらおうか」

レンハが穏やかに笑って食べ終えたときに、エクレスさんが無表情のまま、それでも怒りが滲《にじ》み出ている雰囲気で言った。

先ほどまで抑えていた感情が、ここに来て漏れ出ているのが僕でもわかる。エクレスさんは基本的に仕事と私事を分ける人だと思っていたけども、それでも苛《いら》つくことだってあるでしょう。

特に、目の前の人間が自分の母親の居所を知っている不倶戴天《ふぐたいてん》の敵であるなら、なおさらだ。

「待遇は良し、食事も良し。もう文句は言わせない」

「約束は、守る」

その敵が、さっきまで横柄《おうへい》な態度を取っていた女性が、いきなり殊勝になる。

エクレスさんはもちろん、ギングスさんも、この場にいる全員が呆気《あっけ》に取られた。もしかしたら、もう少しごねるかとも思っていた僕でさえも、この反応は予想外でした。

「その前に、そこの……シュリに一つ、いいかしら？」

「え？」

唐突にレンハは、僕に言った。

「あなた、ウィゲユという名前に聞き覚えは？」

その目には何か、確信があるかのような光があった。僕にこれだけは聞いておかないといけないという、そんな決意すら感じる。

「あのとき、あなたは私に言ったわね。磔《はりつけ》にされたとき。『料理人が危険な食べ方の知識を悪用したのか』と。あなたも知ってたってことよね」

「……はい」

あの処刑のときに言った、元領主ナケクの金属アレルギーを利用した杯の仕掛け。あのことを言ってるのだと思い出して、僕は頷《うなず》きました。

でも正直平静ではいられない。眉間に皺《しわ》が寄り、口は必要以上に固く引き結ばれる。

「あれは……料理人の風上にも置けぬ存在があると」

「そして、あなたは同じように言った。外海人の仕業なのかと」

「なにっ？」

僕とレンハ以外の全員が驚いた顔をしている。そういやこの話は、ガングレイブさんにもしてなかったな。あの騒ぎでその話をするのを、すっかり忘れてたよ。

だけど今はそんなことを気にする必要はない。暇はない。

きっとレンハは、大事な話をしているのだから。彼女のふざけた様子のない真剣な顔で、必要以上にわからされるのだから。

「あなたも外海人、なのよね」

「……」

「沈黙は肯定と受け取りましょう」

「じゃあ……そのウィゲユという人は」

「ええ。外海人よ。人間……なのは間違いないけど、平凡な村の出身で経歴はちょっと特殊、それで御屋形様《おやかた》……お父様の目に止まって城の料理長をしている」

城の料理長をするほどの人が？　アレルギーの知識を悪用して人に害を為《な》したと？

なんという恥知らずだ、僕は背中に隠した拳を手が痛くなるほどに握りしめた。決して許しちゃいけない。愚かにもほどがある。

「すみませんが、そのウィゲユっていう人の名前は聞き覚えがありません」

僕は平静さを保ちながら答えました。

「だけど、あなたが僕の料理を食べてこの話をするということは……」

「ええ。そうよ」

レンハは空になった皿を指さした。

「この料理を、かつて私は食べたことがある。味も、食感も、香りも、何もかも一緒だった。フランベという技術を使ったのだろう？　このステーキにはその風味がある」

時が、止まった。僕の中の時間が、全て。

レンハの顔も、周りの顔も、全てが色褪《いろあ》せて真っ白になる。

考えたくはなかった。その可能性が正解であってはならなかった。僕の中で、その衝撃と失望と憤怒の念がこだまする。

そうだ、フランベという言葉を知ってるということは、つまりそういうことだ。

このシャリアピンステーキを作ったとき……フィンツェさんは興味深そうに見ていて、後で作り方を教えると言うと、嬉《うれ》しそうにしていた。

超一流の料理人が集う料理大国ニュービストで、そのまた超一流のレストランで、そしてそのレストランで重要な役割を担っていたフィンツェさんですら、フランベについて知らない様子だった。

なのに、フランベという名前もそれが生み出す料理への効果も、レンハは知っていた。

その衝撃があまりにも大きかったんだ、僕の中では。

失望も大きかった。フランベを知ってる人間が、美味《おい》しい料理を作っているはずの人間が、食べ物にまつわる知識を悪用して人を害しようとしていた。

それどころかフランベの技法が広まっていないところを見ると、一人で独占してるってことだ。技術は個人の宝なれど、隠蔽《いんぺい》するなんて良いことじゃない。料理界の発展にまるで興味のないようなその姿勢に、怒りがこみ上げる。

最後の憤怒が僕の全身を貫き、顔に熱さえ持たせる。

そうだ、知ってるんだ。料理の知識が金になることも、権力を得ることができることも、これらを利用して一財産を築けることも知ってる。

だから活用した――人の命をコケにしてまで。

「しゅ、しゅり？」

隣からガーンさんの怯《おび》えたような声が聞こえる。周りのみんなも僕の顔を見て一歩引いている。

僕に聞いたレンハですら、僕の尋常ではない様子から恐怖を感じているようだった。椅子から腰を浮かして逃げようとしていた。

「知ってたんだな」

「え、えっ？」

「そのウィゲユって奴はきっと僕と同じ故郷の人間だ。料理や食事にまつわる危険な知識さえも、悪用することを知っていながらお前に教えたのか」

「え、ええ、こうすれば殺害方法は判明しないと」

瞬間、僕の中で怒りが爆発する。ズカズカとレンハに近寄り、机を思い切り蹴っ飛ばした。皿が宙を舞って地面に落ちて割れ、フォークとナイフも落ちる。予想以上に机は吹っ飛んでひっくり返った。

周りの驚きと、僕を押さえようとして近寄ってくるのがわかる。だけど関係ない。

僕はレンハの胸ぐらを両手で掴《つか》み、その顔を思い切り睨《にら》みつけた。眉間も額も痛くなるほどに歪《ゆが》み、怒りが収まらない。

「糞野郎《くそやろう》は!! 今どこにいる!! ぶん殴らなきゃ収まらない!! お前もだ、そんな危険な知識を料理人から聞いて、実際に試したのか!! 料理で! 人を殺そうと!」

「シュリ!」

僕の両肩を掴んでレンハから引き剥《は》がしたのは、ガングレイブさんでした。驚いてはいるものの、冷静に僕を宥《なだ》めようとするのがわかる。

「離せ」

だが僕は譲らない。

「離せ」

僕は二度、同じ事を言いながらガングレイブさんを睨みつける。この怒りは、大人の態度で収めるにはあまりにも酷《ひど》すぎるからだ。

「シュリ、落ち着け。その、ウィゲユって奴が黒幕ってことがわかったんだ。これ以上レンハに当たっても」

「離せ」

三度目。

「離せ」

四度目。それでもガングレイブさんは離す様子がない。それどころかこんなに激怒したままの僕の様子に面食らっている。

「シュリくん！　シュリくんが何を怒ってるのかはよくわからないけど、それは」

「黙れ……っ！」

今度はエクレスさんが何か言ってきたが、そっちを睨んで一度だけ言ってやる。

そんな僕にエクレスさんは悲しそうにするばかりだった。次の言葉のための口すら動かないほどにショックを受けている。

僕はその間にガングレイブさんの拘束を解き、再びレンハに迫る。なんで僕がガングレイブさんの拘束を解けたのか、自分でもわからない。怒りのあまり自分でも想像できないほどの力が出ていたのかもしれない。

だけど今は関係ない。そんなこと、知ったことか。再びレンハに近づいた僕は、今度は眼前まで顔を近づけて睨《にら》みつける。

「覚えとけ。東朱里は、お前とウィゲユって奴を絶対に逃がさない。許さない。絶対にだ。もしウィゲユって奴に会えたなら、言っとけ。東朱里はお前を許さないってな」

「は、は、い」

「じゃあな」

僕はそのまま、大股で部屋を出て行く。乱暴に扉を開けて、乱暴に閉める。身を焼くほどの怒りが、体の中からいくらでも溢《あふ》れんばかりに生まれるようだ。

廊下を大股で歩き、人とすれ違っても挨拶もしなかった。

そうして誰もいない廊下で、僕は思いきり壁を殴りつける。痛みが走り、拳の皮膚が裂けて血が流れる。だけど痛みも何も気にならない。怒りが鎮《しず》まることはない。

僕のこの怒りは、そんな簡単に鎮まるようなものじゃない。

「ウィゲユ……その名前覚えたぞ。僕と同じ流離《さすら》い人《びと》」

誰もいない廊下で僕は呟《つぶや》く。

「おそらく日本人だ。僕と同じ、日本から来た誰かだ。同じ料理でも同じ味なんて、そうそう作れるはずがない。……僕は多分、そいつとどこかで一緒だったんだ。一緒に料理を教わったから、同じ味なんだ」

そうでなければ同じ調味料を使っても何もかもが同じになるなんてあり得ないはずだ。

僕はそれに思い至り、両手で顔を覆う。そしてしゃがみ込み、床を睨みつけて一言。

「ぜってーに自分がやらかしたことを後悔させてやるかんな。覚えてろよ」

その一言を最後に、僕は深呼吸をした。両手で顔を覆ったまま、何度も何度も深呼吸を繰り返す。必死に自分の中の怒りを吐き出すように何度もです。

どれだけ時間が経《た》ったのか。ようやく落ち着いた頃に立ち上がり、僕は痛みに顔をしかめた。拳を見れば血が流れてるだけじゃない、腫れ上がってきてる。

「いてててて……やりすぎたかな……。バカなことをしちゃった、料理人が手を傷つけるなんて……とほほ……」

僕は自分のしたことに後悔しながら、厨房《ちゅうぼう》へと向かうのでした。

ちなみに怪我《けが》したことはミナフェから怒られた。ギャンギャンに怒られた。もうしない。

閑話　裏の舞台のお話～テビス～

「……怖かったの～」

妾《わらわ》はシュリが去って行った後に、ソファにもたれかかるように背を預けた。まさに嵐のようであった。この場にいる全員が、その嵐に対してほぼ何もできなかったといえるじゃろう。

妾は蹴飛ばされた机と、割れて床に散らばった皿を見て言う。

「シュリのあの怒りは、どういうことか説明してもらおうかのぅ」

視線を、レンハへ向ける。

「どうやらお主《ぬし》たちの間には、お主たちにしかわからぬものがあるらしい。それを説明してもらおうか」

「……え、ええ」

レンハはシュリに胸ぐらを掴《つか》まれたことで乱れた襟元《えりもと》を正しながら、椅子に座り直して溜め息をついた。

「まさかあそこまで怒るとは思わなかったわ。いや、料理人として当然というべきかしら」

「ふむ。料理人として怒るべき部分で怒ったということか」

「ええ……私が旦那様を殺そうとした手段は私の国にいる料理人から教えてもらったものだもの。悪用すれば命に関わることを、料理人が躊躇《ちゅうちょ》なく教えてやらせたことに怒ったの」

「お主らの二人の会話を聞く限りそうなるじゃろう。それと、気になることが一つ」

妾は身を乗り出しながら聞いた。

「お主のところに、外海人がおると？」

話の流れからして、シュリと同じ人間がグランエンドにいるということになる。

あのシュリと、同じ料理人が、だ。妾はその事実に、目を見開いていた。

「妾のところには情報さえないわ。シュリと同じ料理で同じ味のものが作れるということは、かなりの腕前……いや、かなりなんて言葉では形容できないほどの腕を持っておるのじゃろう。しかし妾のところには話が届いておらん。この大陸における料理人の情報を逐一集めておる妾にすら、じゃ」

ニュービストは食料と料理の研究で栄えておる。その根幹となる料理人の情報、食材の情報は妾のところに集まるようになっておる。

あちこちに張り巡らせた、ウーティン以外の『耳』の存在から送られる情報によって、妾《わらわ》の仕事は支えられておるのじゃ。

その『耳』からは、グランエンドにそんな料理人がいることなど全く聞いておらん。

だからこそ、妾は身を乗り出すほどにレンハに聞きたいのじゃ。

「レンハよ、その外海人……いや、流離《さすら》い人《びと》と言えばよいかな？」

妾の言葉にガングレイブは肩を跳ね上がらせて驚いた。

「テビス姫様、その名をどこで……!!」

「ガングレイブよ、今はそこは重要ではない。シュリが流離い人であり、神殿にとって都合の悪い存在であろうとも、そこを議論している場合ではないのじゃ」

ガングレイブにはすまんがな。妾はそちらを一瞥《いちべつ》もせずレンハを見つめたまま続ける。

「お主《ぬし》は流離い人という存在を知っておるか？」

「いえ、知らないわ」

どうやら本当に知らないらしい。レンハの表情、口調からは嘘《うそ》は感じられぬ。

「そうか。まあよい、ならば外海人でよかろう。お主のところにおる外海人は、何者なのじゃ？　シュリと同じように、ある日突然現れたのか？」

「どういうこと？」

「シュリはある日突然現れて、ガングレイブと行動を共にしておる。お主の所の外海人も、同じではないのか？」

「いえ、そんなことはないわ」

レンハは首を横に振ってから答えた。

「ウィゲユの生まれも育ちも判明してるわ。でも、彼は幼い頃から秀才で、読み書き計算は誰に習うでもなく習熟し、何より料理に関しては誰にも何も教わらないのに、まるで熟練者のようにできていたと聞くわ」

「ふむ……ならば、なにゆえ外海人であると？」

生まれも育ちもわかっておるのならシュリとは違うはず。なんせシュリは外見からして妾たちとは特徴が全く違う人間なのじゃからな。

「本人がそう言い張ったからよ。生まれがハッキリしてるのになぜ、とは思ったけど。あれは……結構昔になるわね。料理達者な若者がいるってことで興味を持った私のお父様……御屋形《おやかた》様がそこに行って、何を思ったのか連れ帰ったのが最初だったわ。それから彼は、御屋形様にだけ料理を作っていたのよ。御屋形様は誰にも見られないように見せないように、一人で食事を取られていたわ。給仕も全部彼にやってもらっていた。

私も食べさせてほしかったけど、御屋形様はそれを許さなかった。ウィゲユは御屋形様にだけ料理を作って、食べさせていたわ。だから極限まで情報は絞られていたし、誰にも漏らさないように箝口令《かんこうれい》を敷いていた」

「だからか……妾のところにも情報が来なかったのは」

それを聞いて、妾《わらわ》は乗り出していた体をソファに寄りかからせて溜め息をついた。

なんということだ。シュリと同じような腕前を持つ料理人を、事もあろうに個人だけのために使うとは。しかも本人もそれを受け入れてしまうとは。

もしその情報が妾のところに来ておれば、きっとどんな手段を使っても手元に引き入れるように工作をしておったじゃろうな。その料理人に対する待遇はあまりにも酷《ひど》いから。

自分のレシピも技術も次代に引き継がせる余地もなく、権力者が独り占めしておる。

なんともったいない……といっても、もし妾がシュリを手元に置いておったら、そうしたいと願う欲求を抑え込めたかと言われたら疑問が浮かぶがの。

しかしそれは、今は言わない。

「レンハよ、それでもその料理人とは交流があったのじゃな」

「たまに話すときはあったわね。そのときに、旦那様を怪しまれずに殺す方法も教わっていた」

「なんという……」

もはや何も言えぬ。シュリが怒るのも無理はないわ。料理人が料理で、食事で、人の口に入る方法で誰かを害する方法を教えるとはな。

「しかし、私はもう見捨てられたのかしらね……こうまで祖国から何も音沙汰がないってのは……」

「それは俺っちのせいかもね」

と、ここで誰かがいきなり扉を開いた。全員がそちらへ顔を向ければ、なんとフルブニルとトゥリヌがそこにおった。トゥリヌはいつもの槍《やり》は持っておらんかった。

さらにフルブニルの隣には……知らぬ男が立っておる。深く被《かぶ》ったフードで顔は見えぬが、片腕に装着された義手が目を引く。

フルブニルは部屋の中に入ってくると、無邪気に笑いおった。

「いやーごめんなさい。なんかテビス姫がレンハと個人的な話をしてるって、しかもそこにガングレイブたちもいるっていうじゃないか！　イムゥアがたまたま部屋の前を通りがかって、俺っちに教えてくれたもんだから気になって見に来ちゃったよ！」

「俺もそれに同伴じゃ。そしたら気になる話が聞こえたもんで、立ち聞きしてもうたんじゃ」

「はぁ……そうですか」

ガングレイブは溜め息をついて疲れた顔を見せる。それを見て妾は茶化すように笑って言うた。

「ガングレイブよ。今後は防諜《ぼうちょう》対策も考えた方がよいぞ？」

「そうですねテビス姫様……リルと相談して、外に声が漏れぬ部屋をどこかに作ろうと思います」

「それがよいわ。客室を改造するのがよいかの。それも三つか四つ」

「検討して実施します」

全く、そういう部屋を一つも用意してないとは。妾《わらわ》はエクレスに声を掛ける。

「エクレスよ、この城にはそういう部屋はないのかの？」

「ありません。そこの女が一つ残らず壊しました。あるとしたら……元領主のナケクの寝室がそうかと」

「ああ、なるほど」

つまり、ナケクとレンハがこの領地に関しての策謀を巡らし、レンハがナケクを裏切るためのグランエンドとの連絡はそこで行われておったってことか。まあ、他にも理由があるじゃろうが。と、妾たちが話をしているとトゥリヌがレンハの横に立ち、見下ろした。

「レンハ、だったか。あんたに聞きたいことがある」

「なにかしら？　かのアズマ連邦の首長様の望む答えが出せるとは思えないけど」

「その料理人、生まれも育ちもハッキリしちょるが幼い頃から誰に習うでもなく読み書き計算ができて、そして知恵もあり何かの技術に突出しておる。それでよいかの？」

「……ええ、まあそういうことになるのかしら」

トゥリヌが何を聞きたいのかよくわからぬが、顎に手を沿えて何かを考えておる。

何かの結論に至ったのか、トゥリヌは妾の方を見た。

「テビス姫。俺は部下からの報告で流離《さすら》い人《びと》のことを知ったがじゃ」

「ふむ、そうか」

「アズマ連邦……その前身となるグルゴにも、おそらく流離い人がおった」

「……なんじゃと？」

部屋の中にいる者全員の視線がトゥリヌへと注がれる。視線を気にする様子など微塵《みじん》も見せぬまま、トゥリヌは妾に口を開いた。

「俺の祖先……グルゴの初代首長様の親友にグゥルレンという男がおったがじゃ。そのお方は知恵がよく回り、グルゴが栄えるあらゆる下地を考えたお方で、初代様の参謀として活躍してグルゴを成立させたわけでの。……しかし、姿を消してしもうたが」

「何が言いたい？」

「共通点が多すぎるっちゅうこっちゃ。幼い頃から知恵が回り何かに突出している。不自然なまでに。そして、その共通点を持つ料理人がシュリと同じ腕を持っている。もしかしてグゥルレンも料理人も、流離い人としてシュリと同じところか、もしくは似たようなところから来たんじゃねぇかと思ったわけじゃんな。……生まれや育ちはハッキリしててても、もしかしたシュリ以外のそいつらは流離い人として特殊な……記憶だけ引き継いだ存在じゃないかと」

トゥリヌの推測に、妾は頭に冷水をぶっかけられたように感じた。

もしトゥリヌが言っておることが本当なのだとしたら、グゥルレンという男とグランエンドにいる料理人、そしてシュリは同じ存在になる。

じゃが、妾《わらわ》以上に困惑しておったのがガングレイブであった。目に見えるほど動揺して困惑し、口元を手で押さえて視線を下に向けておる。さらには冷や汗まで一筋流してお
る。まるで何か……重要なことに気づいているかのような困惑ぶりじゃ。

「そんな……じゃあまさか……シュリと同じってことはあいつらも〝外〟から来たってことか？　シュリと同じ？　……だとしたら、賢人って何者だ？」

「ガングレイブよ。先ほどはすまなんだな」

困惑しているガングレイブに妾は声を掛ける。ガングレイブは口元から手を離して、平静を装った顔で妾を見た。

「何がでしょうか？」

「妾が流離《さすら》い人《びと》を知っておるのは、昨日トゥリヌやフルブニル、ミトスと妾の部下が情報を交換した際に入手したものでの。外海人とは本来の呼び方ではなく、『神殿』としての本当の呼び方が流離い人であることを知ったわけじゃ。隠すつもりはない、妾がそれを知った経緯はそれだけじゃ。流離い人という言葉が、詳しくは何を示しておるのかも知らぬ」

「……それが何か？」

「それを踏まえて聞きたい。お主《ぬし》は……シュリが本当はどこから来たのか知っておるので

はないか？」

妾の言葉にガングレイブの肩が跳ね上がる。やはり此奴《こやつ》は知っておったようじゃな。むしろ知っておったからこそ、それを隠そうとしていたのかもしれん。

「それを言うことは憚《はばか》られま」

「隠し事はなしにしよう。シュリはどこから来たのじゃ？　グゥルレンとウィゲユというグランエンドの料理人が同じ故郷を持っておるのなら、シュリがおった場所の手がかりになるやもしれん。教えてはくれぬか？」

妾の追求に、ガングレイブは言葉を詰まらせる。人の話を途中で遮るのはあまり良いことではないが、ここは無理やりにでも聞き出さねばなるまい。

もしこれでシュリの故郷が判明するのなら、ぜひともその場所に行ってみたい。あんな料理を作れるような、料理を作るための技術に突出した国や街ならば、ぜひとも接触を図らねばなるまい。それだけの価値がある。

じゃが、ガングレイブは少し考えてから口を開いた。

「わかりました、ここで隠しても仕方ありません。ただし条件があります」

「条件とは？」

「神殿勢力に関してです」

神殿勢力……妾は少しだけ考えて言った。

「なるほど、確かにそうであるな。大陸の外に対して敵愾心《てきがいしん》を抱いておる奴らに広まるのは、よろしくあるまい」

「一度問題になりましたから。まあ、そこからいろいろあったものの、こうして無事なわけですが」

「その部分はたいそう気になるものではあるが、そこは聞かないでおこうかの」

妾《わらわ》は納得したように言うた。神殿はこの大陸こそが聖地だと謳《うた》っておる宗教集団じゃ。あやつらにそれを知られるのは、よろしくあるまいよ。下手したら神殿騎士が飛んでくるであろうな。

「わかった。あちらには知られないよう配慮しよう。それで？　どうしたら行ける？」

「行けません。どんな手段を使ったとしても、行くことはできないでしょう」

「はぁ？」

妾だけでなく、他の全員も同じような態度で呆《あき》れた。

「ここまできて隠し事なぞ」

「隠し事などではありません。本当にどんな魔法でも魔工でも、また、権力や財力を使っても、さらに武力でも暴力でも無理です。あいつはそもそも、この世界の人間じゃありません」

「……は？」

ガングレイブはとうとう気が触れたのかと思ったわ。何を言うかと思ったら、この世界の人間ではない？　意味がわからぬ。

「この世界の人間ではないとはなんじゃ？　この大陸における人種の特徴を持たぬシュリではあるが……それはどういう」

「テビス姫さま。ここで言う『この世界』とは、サブラユ大陸だけでなく、文字通り、俺たちを取り巻く『この世界』なんです」

……意味がわからぬ。この世界とは違う、その話の大きさの意味がわからず、妾は考えてしまう。少し考えて、ようやくその可能性に気づいた。その瞬間、妾も背筋に一筋だけ汗が流れるのを感じたわ！　まさか、まさかとは思うが。

「まさか……本当に『神座《かむくら》の里』のようなところから来た、と？」

「あいつはその場所を『地球』と呼んでいました。そもそも、この大陸はもちろんのこと海の向こうの世界ですらない。空の向こうでもなければ地の底の世界でもない。本当に、この世界とは違うところから来たんです」

「なんと……」

なんとも話の大きさが、とてつもないことになってきおったわ……。この大陸でも、大陸の外でもない、空の向こうでも地の底でもない、どこにもない『世界』。

シュリの故郷は、そんな空想の話にしか登場しないような場所。

妾《わらわ》は思わず額を押さえて目を強く閉じる。外海人、流離《さすら》い人《びと》、外の世界からの来訪者。

この短い間に出た情報はどれもこれもが空想や幻想としか思えないものばかりであり、普通にこれを父上に報告したとしても子供の戯言《ざれごと》と受け取られよう。それだけ、妾自身もシュリと関わらなければ信じられなかったであろう。

「もう、もう俺様には何がなんだかわからねぇ……」

ギングスなどは額に手を当て、壁に寄りかかって悩んでおる様子。妾だってそんな態度を取りたい。もう頭が痛い。

「……じゃあボクはシュリくんとの結婚の際、どうやって先方のご両親に挨拶すれば？」

「姉貴。それは今は考えなくていいと思う」

エクレスは何やら変なことを考えておったが、すぐにギングスに窘《たしな》められておったわ。

「でも、それならシュリがあれだけの異質な料理の腕を持っているのもわかる」

ガーンなんて、どこか納得した顔を見せておった。

「考えてみれば、あいつはいろんな調味料や見たことのない料理を作る。新しい調理道具をリルと一緒に工夫して作ってもらう。あいつは修業していたと言っていたんだ。でもあいつがニュービストやオリトルで修業したという話は聞かないし、料理の腕を磨くために大陸中を旅したとしても道中の危険をどうにかできる奴とは思えない。でも、その……地球？　とやらの故郷で修業していた、というなら……まだ納得できなくもない」

「うちがシュリの料理を見たときも思ったの。こいつはどこでどうやって、この料理を学んでいたのかって」

ガーンの隣にいたフィンツェもまた、腕を組んで難しい顔をしていた。

「ニュービストでテビス姫様に料理をお出しした話も、うちには信じられなかった。……シュリは多分、地球とやらで猛烈に修業してたんだと思うの。そうじゃなきゃ、あそこまでの腕前にならない」

まあそうであろうな、フィンツェの言い分もわかる。ガーンの言い分ももっともじゃ。あれほどの腕を手に入れるため、幼い頃から努力してきたのであろうことはよくわかる。じゃが、どこで修業した？　いつ修業を開始した？　どうしてそんな腕を持つ料理人が、今まで妾の耳に届くことなく知られてもいなかったのか。

答えは簡単じゃろう。『そもそもこの大陸のどこにも存在していなかった』。だからシュリは、ある日唐突にガングレイブの前に現れた。

そこまで考えて妾は眉間を指で押さえる。

「そうであるなら、なおさら最初に会ったのが妾でなかったのが悔やまれる……っ」

誰にも聞こえないように呟《つぶや》いた言葉じゃが、妾の心をよく表しておるじゃろう。

誰とも縁のない世界に飛ばされ、不安と恐怖しかない中で妾がシュリを保護しておれば、きっとその料理の腕を妾のために、ひいてはニュービストのために十二分に振るってくれておったことじゃろう。

じゃが、それはもうどうにもならぬ。そうはならなかったのだから。

で、ここまで考えて妾《わらわ》はある疑問に至った。

「ところで、ガーンとフィンツェはどうしてここにおる？」

「……フィン、ツェ？」

妾の発した名前に、レンハが反応する。その顔はみるみるうちに青くなっていき、信じられないものを見るような目でフィンツェの顔を見ておる。

「フィンツェ!?　エンヴィーの娘、エクレスの妹!?　い、生きていたの!?」

「ああ、生きていたの。お義父《とう》さんとお義母《かあ》さんに拾われて、料理人として生き残ってきたの。初めの頃は死にかけたけどな!!」

フィンツェも顔を真赤にする。さらには怒りに満ちた表情へと変わったのじゃ。そしてつかつかとレンハに近づくと、その胸ぐらを両手で掴《つか》む。

ゆっくりとした動きだが、レンハは抵抗できなかった。怯《おび》えきっており、動く余裕すらないのかもしれない。それほどフィンツェは尋常ではない様子だった。

「よくも、よくもうちを追放してくれたな。よくも、見知らぬ土地に放り出してくれたな！　死にかけたぞ、レンハぁ！」

「そ、それは、そのっ」

「うちはお前を許さない。母上と引き離し、うちを追放し、路地裏に捨て、殺そうとしてきたお前を、お前を絶対に許さないって思いで生きてきたの！」

これはまずい。妾は机と皿を片付けていたウーティンへと視線を向ける。

ウーティンは妾の視線に気づき、瞬時に妾の意図を悟って動き出していた。

フィンツェは片手を服の裾に伸ばしておる。ウーティンはその手を掴み上げたのじゃ。

「離せ！」

「ウーティン、何を持っておった？」

「……？」

しかしウーティンは首を傾《かし》げるばかりで何も言わない。腕を掴み上げ、手に持つ物を見ているが、意味がよくわからないらしく、何も言わないし言えないようだった。

妾はてっきり刃物でも持っておるのかと思ったからこそウーティンを動かしたわけじゃが……どうしたんじゃほんと。

「ウーティン？」

「……胡椒《こしょう》、と唐辛子《とうがらし》、が入った袋、を握って、おり、ました」

「なんでだよっ？」

ウーティンの報告に、ギングスが素っ頓狂な声を上げた。妾だって同じ気持ちじゃ。そてっきり刃傷沙汰《にんじょうざた》になるかと思ったが、現実はなんとも拍子抜けするというか……。それでもウーティンは胡椒《こしょう》と唐辛子《とうがらし》が入った袋をフィンツェから取り上げ、二人を引き離した。そのままウーティンはフィンツェの後ろ手を取り関節を決め、レンハから離れる。フィンツェは暴れる様子を見せずうなだれておった。

「フィンツェよ、何をしようとしたのじゃ」

妾《わらわ》がフィンツェを一瞥《いちべつ》して聞くと、フィンツェはうなだれたまま力のない声で答えた。

「レンハが憎かったから、ありったけの胡椒と唐辛子をぶつけてやろうと……」

「食物を粗末にすることは感心せんな。しかし、殺そうとしなかったのは褒めよう」

「てか、なんで包丁じゃなくて胡椒と唐辛子なのさ？　俺っち困惑する」

フルブニルがおどけながら言うたが、フィンツェはキョトンとしている。

まるで何を言われてるのかわかってないって感じじゃな。

「うちは料理人なの。包丁で人を傷つけるのはちょっと……」

「いや、それなら胡椒と唐辛子はどうなんだよ」

「あれなら目や鼻が痛くなって涙が出てくしゃみが出て、とても情けない姿を見せてくれるからいい気味かな、と……」

「今度からはやめろよ」

ガングレイブが注意するとフィンツェはおとなしく頷《うなず》いた。妾がウーティンへ顎で指示を出し、解放させる。全く、人騒がせな娘よ。

じゃが今度はエクレスがレンハの傍《そば》まで近づくと、机をバンと叩《たた》いた。

「じゃあレンハ。今度は約束を守ってもらおうか」

「……エンヴィーの居場所ね」

「そうだ。早く言え」

エクレスはせっつくようにしてレンハを問いただしておった。

妾《わらわ》はそれを、椅子に座り直して腕を組んで黙って見ていることにした。ここからは家族の問題であるからの、他人の妾が口を挟むことではない。

「……領主の一族には、もしも何かがあったときの隠遁先《いんとんさき》として準備されてる、古い教会があったのは覚えているかしら」

「あぁ……まさかそこにっ？　いや、ボクは過去にそこを調べさせたことがあったけど見つからなかったと報告を」

「そんなの、私が報告を握りつぶしただけよ。部下の家族を人質に取ってね。だから、今でもそこにいるはずよ」

なんとまぁ、ずさんな調べ方をしたものじゃなエクレスも。

しかし、おかしいな。妾は思わず口を挟んでしまった。

「エクレスよ、そのときガーンに調べさせなかったのか？　ガーンも元はそういう仕事を得意としておったのじゃろう」

「ガーン兄さんはそのとき、まだ諜報員《ちょうほういん》になったばかりで……ボクも次期領主として勉強と仕事を始めたばかりだったんだ。だから動かせる部下を動かしたけど……」

「その動かした部下は、私の影響下にあったのよ。だから」

レンハは大きく息を吸って天井を見上げる。まるで、全てに観念したような態度じゃ。

「そこにいて、今も生きてるはずよ」

じゃが、その言葉を聞いたエクレスは喜色満面の笑みを浮かべて部屋から飛び出して行った。なりふり構わず、フルブニルの横を通って扉を乱暴に開けて行く。

ハッと気づいたギングスもまた、エクレスの後を追うように部屋から出て行く。

二人を見送った妾は、ようやくこれで話ができると思った。

「ではレンハよ、改めて聞こう。お主《ぬし》たちは周辺国家にどうやって自分の娘をあてがっておる？　ニュービストにはどれほど手を伸ばしておる？」

「それは……」

「言っとくけど、その話は俺っちも気になるんだ」

なんと、ここでフルブニルも口を挟んできた。妾は不機嫌そうに顔を歪《ゆが》めて振り返る。

フルブニルは飄々《ひょうひょう》とした態度ではなく、真剣な表情をしておった。

「シャムナザがいなけりゃ、俺っちたちは幸せに過ごせていたはずだからな。母上……あの人は今も生きていたかもしれないから」

「……私がそれを言うことはできない。言えば、どこかにいる私の祖国の人間が」

「それなら心配はない」

フルブニルは隣に立つ、妾《わらわ》の知らぬ男の肩に腕を回し、不敵に笑った。

「こっちに来てから俺っち、レディフに命じてそういう連中を始末させてもらったからな。もうこの領地に残ってるグランエンドの関係者はいないはずだ。連絡係も含めて」

「はぁ？」

これにはレンハも驚きの声を上げることしかできなかった。それはこの場に残っている全員に共通する思いじゃった。

ガングレイブはどこか納得しつつも怒りを浮かべた顔をしておったがの。

「そんな理由が!? だからその男の姿をどこにも見なかったのか!?」

「そうそう！　レディフは優秀でね、徒手格闘に関しては一級品だし、生まれが生まれだから裏の事情に関するあれこれも知ってる。俺っちが命じてから、レディフは昼夜を問わずグランエンドの奴らを捜索して殺してくれてたのさ」

「バカな……!!　フルブニル王は、本当にそれで皆殺しにできたと思っておられるのか!?　グランエンドがそれを察知して、報復行動に出ないとも限らない！」

ガングレイブの怒りはもっともである。妾とて同じ状況なら、同じ言葉で激昂《げきこう》しておろう。なんせ自分の国の中で敵国の関係者を抹殺《まっさつ》した、なんてことを知ったのじゃから。

ガングレイブが文句のひとつも言いたくなる気持ちはよくわかる。だけども、フルブニルは変わらぬ様子。

「出ないね」

フルブニルは自信満々に答えた。

「出ないよ。報復行動になんて」

「その根拠は⁉」

「バレないように、念入りに皆殺しにしている。情報が漏れないように、情報が広まらないように念入りに力を入れて。ガンロも動かしたからな。レディフとガンロの二人なら、秘密裏にそういうことをするには問題ない」

あまりの発言にガングレイブは息を呑《の》んでいた。

妾は改めてレディフという男を見る。顔は見えぬが、隻腕《せきわん》に義手を装着した青年という感じじゃ。筋肉の盛り上がりから、相当鍛えている男ということがわかる。

しかし何も言わぬし反応もしない。まるで人形のようであった。フルブニルの絡みにも何の反応も見せない。

……いや、違うの。なぜかは知らんが、ガングレイブだけには意識を向けておる感じがある。殺気にも似た、何かを。

「ウーティン。いざとなったらレディフという男、どうにかできるか？」

妾《わらわ》が小声でそう聞くと、ウーティンは首を横に振った。

「それ、は、無理、かと」

ウーティンでさえそう言わしめるほどの男、ということか。なんとも恐ろしい男を部下にしておるのぅフルブニルは。

もう一度レンハの方へ顔を向ければ、レンハは全てを諦めきったような様子でうなだれていた。

「だからか……だから私のところに祖国からの連絡員が来なかったのか……」

「そういうことだね。そして、あんたの仕事の失敗と連絡員を殺された二つの責任から、あんたは祖国からどんな罰を受けるかな？」

「……ろくなことにはならないでしょうね」

スーニティを手に入れることもできず、連絡員と派遣された諜報員《ちょうほういん》たちも多数失う。

うむ、妾なら下手人に対して怒りを覚えるのもあるが、そんな失態を犯した部下に対しても怒りを向けるじゃろうな。責任はちゃんと取らせるじゃろう。

アルトゥーリアに対して、グランエンドから何かしらの行動があるのでは？　と思わなくもないが……諜報員をお前の領地に忍ばせていたけどお前らに殺されたから責任を取れ、なんてマヌケなことを言う統治者などおるまい。

諜報員やそういった連絡員は、基本的に存在しないものじゃ。存在しないことが前提だから、殺されても何も言わん。彼らの死を駆け引きに使われることはある。けども、基本的に責任を取らせることはできん。

じゃが、諜報員という者は教育や訓練をしたからといって、数をすぐに増やせるものではない。長年の経験ものを言うところがあり、生半可なことでは務まらぬ。

熟練の諜報員はいないものと扱うにしても、得ている情報量やその身に秘めた経験則は間違いなく国の財産であろう。

そんな者たちを殺させてしまうようなマヌケをやらかしたレンハに、果たして祖国のグランエンドはどういう反応をするのか。妾では想像もできん。

想像もできないほど、酷《ひど》いじゃろうからな。

「……テビス姫さま、お願いがあります」

「なんじゃろうかの」

レンハが殊勝な態度になり、妾に懇願してくる。正直何を言うかは想像できなくもないが、ここはとぼけておこうか。その方がよいじゃろうし。

「私が隠れる場所を、どうか用意してもらえないでしょうか？」

「断る」

妾は一言だけ言って、バッサリと切った。レンハは絶望したような顔を見せるが、妾は足を組んでソファの背もたれに腕を回し、尊大な態度を取る。

「妾《わらわ》にそれを頼むのはあまりにも筋違いじゃ。確かに妾ではあれば、お主《ぬし》をどこかに隠すこともたやすいことよ。隠遁先《いんとんさき》なぞ、いくらでも用意できる」

「なら」

「だが妾がそれをすれば、レンハよ。お主が取らされるじゃろうグランエンドからの責任の行き場が、もしかしたらニュービストに来るかもしれぬだろうが。あっちから何か言われても、妾としては面倒じゃし関わりたくはないわ」

そう、レンハはこれからグランエンドから刺客《しかく》を向けられるかもしれぬ。スーニティにおける仕事の失敗、連絡員の喪失。その責任を取らせるためにの。

それからレンハを隠すということは、妾がレンハを守るという姿勢を示すことに他ならぬ。

グランエンドに嗅ぎつけられれば、何かしらの干渉を受けるじゃろう。そんな迷惑をこうむってまでレンハを守ろうなぞと一切思わぬ。思わぬし、思えぬ。

さらにはエクレスたちに対する裏切りにもなる。なんせレンハは、この領地において裁かれるべき罪人。グランエンドから守ればスーニティの裁きからも守る形になってしまうじゃろう。エクレスたちだけでなく、ガングレイブからも恨みを買う形になる。

そんな面倒なんぞ抱え込むつもりなんて妾には全くない。

「そうなの！　そんな滅茶苦茶なお願いなんて聞き届けられるはずがないの！」

あっちではウーティンから解放されたフィンツェが騒ぐが、妾はここでは無視しておく。構っている時間なぞもったいないわ。

「その前に答えんか。どうやって他国に身内を側室として送り込んでおる？　ニュービストにはどれほど入り込んでおる？　さっさと答えぃ」

「それを答えれば、匿《かくま》っていただけますか？」

絶望の中で必死に縋《すが》ってくるレンハじゃが、妾は首を横に振って示す。

「それを決めるのは妾ではない。エクレスたち……いや、ガングレイブが決めることじゃ。だが、ここで誠意を示しておけば、妾もガングレイブに口を利くかもしれぬぞ」

「な」

ガングレイブが妾に何か言いかけるが、その前に妾はガングレイブに視線を向ける。

口を噤《つぐ》むガングレイブへ、妾は目線だけを伏せて意思を示す。

まあ、これだけで伝わるとは思っておらぬが、妾が何かを考えていることを察したらしいガングレイブは、それ以上は何も言わなかった。

「トゥリヌ、お主も聞きたかろう。念のために」

「そうじゃのぅ。俺はミューリシャーリ一筋じゃが、他のもんに毒牙を向けてもらっても困るからな」

「さ、答えぃ」

妾《わらわ》がもう一度聞き質《ただ》すと、レンハは大きく深呼吸をする。

「……私たちは、ある一人の姫以外は……家臣の娘です。それを御屋形《おやかた》様に養子として迎えられます」

「なんじゃと？」

なんと、最初から意外な話が出たの。まさか家臣の娘を養子としたうえで、他国に送り出しておるとは。いや……よく考えたらそうなるのか。妾は足を組むのをやめて、膝の上に肘杖《ひじづえ》を突く。

「そうか。まあそうでもせんと、あっちこっちに女を送り込むことなんぞできんか」

「女だけではありません」

「は？」

「男もです」

……むむ？　理解できんぞどういうことじゃ。

「何を言っておる？」

「グランエンドでは、家臣の子女はある一定の年齢になると御屋形様の命令で試験や訓練を受けます。その結果と本人の意向によって、軍務か内務か配属先が決められます」

「ふむ。なかなか合理的ではあるな。しかしその配属先とレンハの言う養子と何の関係がある？」

「私たちは訓練で適性を判断され、ある点も考慮されて養子となります。それは」

「顔、か」

吐き捨てるように言ったのはフルブニルじゃ。不快感を隠さずに言うた。

「要するに、他国の王族や重要人物の相手として送り込めるような顔の良い、体格が良い男や女を集めて手練手管《てれんてくだ》を仕込むってことかね。俺っち、そういう政策好きじゃない」

「俺もじゃあ。そんなもんをマジモンでやるなんて、正気の沙汰じゃねぇがな」

「さすがの俺も、それはどうかと思う」

フルブニル、トゥリヌ、ガングレイブも同様に不愉快そうな顔をしておった。

それは妾も同様じゃ。そんなもん、国の主導者が率先してやるようなもんじゃない。

少なくとも統治とは、大義名分を持ってやるもんじゃと思うんじゃけどなぁ。

あそこの主導者は何を考えておるんじゃ？　グランエンドの主導者……御屋形様であったか？　御屋形様とは……。

と、ここまで考えて妾は一つ、気づいた。

妾はグランエンドの主導者、御屋形様と呼ばれておる人物に対して知っておることがあまりにも少なすぎることに。

なぜ妾は今まで、そのことに関して疑問にも思っておらんかったのか？　なぜ気にも留めなかったのか。

関係性が薄いからと言われればそれまでであるが、周辺諸国や大きな国に対する調査は怠った覚えはない。常に様々なところに『耳』を配備、情報収集をしている。

なのにグランエンドについて知っていることが少ない。妾《わらわ》の頭に入っている情報が少なすぎる。どういうことじゃ。

「ウーティンよ」

「は、い。姫さま」

ウーティンは妾の呼びかけに応じて妾の横に立ち、居住まいを正した。

「グランエンドに関して知っておることを話せ。簡単に明瞭に、じゃ」

「かしこまり、ました。グランエンド、は、ここから、数週間ほど、の、旅程で着く、大陸の西部に位置する、国です」

「ふむ、それは知っておる」

まあ地理的なことはさすがに知っておるよ。妾が聞きたいのはそういうことではない。

妾は不機嫌そうに眉をひそめながらウーティンを軽く睨《にら》む。

「妾が聞きたいのはそういうことではない。わかるじゃろ?」

「はい、わかって、おり、ます」

「ならば」

「それ以上の、こと、に、ついては、情報が、少ない、です」

「……構わん、話せ」

妾がそう言うと、ウーティンは頭を下げてから話す。

「まず、文化形態が、かつ、ての、グランエンド、とは、大きく、異なって、おります」

「……うん？　昔とは違うと？」

「は、い。今か、ら、八十、年、前から、考えると、だいぶ、違います。八十年、前、から、突如として、国が、栄えております」

突如として、か。もはや妾は驚かんぞ。妾は呆《あき》れて手を振りながら言うた。

「なるほど。妾が生まれる遥《はる》か以前、何かの要因でグランエンドが急に栄えたと」

「そ、も、そも、八十年、前、では、グランエンドは、国、と呼べません、でした」

「どういうことじゃ」

「一つ、の、村、にすぎません、でした」

「はぁっ？」

妾は素っ頓狂な声を上げてウーティンを見る。しかしウーティンは頭を下げたままの姿勢でいる。

「八十年で村が国となり、ここまで勢力を広げたというのか？　不自然であろう、それなら情報がもっと広まっても」

「あの、国、は、基本的に、閉鎖、的と、言いま、すか。諸国との、外交、も、窓口、を、かなり絞って、おります。行き来する商人も、口が堅く、話を、聞けません」

「それでもわかっておることがあるじゃろう。『耳』が入り込んでおるはず」

「それ、が……ここ十数年、『耳』として、情報を持ち帰れた、ものは、少ない、です。商人の様子や、商品、から、推測、したり……命か、らがら、情報を持っ、て帰った、ものの、少ない、情報、があるだけ、です」

「『耳』が入れぬ、と？」

「関所、の、検問、が、厳しく、また、別の地点から、侵入を試み、ても、警備体制が、さらに、厳しい、のです」

なんと……そういう話であったか。どうりで妾《わらわ》の元に情報が来ぬわけじゃ。

それと同時に考える。腕を組み、視線を落として思考の海に沈む。

ウーティンたち『耳』が入れぬほど厳しく、情報の拡散を防いでいる国。

目的はなんじゃ？　そこまで情報を絞り、検問し、広まらぬように苦心しておる理由とは？　なぜそこまで神経質になっておるのか？

そこで妾は一つ、気になったことがあったので視線を上げた。天井を見上げながらウーティンへ問う。

「ウーティンよ。グランエンドは周辺諸国へ戦争を仕掛けておらんかったか？」

「は、い」

「レンハのような婚姻外交だけではないはずじゃからな。それならば、軍隊の情報は持ち帰れるはず。それはどうじゃ？」

「精強、そして、厄介極まり、ない、です」

ウーティンにしてそこまで言わせるか。今度こそウーティンは顔を上げて、妾へ顔を向ける。

「グランエンド、には、六天将《ろくてんしょう》、と、呼ばれる将が、おります」

「ご大層な名前じゃのぅ。そんな名前を大仰に付ける軍なぞ大概ろくでもないもんじゃが」

「内訳、は、武天《ぶてん》、法天《ほうてん》、工天《こうてん》、帥天《してん》、闇天《あんてん》、王天《おうてん》の、六人、です」

「これまた、名前も格好付けておるな」

「そして、この名前だけは、聞いた、ことが、あるかと。あらゆる武を、極めた、と言われ、てい、る、魔人、リュウファ・ヒエン」

妾の背中を冷たいものが流れる。魔人リュウファ・ヒエン。さすがにその名前だけは知っている。知っているのは名前だけで、あとは詳しくは知らん。

というか、手元に来る情報が多すぎてよくわからなくなってしまう、という方が正しかろう。

老人である、若者である、男であるとか女であるとか……情報が多すぎて絞り込むことが. できぬ。じゃが、それもミトスと話をして疑問が氷解しておった。

「確かそやつは、賢人魔法によって達人が一人の体になっておるバケモノ……であったな」

「そう、です」

「ミトスも言っておったな。そやつにヒリュウが負けた、と」

妾《わらわ》は困ったように笑った。

「あのヒリュウが負けるほどの相手じゃ。まともに矛《ほこ》を交えるなぞ背筋に寒気が奔《はし》るわ。

ウーティン、お主《ぬし》なら勝てるか」

「無理、です。それ、ほど、戦力に、差があり、ます」

残念至極。妾の手元にある最高の戦力ですら歯が立たぬか。本当に相対することとなっ
たら、逃げるが一番であろうな。おっと、話がまたも逸《そ》れてしもうた。

「リュウファの戦力はわかっておる。他のものはどうじゃ？」

「いずれも、猛者《もさ》ぞろい、です」

「後で詳しく聞こう。対策が必要じゃからな」

「その話なら俺っちも参加させてほしいですな」

「俺も同じじゃ。ここに来て、話を聞かんなんてことはせん」

「好きにせぇ。さてレンハよ。それだけ情報封鎖を行い閉鎖的な国となっておるグランエ

ンドじゃが、そんな国が養子を集めて手練手管《てれんてくだ》を仕込んで他国に嫁がせる、なんて婚姻侵略をやらかしておるということでええかの」

「間違いない、です」

レンハはうなだれるようにして答えた。

「ならば、グランエンドについて知っていることをできるだけ話せ。ガングレイブよ、その話を聞いてレンハをどうするかは、お主が決めよ」

「俺、ですか」

ガングレイブは唐突に話を振られて困っているようじゃが、お主がここで困ってどうするんじゃ。妾は呆《あき》れたように言うた。

「当たり前じゃろうが。お主はここの領主、ならば罪人の刑罰に関しての一切はお主が取り仕切る立場にあるのじゃろうが。罪人は有用な情報を持っている、それを引き出した上でどのような処罰を与えるのかを考えるのも、領主の仕事じゃ。妾はそこに関わる立場にはない」

「……わかりました。レンハ、それまでお前をこの城の一室に匿《かくま》おう」

「……はい」

「その話の内容を聞いて、お前の処分に情状を酌量《しゃくりょう》する余地があるかどうかを考える。エクレス、ギングス、ガーン、フィンツェと一緒にな」

レンハは、ガングレイブを絶望に染まった目で見ている。うむ、その考えは正しい。それでいいと妾《わらわ》も思う。エクレスたちはすでに権力の身分から遠ざかっている立場ではあるが、当事者として一緒に考えるのがよかろう。

「さて、この場での話はこれまでにしようかの」

妾は立ち上がりながら体を伸ばした。今日できる話は、これ以上あるまい。無理に話そうとしても疲れからどこか抜けるかもしれん。

「テビス姫さま、勝手に終わらさないでいただきたい。俺は——」

「ちゃんと話をしたければ、相応の準備と体力が必要であると領主の仕事をしている中で学ばなかったのかのぅ、ガングレイブは？」

妾が皮肉たっぷりに言ってやると、ガングレイブは悔しそうに言葉を詰まらせた。

全く、こんなことは事前に学んでおいてほしいものよ。まだまだ青いのぅガングレイブ。まあずっと年下の妾が言うことでもないのじゃが。

「拷問にかけるなら妾も止めはせん。しかし今回は拷問はなしじゃ。その後の刑罰に支障をきたすじゃろう。万が一拷問で死なれたら、お主《ぬし》らも困るであろうからな」

「それは……」

「そうしないのであれば、相応の対応をせよ。聞く価値のある話をさせよ。妾からは以上じゃ。ああ、拷問で死なすなどしたら、この場にいる妾とフルブニル、トゥリヌの三者がこの領地に何をするかわからぬなぁ。その女から聞きたい話があるのは、ここにいる全員同じであるし」

妾がそう言うとガングレイブは困った顔を、レンハはことさら絶望に染まった顔を見せておった。その顔を見て……妾は大きく溜め息をついてから言った。

「先ほど、妾はレンハのことを匿《かくま》えぬと言った。他の国も同様じゃ。匿えばグランエンドと事を構えることとなる」

「テビス姫様？」

ガングレイブが不思議そうな顔をして妾を見る。

「妾としてはそんな危ない話を渡ることはできぬ。しかし、この場にいる全員はシュリから恩恵を受けた者たちよ。妾たちはグランエンドと事を構えることはできぬが、『神殿』とも事を構えることなぞできん」

妾はさらにそっぽを向いてから、わざとらしく言った。

「じゃから、もし、もしレンハがここで聞いたことを外に漏らさぬ、他の者に言わぬ、グランエンドと完全に縁を切るし縁が切れる他国で生きる覚悟があるのなら、もしかしたらここにいる誰かが手を貸すやもしれぬな。もしかしたら、じゃが」

「テビス姫様、それは！」

妾の背中にレンハの喜びに満ちた声が叩《たた》きつけられる。あーくそ、でもこうでもせんとここにおるもの全員が危ないのじゃ。

シュリに関して旨味を特に得ておる妾《わらわ》が、ここで泥を被《かぶ》らねばなるまい。

「もしかしたら、じゃ。本人にその気がないのなら、その『もしかして』はないじゃろうが。しかしそうなったら、フルブニルとレディフもそのうちこの領地《しかく》を去ろう。刺客から身を守る術《すべ》は残されておらんじゃろうな。さて、どうするのか」

「誓います！　誓います、グランエンドと縁を切ります！　死にたくありません！　たとえグランエンドから身を守ろうとも、今度は神殿が私を殺そうとします！　外海人のことを知っていながら黙っていたことで、神殿騎士に殺されてしまいます！　だから！」

「あーわかったわかった。もしかしたら、妾のところかどこかから手が伸ばされるじゃろうさ。では、妾はここで」

それだけ早口で言ってから、妾はウーティンを伴って部屋を出た。とっとと自分が使っている部屋に戻り、準備を整えねばならぬ。

レンハをそのままにしておけば、ここにおることでニュービスト、アルトゥーリア、アズマ連邦、オリトルへ、グランエンドが戦《いくさ》を仕掛けるやもしれぬ。最初のように、匿《かくま》うことや庇《かば》うことをこれでもかと否定しておかねばニュービストへの責任追及が酷《ひど》くなるかもしれぬからな。どこに耳があるかわからぬからの。

そしてシュリが流離《さすら》い人《びと》であることを我らが知ってしまった以上、神殿も来るかもしれぬ。死ぬことを恐れぬ狂信者集団、神殿騎士。あんなものとまともに事を構えるなぞしたくはない。

となればレンハの口を塞がねばならぬが、しかしレンハはグランエンドの内情を知る数少ない情報源、殺すことはできぬ。ならば、こっそり隠居させて庇うしかあるまい。

はぁ……父上が、陛下がこのことを知ったら怒るじゃろうなぁ！　怒られると思うと怖いわい。

こころなしか早足になった妾の横をこともなげに付いてくるウーティンであったが、唐突に後ろを振り向いて止まる。

妾も何かと振り返ればフルブニルがレディフを伴ってこっちに来ていた。

「ああ、テビス姫ちょっと待ってほしい」

「なんじゃフルブニル」

「テビス姫にちょっと確認を取りたいことが」

フルブニルは妾の前に立ち、姿勢を正して言った。

「テビス姫は、グランエンドと事を構える心づもりはあるかい？」

その質問に対して、妾は目を逸《そ》らして答える。

「全くないよ、と言って信じてもらえるじゃろうか」

「いや、無理かな。俺っちでもわかる嘘《うそ》だ」

「つまり、そういうことじゃ」

明言はせぬ。だが意思表示はする。妾《わらわ》はいずれ、グランエンドと相対する必要に迫られるだろうと思っておるからじゃ。

妾は腕を組み、フルブニルに背を向けてから言うた。

「フルブニルよ。グランエンドは情報封鎖を行い、各地に婚姻侵略を行い、周辺国にも戦争を仕掛けておる。それも情報封鎖を行いながらもそれが僅かながら伝わるほどに。なぜそんなことをすると思う？」

「……ああ、そういうことか」

「そういうことじゃ。アルトゥーリアも例外ではあるまい。アズマ連邦も、オリトルも、覚悟を決めた方が良い」

「それが聞けて安心した。そういうことになったら、助けてもらえるかな？　こっちも助けるけど」

「口だけの約束では安心できまい。書面にして残さねば互いに不安が残る」

「そのつもりも？」

「本国に帰ってからの会議によって決まるじゃろう」

「ならこちらも用意しておこう」

「よろしく頼む」

妾との会話で満足したのか、フルブニルは一礼してから去って行く。

その後ろをレディフが追随するが、一度だけこちらを振り向いてきた。

何か伝えたいことがあるのか、と妾が身構えても何も言わぬ。レディフの目が見えない。表情もあまり見えぬのでわからない。だが何も言わず、結局フルブニルと共に去る。

その後ろ姿を見送ってから、妾も再び歩き出した。

「姫、さま。今、のは」

ウーティンが横から聞いてくるので妾は呆《あき》れたように溜め息をついて答えたのじゃ。

「のぅウーティン。なぜグランエンドはここまで攻撃的な姿勢でいると思う？」

「領土、を、広げる、ため」

「そうじゃの。戦争と婚姻侵略はそうなるわな。じゃが情報封鎖まではおかしい。自国の情報をできるだけ流さず、まるで全てが敵と言わんばかりの方針に見える」

「姫さま、は、なぜ、と、思われまし、たか」

「妾の予想じゃがの」

歩きながら妾は窓の外へ目をやる。結構な時間が経《た》っておったようじゃな、日が随分と西に進んでおった。

「おそらくグランエンドは、狙っておるのじゃろうよ」

「何を、です」

「大陸統一」

妾《わらわ》の言葉に、ウーティンが息を呑《の》むのが聞こえた。妾ですら、この予想を口に出した瞬間から口の中や喉が渇くような感覚を覚える。

「できるだけ自国の情報を流さず、戦《いくさ》で領土を広げて他国を侵略する。それがアルトゥーリア、スーニティにも手を伸ばしておった。となればニュービストやアズマ連邦、オリトルも例外ではあるまい。幸いアルトゥーリアとスーニティはガングレイブたちの動きで阻止できたが、それでも領地や国が受けた損害は大きかろうよ」

「だから、姫さ、まは、グランエンド、からの、干渉の、内容、を、レンハから聞こう、と、してらっ、しゃったと？」

「知っておかねば対応できん」

妾はレンハとの会話を思い出し、悔しい思いで唇を噛《か》む。

「ああいうことに関しては、向こうは一枚上手じゃろうからな」

実際、スーニティもアルトゥーリアもそれにやられた。ボロボロにされ、領主一族や王族の仲は拗《こじ》れた。これを作戦でやっているなら、相当経験を蓄積させた手練《てだ》れの仕業だ。対策を取らねば対抗できん。作戦を考えねばどこでやられるかわからん。

妾でも予測ができないのじゃ。

「では、なお、さら、ガングレイブ、から、レンハの、身柄、を、預かる、べきでは？」

「ガングレイブとも相談せねばなるまい。あの場ではああ言ったが勝手にそれをやれば重大な内政干渉となり、ガングレイブはこちらと縁を切るやもしれぬ。シュリとの縁も切れるじゃろうなぁ。他の皆を巻き込んでシュリの恩恵を得ようとした出資が全て無駄になるじゃろう。結局、そこじゃ。妾にとってはの。

しかし、ガングレイブはあの場で何も言わなんだ。黙って聞いておった。口を挟まなかった。それはつまり、妾のやることを察しておきながら反対するつもりはないということじゃよ。事実、今のガングレイブではレンハを隠せぬ。間違いなく、の……さて」

妾は気合いを入れ直す。やらねばならぬことは多い。

レンハのこと、ガングレイブたちの結婚のこと、シュリのこと、グランエンドに対する他国との連携。全く、頭が痛くなるほどじゃよ

「こっちにいられるのも、そう長くないじゃろう。その間にできることはせねばな」

七十七話　親子の再会と豚の角煮チャーハン～シュリ～

森の中を二頭の馬が行く。普通に歩いていたら経験できないような視界の高さに緊張しながら、僕は馬に乗っているのです。

「ほら暴れないでよ。ただでさえシュリを乗せてから、馬の気が荒くなってるんだからさ」

「お、おすっ……！」

さて、そんな僕は全身を硬直させたまま必死にエクレスさんにしがみついておりました。

どうも皆様おはこんばんちは。シュリです。今現在、僕はエクレスさんの馬に二人乗りして、森の奥にあるという教会を目指しております。

どうしてそんなところに向かっているかというと、どうやらエクレスさんのお母さんがその教会にいるかららしいです。それを迎えに行く、ということですね。

なんで僕がそれに同道するか？　僕も思いましたしエクレスさんにも言いました。

数日前に僕がレンハにキレたあと、レンハにキレても仕方なかったなとうなだれながら仕事をしていたらエクレスさんがやってきて、付いてきてほしいと言い出したわけです。

一度は断ったのですが、しつこく食い下がってくるので仕方なく受けました。仕事に支障が出るくらいしつこくお願いされたら、もう折れるしかない。

仕事をミナフェに任せられるように引き継ぎをして、こうしてエクレスさんと一緒に向かっているわけです。

「本当にこの先にエクレスさんのお母さんがいらっしゃるんですか？」

「レンハに聞いたから間違いない。問題はないよ」

「問題だらけだと思うんですけど……」

あのレンハの言葉をどこまで信じるかって話だし、そもそもそこに僕が付いていっていいのかって根本的な疑問もあるし。

だけどモヤモヤしながらも僕はそれを口にしません。エクレスさんの口の上手さに丸め込まれる未来しかないからね。そこは僕でもわかる。

「ていうかほら、もっとしっかりしがみついて！　腰に手を回してボクの肩に顎を置いて後ろから抱きしめるように！」

「そこまではいいです」

エクレスさんが息を荒くしながら言いますが、僕はさらっと断って腰に回した手をガチガチに緊張させています。少なくとも振り落とされることはないはず。

なぜかこの世界の馬は僕に懐くことがなく、今も馬は気を荒らげて鼻を鳴らしている。いつ振り落とされるかもわからない恐怖が、僕の背中を突き抜けるようです。

「ちょっとシュリ！　エクレス姉にくっつくな！」

後ろから文句を言ってくるのは、僕と同じように馬に乗っているフィンツェさんです。こっちを睨《にら》み殺すかのような目つきで見てきます。怖い怖い。

「フィンツェ、さまも、暴れない、ように」

「わかってるの！　うちだって馬の乗り方は慣れてるし！」

馬の手綱を握っているのは、なぜかウーティンさん。そう、ウーティンさんが馬を操り、その後ろに相乗りしている形なのがフィンツェさんなわけです。

朝早く出発し、木漏れ日が心地よい午前中。晴れていて雲一つない天気なので太陽光がバシバシ降り注ぐはずなのですが、それを木の枝葉がちょうどよく遮ってくれてる。

風も涼しい。天気も良い。森林浴にもってこいの一日なわけですね。

なのに僕はガチガチに緊張して馬に乗って、なぜかエクレスさんとフィンツェさん、そしてガーンさんの母親の元へ向かってる。こんな日は料理の研究をしたいものです。

心の底から思いますわ、ハハハハ。

「シュリ！　エクレス姉に卑猥《ひわい》なことはしないように！」

「もちろんです」

「してもいいんだよシュリくん！」

「しない方が平和なのでしません」

なんで僕は前からは襲えと言われて後ろからは襲うなと言われるカオスにいるんだ。

頭が痛くなりそうで、額を押さえながら振り返れば、ウーティンさんが心なしか優しい目をこっちに向けている。そして頷《うなず》いた。

その瞬間だけ、僕の苦労や心労をわかってくれる理解者がいる、と救われた気分に。

ダメだ、このままだとウーティンさんのさりげない優しさに惚《ほ》れてしまう。なんかそれは負けた気分になるぞ。僕はそんなにチョロい男じゃない！

「シュリ、疲れ、てる、なら、こっちと、変わろう、か？」

「あ……ダメだ……ウーティンさんがかっこいいよう……」

いかん、ウーティンさんのイケメンな言葉に、僕の心の性別が反転しそうになってしまう。それはダメだ、この扉だけは開けないぞ！

僕は気を取り直して、できるだけ明るく振る舞ってエクレスさんに聞いた。

「エクレスさん、それで僕たちが向かっている先というのは……」

「そうだね、簡単に説明すると……領主一族が何かあったときの避難先、とかそんな感じの建物だよ」

エクレスさんは先ほどまでの乱れた様子はどこへやら、真面目な感じで返してきました。

「避難先、ですか」

「そう。ボクも最初はそこを調査させたけど、部下から発見できずという報告を受けて、もう調べていなかった。予想外だったよ、まさかその部下までレンハの息がかかっていたとは。そんな初歩的なことも考えつかず母上をほったらかしにしていた自分が恥ずかしい。それも十年以上だ」

途端にエクレスさんは後ろからでもわかるほど気落ちした様子を見せます。

「情けない。なんとも情けない話だ。こんなボクが、母上に会う資格があるんだろうか」

「んなこたぁ考えないで、ただ母上に会いに行くのが一番なの」

そんなエクレスさんに対してフィンツェさんは嬉《うれ》しそうに楽しそうに、そして隠しきれないほどの喜びを顔面に貼り付けているのです。

喜色満面、とはこういう顔なんだなってくらい嬉しそうでした。

「うちはもう、記憶が薄れて消えてしまうくらい昔にスーニティから追い出されてしまって、ようやく帰ってこられたの。これからもう一度、親子としての時間を作りたいし一緒にいたい。エクレス姉……エクレス姉はそうじゃないの?」

フィンツェさんの問いに、エクレスさんは複雑そうな笑みを浮かべて黙ったままでした。

そりゃそうだ。フィンツェさんの場合はレンハによって引き離されてしまって、スーニティに帰れなかったしお母さんに会えなかったわけです。あくまでレンハによる被害者であって、負い目など何もない。

だけどエクレスさんは違う。被害者であっても、ついこの前までは内政を担当していた。どうにかできたかもしれない、どうにかするべきだった。そんな後悔を抱えてる。

自分の不手際で、見つけられるはずだった母親を見つけられず、今になってようやく会いに行く自分のことを母親はどう思うだろうか？　受け入れてくれるだろうか？

大きな不安を抱えてるはずです。エクレスさんにだって再会の喜びはあれども、その機会を長い間逃した自分の後悔を。

「エクレスさん」

なので、僕はエクレスさんに後ろから言いました。

「フィンツェさんの言う通りです。今は会える喜びだけでいいかと。後のことはそれから考えるべきです」

「シュリくん……」

僕が言うと、エクレスさんは何か考えるように俯《うつむ》き、何度か頷《うなず》く。

ようやく心の整理が付いたらしいエクレスさんは何も言わずに前を見て、手綱を握る手に力を込めました。

僕はあえて、どういう答えを出したのかは聞かない。問うことはしない。

その答えは、じきに見られるだろうから。

　森を抜けて開けたところに出た頃には、太陽はすっかり真上に差し掛かろうとしていました。腹具合からも昼が近いですね。

　馬上で水を飲みながら休むことなく進んで辿《たど》り着いたのは、森の中にある教会でした。それも、かつて訪れた宗教と歓楽街の国フルムベルクに点在していた教会と、その意匠はよく似ている。

　僕は馬から飛び降りて、教会に近づきました。

「あ、シュリくん」

　後ろからエクレスさんが何かを言ってくるけど、僕は構わずに歩を進める。近づいて、教会の壁に触れてみた。

　さり、と表面に付いた土が払われて地面に落ちる。この教会、長い間ここにあった影響なのか壁には蔦《つた》が這《は》っているし、こびりついた土も多い。

　けど、不思議と手入れはされていると感じました。廃墟《はいきょ》ではなくて、古めかしい……レトロで穏やかな雰囲気です。

「……ふーん」

「うわぁ……」

　僕は思わず息を漏らしていた。ここにエクレスさんとガーンさんの母親がいる。

どんな人だろうか。気になるけど……。

「すみません、ちょっと近くで見てみたくなりまして」

僕は振り返りながらエクレスさんに言いました。傍《そば》ではフィンツェさんがウーティンさんと一緒に馬から下りて、感激した様子で教会を見ている。ウーティンさんはあくまで無表情だ。本当にこの人、なんで付いてきたのか？

「ここに、ここに母上が……!!」

と、エクレスさんたちの元に戻っていた僕の横を、フィンツェさんが走り抜ける。

「あ、ちょ」

っと待って、と呼び止める間もなくフィンツェさんは教会の扉を乱暴に開けて中に入っていく。意外なことに教会の大きな扉は古そうな外見をしていながら、全く軋《きし》みもなく開きました。

「あー……エクレスさん、これは」

「止めた方がいいよねどう考えてもっ」

「誰かしら～？」

と、動こうとした僕とエクレスさんの足が止まる。

僕たちが来た方角とは違う森の木々の間から、若々しい女性が出てきた。

いや、なんというか……服装はシンプルな、山歩きに適してる感じの機能性の高い灰色の長袖シャツと黒色の長ズボンです。丁寧に扱われて手入れされているらしいそれは、質素ながらも綺麗《きれい》に見えた。その背に負った籠《かご》には、どうやら山菜やらキノコ類がたくさん入っているらしい。

そして、外見。なんというか、エクレスさんが順当に年を取りつつも若さを保ったらこんな感じじゃないかと思えるような顔つき。初めてエクレスさんを見たときに感じた、女性なのか男性なのかわからない美形。よく見ればフィンツェさんにも似た雰囲気を感じた。

そうだ、一目でわかった。この人は――。

「あらあら、こんな山奥になんのご用かしら?? 迷ったのならスーニティまでの帰り道を教えましょうか?? それとも――」

「母上」

エクレスさんは、掠《かす》れて消え入りそうな声で言った。

「母上」

おぼつかない足取りで女性に近づいていく。

女性は最初は怪訝《けげん》な顔をした。仕方がない、エクレスさんの様子はそれだけ異様だった。僕でも、エクレスさんが呆然《ぼうぜん》としてるってのはわかる。

だが女性はエクレスさんの顔を見て、何秒か考えたあと――驚いた顔になりました。

背負っていた籠が地面に落ち、中の山菜やキノコが散らばって転がっていく。

だけど女性はそれを気にもせず、同じようにエクレスさんに近づいたのです。

互いに手の届く位置まで近づき、女性は泣きそうな顔をした。

「もしかして……エクレス？　なのかしら？」

「はい、ボクは……エクレスです。あなたの名前はエンヴィー……母上、なのですか？」

「ええ、ええそうよ」

エンヴィーと呼ばれた女性は口元を両手で押さえ、感極まってその場に膝を突いて俯《うつむ》きました。

「そうよ、あ、あた、アタクシは、アタクシは、エンヴィーよ、あな、あなたの……！」

「母上！」

エクレスさんも同様に膝を突き、エンヴィーさんを抱きしめました。

強く、強く、今まで抱きしめられなかった分を取り戻すように強く抱きしめる。

エンヴィーさんもまたエクレスさんの背中に手を回し、強く抱きしめていました。

「エクレス……！　無事で、無事でよかった！」

「母上！　申し訳ありません！　母上がここにいらっしゃるのに気づかないで！」

「いいの！　こうしてまた会えたんだから！」

「母上っ！」

「エクレスっ！」

互いに泣きながら抱きしめ合う二人を見て、僕は微笑《ほほえ》みながら二歩、三歩後ずさりして二人から離れる。

「シュリ」

と、そんな僕の隣にウーティンさんが立ちました。

「ええ、邪魔しないでおきましょうか」

ウーティンさんは頷《うなず》き、同じように距離を取る。

あの二人は、ようやく再会したんだ。そんな時間を僕が邪魔していいわけがない。あの喜びを、嬉《うれ》しさを、幸せを、水入らずで感じさせてあげた方がいいだろう。

と、思っていたら後ろの教会から、再び扉を開く音がしました。なんだ？　と振り向くと途中で誰かがウーティンさんの横を走り過ぎる。そちらへ視線を動かせば、エクレスさんとエンヴィーさんを一緒に抱きしめるようにするフィンツェさんがいた。

「母上！　母上！　母上！」

「まさかフィンツェ、なの？」

「そうです！　フィンツェです！　ようやく、ようやく帰れました！」

「ああ！　今日はなんていう日なのかしら！　娘二人と再開できるなんて！」

三人はことさら再開を噛《か》みしめるようにして泣いていました。

これは、そっとしておかなくては。

僕とウーティンさんは三人が落ち着くまで黙っていることにしました。せっかくの再開だ、水を差すような真似はしない。

だからエクレスさんとフィンツェさん、今だけは子供に戻ったように喜んでいいんだ。


「いや、いや……みっともないところを見せたね」

結構な時間が経《た》った頃、落ち着いた三人は僕とウーティンさんの姿を確認すると、少し恥ずかしそうにしていました。

まあ、涙を流しながら再会を喜んでいるところを見られるのは、大人になった今では恥ずかしいかもしれないですけど。

「いえ。みっともないことはないと思いますよ」

僕たちは今、落ち着いた三人と一緒に教会に入って話している。天井や高い位置にある窓から光が差し込み、中は明かりがなくても十分に明るい。

ここの窓は珍しいことにガラス窓だ。スーニティの城や他の国の城でもそうだったけど、結構格式の高い建築物にはガラス窓が作られている。どこで作っているんだろうか、少し気になるな。まあそこは今はいい。

そんな教会の椅子に座って、僕たち五人は話をしている。

「ところでエクレス、フィンツェ。こちらはどなたかしら～?」

エンヴィーさんはのほほんとした様子で言った。そうか、紹介がまだでしたね。

「母上、こちらの方はウーティン殿だよ。ニュービストの美食姫と謳《うた》われるテビス姫お付きのメイドだ」

「メイドにしては……随分と物騒な雰囲気も感じるわね～」

「母上！　うちはこの人に後ろ手を取られて拘束されたことがあるの！」

「やっぱりそうなのね～」

フィンツェさんは再開できたことが相当嬉《うれ》しいのか、最初に会ったときの印象に比べて幼い態度が目立つ。今もエンヴィーさんと話ができるのが嬉しくてたまらないようだ。

何年もニュービストにいて、家族と離れ離れになっていた影響でしょうかね。子供返りしてる。

「で、こっちの男性は？」

「こっちの男性はシュリ・スーニティだ。ボクの旦那さんで一緒に城に住んでる人なんだ」

「八割も嘘《うそ》を言わないでください。僕はシュリ・アズマといいます。城で料理長？　みたいな立場で仕事をさせてもらっています」

「嘘じゃない！　これから本当になるんだから！」

「落ち着いてください。現在の話をしてください。そういうことですエンヴィーさん」

僕が淡々と言うと、エンヴィーさんはエクレスさんの顔と僕の顔を交互に見る。

そして察したのか、ニマニマと笑いました。

「あら～……エクレスも女の子になったのね～……領地にいた頃は次期領主として男の格好と振る舞いを求められてたけど、恋する相手が見つかったようで安心したわ」

「子供は三人できるよ！」

「一人もできる予定はない」

エクレスさんがガンガンと外堀を埋めようとしてきやがる。いや、自分の親にそれを言うのは外堀を埋めると言うのか？　でも、周辺の人にそういう人だと認識させるのも外堀を埋めるってことになるのか？

ダメだ、この問題を考えてたらキリがない。やめよう。

「それでエンヴィーさん。おわかりになったと思いますが、レンハもナケク元領主も捕まって影響力を失っています。僕の上司……ガングレイブさんがスーニティの実権を握る形になってしまいましたが、ニュービストやアルトゥーリアの後ろ盾もあるので、グランエンドからの干渉も心配ありません。戻ってきませんか？」

「そうそう！　うちも母上に帰ってきてほしい！　そしてガングレイブから領地を取り戻してほしい、切実に」

いやフィンツェさん……気持ちはわかるけど今それを言うのは……。それを僕の目の前で言うことになんの疑問も湧かないんですか……？　それこそ妙案得たりみたいなドヤ顔で言ってるけどさ。

エクレスさんもこれにはさすがに苦い顔になっていた。隠そうとしているんだろうが、隠しきれてない。僕でもわかるくらいに複雑そうな感じだった。

そりゃそうだ。エクレスさんは自分から退いたんだ。ギングスさんもしかり。今ではガングレイブさんの下で楽しそうに生きてる。

それを再び権謀術数《けんぼうじゅっすう》渦巻く立場に立たされるのは、もはやゴメンだって思ってるんだろうな。さすがにこれは言った方がいいかもしれない。

何より、エンヴィーさんはここに長年追放されて生きてきた人だ。今の領内の様子なんてわかるはずがない。キチンと説明した方がいいだろう。

僕がそう思って口を開きかけたら、エンヴィーさんは楽しそうに笑い声をあげた。

「アハハハハハ！　フィンツェ、今のアタクシでは戻ってもガングレイブから領地は取り戻せないよ！　むしろエクレスもギングスも、ガーンでさえも取り戻すことは望んでないんだからね」

「そんなぁ」

「テビス姫も上手くやったもんだね！　エクレスとギングスは、上に立つには内政と軍事、どちらかに素質が寄りすぎてる。だけどそれぞれの分野で専門的に動くなら、これ以上に適した人材はいないでしょうね。アタクシがかつて望んだ形にもっていったテビス姫の手腕には、驚かされるばかりだよ。そしてシュリくんがレンハに言ったことも痛快だったね～。『美しくない』って、あの性悪女にはこれ以上ない罵倒だったろう！

しかし、ガングレイブ傭兵団《ようへいだん》がここに来たことを考えると、なかなか運があるなぁアタクシは。アルトゥーリア、オリトル、アズマ連邦、ニュービストと、傭兵団が仕官する先はいくらでもあっただろうに」

……どういうことだ!?　なぜそこまで詳しく知っている!?

エンヴィーさんはずっとここにいたはずだ、ここから出ることはなかったはずだ。ここを出ればレンハと本格的に事を構えることになり、それをどうにかすることはできない。見た感じエンヴィーさんにそれをどうにかする戦闘力があるとは思えない。

ならば、どうやってここで外の情報を手に入れていたのか？

僕には、エンヴィーさんが得体の知れない何かに見えてきた。笑顔のそれも、まるで口の形が半月のようにニタリとしたものに見えてくる。

「その情報はどこで？　母上」

さすがにここまでの事情通となると話が変わるらしい、エクレスさんの顔からは笑みが消えた。同時にウーティンさんが僕の横から前に移った。

空気の変わりように気づいたらしいエンヴィーさんは照れくさそうに笑う。

「いやいや！　みんなが思うような後ろ暗いこととかそういうのはないよ、アタクシの名前に誓ってね」

「では、なぜそこまでの話を？」

「ハハハ！　シュリくん……といったね？　アタクシはここに十数年閉じ込められてたんだよ？　普通だったら死んでる。周りに山の恵みがあろうともね。それをどうにかする手段なんて、一つしかないだろう？」

エンヴィーさんの愉快そうな顔を見て、僕は考える。エンヴィーさんの言う問題の答えを導くために。ここに来る前にヒントがあったかもしれない。

うっそうと生い茂る森、教会、出会い……。ダメだ、僕にはわからない。

だけどエクレスさんはすぐにわかったのか、呆《あき》れたように言った。

「そんな大仰なことを言っても母上、結局答えなんて一つしかないでしょ。レンハの側に裏切り者がいた。そして、裏切り者を通じて物資の運搬と情報の収集を行った。そんなところかな」

「せいかーい。エクレスの言う通りだよ～。具体的に言うと、レンハ側の人間ではなく、アドラっていう人なんだけど」

「ぶっ!?」

僕は驚きのあまり、何も口にしてないのに咽《む》せてしまう。

嘘《うそ》だろ、アドラさんがそんな役割を担っていたのか??　そんなそぶり、全く見せてなかったし話してくれなかったぞ！　城の地下牢《ちかろう》にだって入っていたのに。

エクレスさんも同じで驚きを隠せていない。目を見開き、息を呑《の》んでいた。

「その様子だとアドラはきっちり、アタクシとの関係を隠してくれてたみたいだ。助かったねー……バレたら大変だった」

「ど、どうやって、その、あの」

「簡単に言うと、アドラが周りの目を欺いてアタクシと通じてた。周りに全く話さずおくびにも出さず、周りにはそれを悟らせなかった。

彼は戦士としての才能はもちろんだけど、何より周りを欺く心の仮面を作る才能はピカイチだ。それは」

エンヴィーさんは僕の後ろを指さした。

「マーリィルも認めてる」

ブワ、と全身から汗が流れる。今まで気づかなかった背後からの、僕でもわかるほどの怒気と殺気に体が動かなかった。エクレスさんもフィンツェさんも、僕の後ろを、正確には教会の入り口を見て驚きに固まっている。

「てめーら。エンヴィー様から離れろ」

怒気を含んだ声。その中で動いたのはウーティンさんだった。後ろを見ずに跳躍、飛び後ろ回し回転蹴りを放っていた。その動きを確認できてようやく振り向いたとき、そこにいたのはもう一人のメイドさんだった。

着古してはいるものモダンなメイド服に身を包んだ中年の女性。見目麗しくはあるけど目つきが三白眼《さんぱくがん》で鋭く、常に眉には力が入っている。ガーンさんと同じ色合いの鳶色《とびいろ》の髪に碧色《あおいろ》の目。だけど目つきのせいでキツい印象が強い。美しくて怖いって感じ。

だけど……体つきは細くても、袖から覗《のぞ》く手首と拳を見た瞬間に怖気《おぞけ》が！　なんとこのメイドさん、地球の空手家のそれ並みに部位鍛錬を行っているのか、形がおかしい。

固そうで尖《とが》ってる感じだ。明らかに長年、岩だのなんだのをこれでもかと殴ってないとできない、歴戦の空手家の拳になっている。

ウーティンさんがそんなメイドさんの実力を殺気だけで一瞬で判断したからこそすぐに攻撃に移ったのだとわかったのは、ウーティンさんの蹴りを躱《かわ》したメイドさんが懐に入り込み、ウーティンさんが腕で防御しているとはいえ、土手っ腹に拳を叩《たた》き込んで床に叩きつけるのを見たときでした。

明らかに鳴っちゃいけない、骨が砕けそうな音と床が崩れるほどの音。それだけの威力で叩きつけられたウーティンさんは無表情ながらも口の端が痛みで歪《ゆが》む。

この間僅か五秒の出来事。認識と現実があまりに乖離《かいり》しすぎてて、僕の理解がどこか遠くへ投げ捨てられてる感じです。

だけどウーティンさんもやられっぱなしは気に食わないのか、床に倒れた状態から右肩

を支点に回転。まるでカポエイラのように独特な体勢からメイドさんの顔面を目掛けて蹴りを放つ。

メイドさんはそれに対して首を傾けるだけで躱《かわ》すが、その一瞬でウーティンさんは腕の力と背筋の力を全開、一気にメイドさんに飛びかかって両足をメイドさんの首に回し、肩車の逆姿勢となる。

そのままの状態から上半身を後ろに倒し、倒足、腰、背筋でメイドさんを足で投げる。床に手をついてバランスを取ったウーティンさんは口元を拭いながら体勢を整える。

投げられたメイドさんは床に手を突いて跳ね、両足で着地。まるでなんでもないかのように立ち上がって構える。空手の天地上下の構えに近いそれから、挑発するように顎をクイと動かす。

ウーティンさんが再びメイドさんに飛びかかった瞬間、

「はい、そこまで」

と、エンヴィーさんの拍手が鳴り響く。

瞬間、メイドさんは構えを解いてウーティンさんの刻み突きを回避。さらにウーティンさんの首根っこを捕まえて勢いのまま回転して投げ飛ばした。

そのまま壁に叩《たた》きつけられる瞬間に急停止したウーティンさんでしたが、すでに戦う気のないメイドさんはエンヴィーさんの隣に立つ。

「お帰りマーリィル。どうだった？」

「はい奥様。山菜とキノコ、それと行商人から豚の買い付けをしてきました。すぐに料理の準備に入ります」

「ご苦労さま。厨房《ちゅうぼう》に持って行ってくれる？」

「かしこまりました。……かぁ～この堅っ苦しい話し方はまだやんないといけねぇのですか、エンヴィー様」

は？　いきなりメイドさんの態度が荒っぽくなったぞ？　さっきまでの丁寧な対応はどこへ？　いや、ウーティンさんとあれだけやった人ならこっちの方が自然かもしれない。

「で？　エンヴィー様、こいつらなんですか？」

「マーリィル！　この娘たちはアタクシの娘のエクレスとフィンツェよ！」

「……はぁ!?　ここに!?　エクレス様とフィンツェ様が!?　ちょっと失礼！」

マーリィルと呼ばれたメイドさんはエクレスさんの両頬を両手で掴《つか》み、顔を近づけてこれでもかと観察する。

エクレスさんは唐突にやられたので動けず、もごもごしてる。

「はぁ～！　確かに幼い頃のエクレス様の面影がある！　あの男から受け継いでいる顔の部品少な！　でもこれでいい！」

「え？　え？」

「話に聞くだけで、顔を見るのはもう本当に久しぶりだもんな～……大きくなっててよかった！」

次にマーリィルさんはフィンツェさんの顔も観察する。マジマジと間近で。

「え？　え？」

「はぁ、こっちもこっちでエンヴィー様に似てるなぁ……！　ちょっとあの男の部品もあるけど、これはこれで可愛く育っててよかったじゃないか！」

フィンツェさんも戸惑っていて、何も言えないようでした。僕も動けない。さっきまでのキツい印象はどこへやら、今はデレた顔をしてる。

子供が好きな人なのかもしれないな、これは。なんかここだけ見たら優しさがよくわかる笑みを浮かべているんだから。

そして、顔の緩みを引き締めて視線を変える。

「で？　そこの物騒なメイドはなんですかエンヴィー様よ？」

あ！　そういえばウーティンさんは?!　とそっちを見たら腕と手首、肩の関節をバキバキ鳴らしながらこっちに近づいてくる。顔はいつも通り無表情なんだけど、怖い。なんかやられっぱなしで気に食わないって感じがありありと伝わってくる。

だけどマーリィルさんはどこ吹く風、さっきのような構えを見せない。

「そっちの娘はテビス姫のお付きのメイドよ。以前聞いたことがあるけど、おそらくテビス姫直属の『耳』の中でも屈指の実力を持つ連絡係」

「へ～……だからアタシの拳を腕に食らっておきながらも攻撃できたわけだ」

マーリィルさんは再び一歩踏み出し、僕たちから離れる。

「ダメよマーリィル」

それを、エンヴィーさんが止めた。

「ここで戦うのはもうおしまい。今は娘たちとの再会を喜びたいじゃない！　豚肉や採ってきた山菜で豪華にやりましょ！」

「そうスか。わかりました、エンヴィー様がそう言うなら私はそれでいいです。おいお前」

マーリィルさんはこっちに近づいてくるウーティンさんに不機嫌そうに言いました。

「闘《や》りあうのはここまでだ。続きはまた今度な」

「関係、ない。ここで、自分、が、やられ、ぱなし、なのは、姫、さまの、顔に、泥、を、塗るこ、とに、なる」

「だったら後でだ。今はエクレス様たちとの再開を喜びてぇ。その後ならいくらでもやってやる」

「うる、さい」

「ウーティンさん！」

僕はウーティンさんの傍《そば》に駆け寄り、腕を掴《つか》みました。これ以上戦わせないために、止めるために。

「今はやめましょう。これ以上はいけません」

「止め、ない、で」

「ダメです、だって」

僕は掴《つか》んだウーティンさんの服の袖をまくり上げる。

その下には、大きく腫れた青あざが。さらには肌に細かい傷痕が残っていた。

この細かい傷痕とかは古傷なんでしょうけど、腫れた部分は間違いなくマーリィルさんにやられた傷に間違いないです。しかも色がヤバい、素人目《しろうとめ》にも重傷なのがわかる。

「こんな傷、下手したら骨にヒビが入ってるかもしれませんから！　今は治療を」

「アタシはそこまでその女を殴ってねぇぞ。骨にまで届くような一撃は入れてねえ。ただの内出血だ。一週間もすれば消えるだろうさ」

「シュリ。自分、は、そんな手加、減を、されて余裕、を、保てる人間じゃ、ない」

どんどんウーティンさんの不機嫌さが増していく。無表情でありながら目が冷たくなっているのがわかった。

だけどこれ以上戦わせたくないと思ったから、僕はウーティンさんの怪我《けが》をしてない部分の腕を強く握りしめる。

「ダメです。少なくとも、今はダメです。お願いします。僕のためと思って」

「シュリ、の、ため？」

「これ以上ウーティンさんが殴られるのを見るのも殴るのを見るのも、どっちも嫌だってことです」

僕は必死にウーティンさんに頼みこむ。実際問題、ウーティンさんの傷は深い。みるみるうちに腫れてるように見えるし、手だって震えてる。

僕はその腕を優しく摩《さす》りながら続けた。

「お願いします。ウーティンさん、もう少し自分を大切にしてください」

僕がそこまで言うと、ウーティンさんは溜め息をつきました。

なんかもう諦めたって感じです。そして僕から腕を離して言います。

「わかった、から。もう、わかった」

「はい」

「だから、安心、して、いい。今は、戦わ、ない」

良かった……ウーティンさんはそういうと、いつも通りに背筋を伸ばして立ちました。

ついでにめくれていた服の裾も戻していました。

そんな僕たちの様子を見たエンヴィーさんは顎を右手でさすりながら、不思議そうに言います。

「うーん。アタクシはてっきりエクレスのいい人かなって思ってたけど、二人は恋人なの？　エクレス、恋の障害は大きいねぇ」

「ち、違いますよ！　そういう関係じゃないですよ！」

「そういう、関係、です」

「ウーティンさん⁉」

ウーティンさんの口から出ないだろう言葉が聞こえたので、僕は驚いてウーティンさんを見ました。

するとウーティンさんは僕に顔を近づけ、口の前に静かに、と示す指を立てる。

「シュリには、酒での、痴態、を、見られたり、とか、戦いを、止められ、たり、とか、してるから、ちょっとやり返した。恥ずかし、がる、シュリが見れて、十分」

ちょっとだけ微笑《ほほえ》んだウーティンさんは、そこから無表情に戻り、僕から離れた。

なんだ、ちょっとドキドキしてしまったじゃないか……ウーティンさんにこんなお茶目なところがあるなんて思ってもみなかったよ……。

顔が赤くなる感覚がします。胸に手を当ててるとすげー動悸《どうき》がしてる。

「シュリ！」

「はい！」

いきなり呼びつけられ、僕は驚きながら返事をする。エクレスさんが僕を、こう、涙目で睨《にら》んでいた。なぜ？

「後でおしおき」

「なんで？」

落ち着いた僕たちは、改めてエンヴィーさんと話をするために椅子に座りました。教会内の長椅子を移動させて向かい合わせにし、その間に丸テーブルを置く。

一連の準備はほぼ全てウーティンさんとマーリィルさんがしてくれました。悲しいかな、この二人より僕は腕力がなかった。

「どれだけ力持ちなんだよ……」

少しだけ呟《つぶや》き、悔しく思う。いや、女性より腕力がないことを嘆くのは男としての沽券《こけん》に関わる問題だからこそなんだけどね。

「シュリくん、彼女たちは戦闘も行う種類のメイドだから、下手な男よりは力はあると思うよ……」

そんな独り言に、エクレスさんが的確に返してきたのでさらに落ち込む。これでも僕、この世界に来てからもほぼ毎日鍋を振ったり食材を運んだりと肉体労働をしてるんだけどな……こっちの世界に来てから、腕だって筋肉が付いてるはずなんだけど。

だけど、そんな僕よりも過酷な訓練をしてきた彼女たちの方が強いのは、必然なのかなあ……明日からはもっと、鍋を振って頑張るか。

「さて、紅茶でも飲もうか。マーリィル、用意をお願い」

「わかりました、エンヴィー様」

マーリィルさんはメイドらしく、恭《うやうや》しく綺麗《きれい》なお辞儀をして教会の奥へと行きました。

どうやら奥にまだ部屋がある構造の建物らしい。まあ、こんなところに長い間暮らすとしたら、生活空間がないと厳しいよなぁ。寝室とか、台所とか。

「しかし、紅茶が手に入るような人脈があるんですね」

僕がそう言うと、エンヴィーさんは楽しそうに笑いました。

「まあね！　アタクシとしてはいろいろな伝手《つて》を使って仕入れてるからねぇ」

「生活費も必要でしょう？　どうやってお金を稼いでるんですか？」

「山菜とかキノコの干した物を売るとかだね。あと、ここに来てそれらを買う新人行商人への商売の指導料、とかかな？」

「新人行商人？」

エクレスさんが不思議そうに聞きました。そうだね、僕も気になる。

「母上、ここに来る人間はいるのですか？」

「うん、いるよ。アドラに手配してもらってる。ほら、彼は元々スーニティでも田舎の出身だし、レンハをよく思っていない派閥ってのは確実にあったから。そういう伝手も使って来てもらってる。その人たちはアドラの知り合いで、城下町出身じゃないし、貴族派でもないからね」

「それをアドラさんは、今まで誰にも悟られずにやってたのか……ガーンさんたちに何も言わずに……」

それを考えると、アドラさんの苦労が忍ばれる。レンハに対して反発していたとはいえ、下手してバレたらレンハの一派に殺されていたはずだ。ガーンさんたちからだって何か言われていただろう。

誰かに話せば……せめてガーンさんにでも話せば味方が増えて、少しは気が楽になっただろうに。なのにそれをしなかった。

「アドラさんは徹底的に、エンヴィーさんたちとの関係を隠していたんですね」

「そうしないとアドラ自身の身も危ないし、外部とのつながりがバレたらアタクシたちだって殺されてる。下手したらエクレスの身だって危ない……英断だとは思うけどね。辛《つら》かっただろうから、久しぶりに会えたらお礼を言わないとね」

「そう、ですか……」

僕も帰ったら改めてアドラさんにこのことを聞いてみよう。僕たちが知らなかったことがきっと多いはずだ。どういうことをしていたのか、どうやっていたのか。今後きっと必要となる情報でしょう。

「それで……どうして領地に戻ろうとなさらないのですか？」

「そうなの！　母上、戻ってきてほしいの！　そんで、やっぱりスーニティを取り戻してほしいの！　そうすればきっときっと」

「きっと、どうなるのかしら？」

エンヴィーさんは、笑いながらもどこか冷めた声でフィンツェさんに問う。その冷静さに何も言えなくなりました。

それは向けられたフィンツェさんも同様でした。

「えっと……そうなったら、エクレス姉かギングス兄が……領主に」

「なったら問題だからこそ、ガングレイブに任せたわけだよね～。前の段階……ガングレイブたちが来る前ですら派閥争いはあったし、どっちが領主になっても乱世の時代を乗り切るには不安があったからこそ、領主だったナケクは行動したわけだし」

「だけど……」

それでもフィンツェさんは追いすがるように口を開こうとしました。だけど、上手く言葉にできないようでした。

「だけど、今ならエンヴィーさんが女性領主となってエクレスさんとギングスさんを従えるって道もあるのでは？」

僕がそう聞くとフィンツェさんもエクレスさんも、当の本人であるエンヴィーさんですらキョトンとした顔を見せました。

え？　何か変なことを言った？　僕？　別にそんなに変なことは言ってないよね？

「いえ、ほら。テビス姫だって女性……てか女子ですが、血筋と能力から、あの年でも仕事を任されてるわけですので……女性でも能力があれば上に立つのになんの問題もないでしょ、と思っただけなのですが……」

「ははー……シュリ、と言ったね？　確か」

「はい」

「キミの考え方はとても面白いし、一考の余地はあるよね～。でもダメ、アタクシは数字は強いけどそれだけだから」

エンヴィーさんは残念そうに言いました。

「あー……でもそういう形もありだったなぁ……エクレスたちの身の安全と、アタクシたちが生き延びることばっかり考えてたから、そんなこと思いもしなかったよ。

まあ仕方がないよ。レンハの勢力が広がっていったあの頃、アタクシたちは余裕がなかったし。子供たちを守るので精一杯だった。アタクシたちがおとなしく従わなかったらエクレスもフィンツェもガーンの身も危なかったから」

そうか、そんな裏事情があったのか……。確かに子供たちの身の安全を考えたらこうしてここへの追放をおとなしく受け入れるしかなかったのだと思います。

しかし、僕はさっきから気になっていることがありました。マーリィルを見ますが、彼女はエンヴィーさんの後ろにいても口を開く様子はない。

なので切り込んでみることにしました。

「すみません、気になっていることがあるんですけど」

「おや？　なにかな」

そのとき、ちょうどマーリィルさんは紅茶のカップと茶葉を入れた筒、それとティーポットを用意していました。

手慣れた手つきで紅茶を入れ、僕たちの前にカップを置きます。

僕はそれを遠慮なく飲んだ。

美味《おい》しい。香りも温度も完璧だ。口の中に広がる紅茶の香りが鼻を突き抜け心地よい。

少しだけ飲んでから、僕は改めてマーリィルさんの方を見ました。

「その……言いにくいんですけど、マーリィルさんは正妃のエンヴィーさんが懐妊するより前に、ナケクさんに手籠《てご》めにされたって聞いてるんですけど……そんなに強いのに、ですか？」

「あ、えっ」

僕の言葉にマーリィルさんは戸惑い、ティーポットが揺れました。

すぐに平静さを取り戻してティーポットをゆっくりと机の上に置きます。そして落ち着くように胸に手を当てて呼吸した。

あ、この質問はちょっと不躾《ぶしつけ》すぎたな……襲われたのになんで抵抗しなかったんですかととられかねない言葉だ。

「すみません。答えられないなら答えなくても。むしろこんな質問をしてごめんなさい」

「いや、いい。お前が言いたいことはわかるからよ」

マーリィルさんはバツの悪そうな顔をして、後ろ頭をガシガシと掻《か》いた。

「いや、私も抵抗すりゃよかったよ。実際しようとしたんだよ。だけどな……」

これは悪いことを聞いたな……いくらなんでも配慮がなさすぎた。僕の心は後悔で一杯になりました。そりゃそうだ、強いのになんで襲われてたの？　なんて聞くもんじゃない、と思っていたのですが、マーリィルさんは顔を赤くしながらそっぽを向きました。

「アタシはよう……エンヴィー様のことが好きなんだ」

「……ん？」

おや……話がおかしな方向に行き始めたぞ。その不穏な雰囲気を察したのか、エクレスさんの顔にも苦いものが浮かぶ。

それもおかまいなしにマーリィルさんは続けました。

「いずれエンヴィー様にも子供ができるだろうが、その同じ父親を持つ子供ってのが……アタシも欲しかったんだよ。産んでみたらこれまた可愛い子供でよ……エンヴィー様と縁繋《つな》がりになったのも嬉《うれ》しかったし、アタシのようなガサツな女でも子供を産めるんだってのが誇らしかったし、子供も心から愛してんだ。だから、なんだかんだ言ったって子供が、ガーンという家族ができたのはアタシにとって悪いことじゃねぇんだよ」

「あ、そうですか」

この人強すぎない？　エンヴィーさんが好きだから同じ父親の子供を持とうとして、産んでみたら子供が可愛いくて愛してるなんて、メンタルがどれだけ強いんだよ……。

これが日本だったら……いやどこの世界でだってマーリィルさんのような考えを持つ人いないでしょ。強いわ、この人。

「ガーン兄さんは、間違いなくマーリィルに愛されてたんだね……」

僕と一緒に椅子に座っていたフィンツェさんも、それしか言えないようでした。

このマーリィルさん、もしかしてエンヴィーさんに対する好きって、人間として好きというより……いや、やめておこう。そこを探るのは不粋だ。

「ガーンさんも元気にしてますよ。最近は僕の下で料理人として修業してます」

「は？　なんで？」

「さあ。理由はガーンさんに聞いてください。だけど、毎日必死に料理のことを覚えながら楽しそうに過ごしてますよ」

僕がそう言うと、マーリィルさんは優しい笑みを浮かべました。

「そうか。あの子はアタシとは違う道で、それでも楽しく元気にしてるか……いいことを聞けた。ありがとな」

「いえ……僕も教える立場として日々、ガーンさんからも学ぶことは多いので」

「良い奴なんだな、お前は。改めて礼を言うよ、ありがとうな」

僕は頷《うなず》いて、その礼を受け取りました。

母親として心配だったろうけど、元気なのを知ることができたのはよかったはずだ。事実、ガーンさんは毎日大変そうだけど楽しそうでもあるし。

僕は紅茶を飲み干してから改めて言いました。

「すみません話が逸《そ》れましたね。それで、領地に戻らないのは」

「今から戻っても、貴族派の神輿《みこし》にされて領地を余計に混乱させるだけ。いろいろ言ったけど、結局これが理由だよ。ニュービスト、オリトル、アズマ連邦、アルトゥーリアの四国の後ろ盾を得たガングレイブに対抗するなんて、新しい体制で安定しようとしている領内にいらぬ苦労をかけることになる」

「でも……」

フィンツェさんはそれでも釈然としない顔をしていました。

まあそうだよな。フィンツェさんにとってスーニティは、長年帰ることを望んでいた故郷だ。それが他者の手に渡ってしまったことは、どうしても受け入れがたいんでしょう。

「うちは……スーニティを取り戻したいの」

「すでに取り戻している。レンハの、グランエンドの影響からね。フィンツェ、キミの思う取り戻すという目標はすでに達成されてるんだ。それが誰の手に領主の座が渡ったか、という副次的な結果によって目が曇ってるだけよ」

「でも！」

「それに、いずれスーニティはどこかに支配されてもおかしくなかった」

？　どういうことだ……と僕は眉をしかめる。

「グランエンド以外にも、スーニティを狙っていた勢力はいたってことだよ」

エクレスさんは、悔しそうにしていた。

「シュリくん。スーニティはこの大陸の中央付近に位置しているんだ。ここは結構な交通の要所だし、街道が多くある。だからボクは行商人や商隊がこちらに来るように政策を打ち出すことができたし効果もあった」

「その交通の要所を奪えば……」

「軍の行軍も、商隊の誘致も、いろんな手が打てるだろうね。ここは道に恵まれた領地なんだ」

あー、そういうことか。だからグランエンドもレンハを通じてこの国を奪おうとしていたのか。ていうかこの領地は結構重要な土地だったんだ。

当たり前の話だけど、軍だろうが商隊だろうが、移動するためには整備された道はどうしても必要になる。

整備されていないぬかるんだ道を進むには時間と手間と労力がかかりすぎるし、士気にも関わる。雑草や石ころだらけの道を歩くのは疲れる。

荷物を運んでいるのならでこぼこ道を進むことで、積んでいる荷物に傷がつくことだってありえる。

それに人間ってやつは、足の裏の感覚に鋭敏なんですよ、結構ね。だから足の裏で感じる不快感ってのは、結構神経にくるし負担が凄《すご》い。

単純な移動にかかる速度と時間、それに関係する疲労や負担。それを考えれば、整備された道が多数通るこの場所は、本当に高い価値があるといえるでしょう。

アレ？　と僕は一つ気づいたことがある。

「それならエンヴィーさんが帰るのに必要な条件ってなんでしょうか？　貴族派の排斥《はいせき》？　この土地を狙う周辺の領主との講和？　それともグランエンドの影響の排除？」

「目下のところは貴族派の問題だねぇ」

エンヴィーさんは呆《あき》れたような顔を見せて背もたれに寄りかかった。

ここら辺はエクレスさんと親子なんだなってわかる。特に胸のあたりが。

「シュリくん？」

思わず見比べていたらしい僕は、エクレスさんの責めるような視線に耐えきれずに目を逸《そ》らしました。やべーやべー……失礼なことをしていた。

「スーニティはこれから、名前を変え、体制を変え、戦乱の世の中に適した領地として生まれ変わることだろうさ。それはアタクシでもナケクでも、エクレスでもギングスでも完全にはできなかったことよ～。この土地のみんなが、無事に生き続けるために必要なことだもの」

「でも領民はあまり協力はしてくれません」

「体制が変わるってことは、安定した既得権益《きとくけんえき》を持っていた貴族や商人には不利なことだもの。アタクシだって、正直不安もある。だけど、このまま確実に戦《いくさ》で滅ぼされるような末路は変えられるんだもの。頼もしいと思うわ、ガングレイブは」

その言葉には納得だ。僕は頷《うなず》いて肯定しました。

ガングレイブさんは長年、若いながらも傭兵団《ようへいだん》の団長として各地の戦で名を馳《は》せ、傭兵団の形を保ってきた人だ。そこで培《つちか》われた感覚や勘、知識は凄《すご》い。

時として失敗することもあったけど、それでも仲間は……みんなは優秀だった。見事にその失敗をフォローしていた、と思う。

傭兵団がなくなりそうな時だって、傭兵団として活動できなくなりそうな時だって、いつだって乗り越えて今がある。そんな人なら、きっと大丈夫だろうと信頼できる。

……いや、支えなきゃダメだな。いろいろやらかしてるのも事実ですし。

「名前が、変わるの？」

そのとき、フィンツェさんは肩を震わせながら俯《うつむ》いていました。

見れば顔を伏せたまま泣いています。

「スーニティを奪われるだけじゃなくて、名前までなくなるの？　うちはそんなの嫌だ。嫌だ……嫌だぁ……」

流れる涙を拭いながら、フィンツェさんは嫌だ嫌だと言い続けていました。それを見て僕も胸が痛む。

そうか……新しい体制になるのなら、領地の名前だって変わる可能性も考慮しなきゃいけなかったんだな。そして、名前まで変わったら、フィンツェさんが思い描く故郷はもうないということだ。

「フィンツェ」

泣き続けるフィンツェさんを、立ち上がったエクレスさんが優しく抱きしめました。

フィンツェさんの頭を胸に抱いて、エクレスさんは優しく言う。

「ボクは、もうそれも仕方がないと思ってる。この領地はすでにガングレイブのものだ。ボクたちもそれを望んだ。望んで彼に領主の座を任せた。ニュービストなども、まあ思惑はいろいろあるだろうけどガングレイブの後ろ盾になってる。これなら簡単に周辺の敵だって手を出してはこない」

「わかる。フィンツェの思いはわかる。ボクだって、できれば名前は変えてほしくはない。いろいろあったが、結局ここがボクたちの故郷だ。生きてきた証《あかし》だ。そんな場所をボクとギングスは自分たちだけで守ることができなかった。だから、これはケジメなんだよ」

エクレスさんは天井を見上げる。

「フィンツェ。キミだけはスーニティの名前を持っていて」

「うちが？」

「いつか、ガングレイブが国を大きくしてこの土地を誰かに任せるとき、そのときスーニティの名前が残っていないとね」

「……わかった。わかった……」

シクシクと泣き続けていたフィンツェさんですが、それでもようやく落ち着いてくれました。エクレスさんの胸から頭を離して僕を見ます。

「うちはフィンツェ・スーニティの名前を捨てないの。シュリ、ガングレイブにそう伝えておいて」

「わかりました。僕からもお願いしておきます」

それでフィンツェさんが納得できるのならば、僕もそうなるように努力しましょう。

ガングレイブさんがどう言うかだな。いろんな状況を想定して説得する言葉を考えておかないと。

「いいの？」

「問題はないんじゃないですかね。ガングレイブさんが断るようなら、他のみんなも味方に付けてなんとかしますよ」

フィンツェさんが不安そうに聞いてきますが、アーリウスさん辺りを味方に付ければ問題ないと思います。なんだかんだでアーリウスさんには弱いので、ガングレイブさん。

「じゃあ、アタクシは貴族派がなんとかなるまでここに居続けるわね」

「はい、母上。必ず帰ってこられるように準備を整えておきます」

「頼んだわ、エクレス。ああ、喋《しゃべ》ってたらお腹《なか》が空《す》いたわね」

エンヴィーさんは体を伸ばしてからお腹を押さえました。そういえば結構喋ったな、僕たち。僕もお腹が空いてきた。

するとフィンツェさんがいきなり立ち上がります。それもドヤ顔をして。

「母上！　うちは今までニュービストで料理人として修業してたの！　母上にぜひ、うちの料理を食べてほしい！」

「あら、そうなの。じゃあお願いするわね」

「うん！」

元気に返答したフィンツェさんですが、教会の奥に向かって走ろうとして止まりました。

どうした？　と僕たちが不思議そうにしていると、フィンツェさんはバツの悪そうな顔をしてこっちへ顔を向けました。

「あの……厨房《ちゅうぼう》ってどこ？」

「はいはい、案内しますよフィンツェ様」

おいおい、勢いよく行こうとしたところでそんな止まり方する？　と僕は呆《あき》れそうでした。そんな空気を察したのか、フィンツェさんは恥ずかしそうに顔を赤くしています。

マーリィルさんは呆れつつも笑顔でフィンツェさんを連れて教会の奥へと消えていきました。どうやらあっちの方に厨房があるらしい。

その後ろ姿を見送っていたら、僕は後ろから肩を叩《たた》かれました。

「どうしました、ウーティンさん」

ウーティンさんはいつもの無表情のままですが、どこか落ちつかない様子でした。視線はエンヴィーさんとエクレスさんの方を行ったり来たりしながら、僕だけに聞こえるように小声で言う。

「自分、は、久し、ぶり、に、シュリの、チャーハン、が食べた、い」

ああ……そうスか……。僕はちょっと困って答えました。

「あの、ここはフィンツェさんに任せませんか……？　せっかく食事を用意してくれるという話なので……」

「いや、それ、は、わかってる、ん、だけど、その」

いや、ウーティンさん……そんなに求められても困るとしか……。

助けを求めるようにエクレスさんの方を見れば、なんかエクレスさんは頬を膨らませている。こっちはこっちでどうしたんだよ。

「エクレスさん？」

「またウーティンと仲良くしている。ボクをほったらかしにするのはナシだよ」

「いや、仲良くというほど仲良くは……」

「いやー、本当にエクレスはシュリくんのことが好きなんだねぇ」

僕たちの話にエンヴィーさんは微笑《ほほえ》ましく思っているのか、母親らしい優しい表情をしていました。そして、好きなんだと言われて戸惑う僕でした。

いや、そりゃ改めてエクレスさんではない別の人から指摘されたら、熱心にアプローチされてるんだなと自覚してしまいます。

「いや、その……」

「で？　エクレスはシュリくんのどこが好きになったのかしら？」

「よくぞ聞いてくれました母上！　あれは……」

「あ、僕も料理の手伝いをしてきまーす」

さすがにエクレスさんの僕に対するのろけ話を聞くのが恥ずかしかったので、逃げるようにフィンツェさんが行った方へと僕も向かいました。

食事はフィンツェさんに任せればいいのでしょうが、せっかくなのでフィンツェさんが何を作るのか、どう作るのか、どれくらいできる人なのかを観察したい。城で手伝ってもらったときには見ることができなかったような技術や知識も、見られるかもしれませんからね！　興味津々だよ！

で、奥への通路を進むと、その先から物音が聞こえてくる。あっちが厨房《ちゅうぼう》か、と思って足を向けて扉を開いた。

その中には確かにフィンツェさんとマーリィルさんがいた。そして、フィンツェさんが肉を捌《さば》いている最中だった。マーリィルさんは竈《かまど》に載せた鍋の中身をおたまか何かでかき混ぜている様子。

改めてフィンツェさんを見ると、美しい包丁捌きでした。顔にはおふざけも雑念も何もないって感じで、集中力が高まっているのがよくわかる。

捌かれてる肉は……多分だけど色合いから、マーリィルさんが話していた豚肉だね。

フィンツェさんは豚肉を綺麗《きれい》に切り分けると、別の竈で熱していた鍋に入れる。じゅわ、と肉が焼けて脂が弾《はじ》ける音が響いた。

興味が湧いて近寄ってみれば、鍋の中身はデミグラスソースのような匂いと色合いのスープ。いったいどんなものなのか、気になってしまう。

「ちょっといいですか、マーリィルさん」

「んあ、シュリか。どうしてこんなところへ？　こっちはフィンツェ様と料理の途中なんだが」

「いえ、どんな料理を作ってるのかなぁって気になりまして。僕も料理人なので」

いやぁ、目の前に食べたことのない料理があると心が躍るな。見た目は豚肉ステーキのデミグラスソースがけなんだけど、匂いがどことなく不思議な感じ。地球では使わない調味料を使ってるのかもしれない。

興味津々で、鍋の中身を見る僕。フィンツェさんの焼く豚肉へも視線が目移りしてしまう。ぜひとも味見してみたい、そんな欲求も湧いてくる。

なんせ匂いが良い。マーリィルさんが仕上げてるソースもデミグラスソースに似ていながらどこか違う香りがあって食欲をそそるし、豚肉の方も上手に焼かれている。手つきも滑らかで淀みなく、数えるのも馬鹿らしくなるくらい繰り返した仕事なんだってことがよくわかる。

唾が溢《あふ》れてくるのを飲み込んだ僕に、フィンツェさんは自信満々な様子で言いました。

「へへへ、シュリもうちの料理に興味津々のようなの」

「ええ、ぜひとも食べてみたいです」

「ならおとなしく待つの。シュリはガングレイブの部下とは言えども、うちの料理を食べるならお客様なの。もちろん、シュリの分もちゃんと用意するの」

なんと気高い、というか料理人然とした言葉なんだと僕は感動を覚えました。

僕はにっくきガングレイブさんの部下の料理人だ、きっと思うところだってあるだろう。それがどうだ。フィンツェさんはそれがさも当たり前だと言わんばかりに僕の分も用意しているし、それに関して嫌そうな様子も見せない。料理を食べる人への配慮があり、手間暇をかけて調理しているのがわかる。

果たして僕にここまでのことができるだろうかと考えると、難しいだろうと正直思う。目の前に憎い敵がいて、もしくはその関係者がいて。その人にも料理を作れと言われれば作れるでしょう。だけどフィンツェさんほどさらっと割り切ることはできず、思わず顔をしかめたりするかもしれない。

こういうところでも、フィンツェさんは僕よりも凄《すご》い人なんだなと感じましたね。

「さて、こっちはできたの。マーリィル、こっちへ」

「わかりましたよフィンツェ様」

フィンツェさんは全員分の肉を皿に盛り付けると、その上に先ほどのソースをかける。焼きたての肉にソースがかかり、香ばしい匂いが鼻腔をくすぐる。

これは、思わずむしゃぶりつきたくなる匂いだ。いったい何を使ったんだろうか？

「じゃあ、マーリィルとうちはみんなに運んでくるから、シュリはここで食べてていいの」

「え？　いいんですか？」

「どうせ、この料理の味を盗みたくて集中するでしょ？　その顔を他の者に見られたくないだろうから、好きにしてていいの」

フィンツェさんはそう言うと、マーリィルさんと一緒に料理を持って厨房《ちゅうぼう》から出て行きました。うーむ、ここまで配慮してくれるとはありがたい。

エクレスさんたちの前で、料理人としての顔を出して料理の分析を行うのは、ちょっとどうかと思ってましたから。

「じゃあ、お言葉に甘えまして」

僕はそこら辺から椅子を持ってきて座りました。同時にフォークとナイフを用意し、手を合わせる。

「いただきます」

さっそく料理に手を付けてみましょう。

豚肉にナイフを入れる。す、と楽にナイフの刃が入る。

なるほど、これはすでに筋も切られているらしい。焼く前に、もっと言えば切り分ける前に何か下処理を施したのでしょう、だからこれほど柔らかい。

端《はた》から見たらそんなことをしてる様子はなかった。だけど思い出してみれば、豚肉を捌《さば》く際に細かく包丁を動かしていました。おそらくあのとき、素早く筋を切って食べやすく処理をしていたのでしょう。

そしてその前に行った肉を柔らかくする処理……これは一体何をしたんだ？

食べてみればわかるかと気を取り直して、小さく切った豚肉にソースを絡ませて口に運ぶ。

旨い。

本当に驚いた。凄《すご》く美味《おい》しい。

デミグラスソース特有のコクのある旨みが豚肉によく絡む。いくつもの食材が溶け合って重なったコクと旨みが、豚肉の脂とよく合う。柔らかく処理された豚肉だが、歯応えだって柔らかすぎず顎への感触もちょうどいい。

噛《か》めば噛むほど豚肉の旨み、デミグラスソースの旨みが口いっぱいに広がる。

何よりも驚いたことがあった。噛みしめている中に感じる味に、僕は驚いてもう一度豚肉を切り分ける。

断面を見て、それだけでは判断できずフォークで刺して鼻の近くに持っていく。

慎重に匂いを嗅いで、その奥に隠れた何かの匂いを必死に記憶を辿《たど》り……思い出して後ろをガバッと振り返る。

そしてくず入れを見つけ、その中を覗《のぞ》く。ここで、僕はもう一度驚いた。

「やっぱり……！」

それを見つけたことで、僕の中で疑問が確信に変わった。捨てられていたものを掴《つか》み上げ、愕然《がくぜん》とした。

「な、なんでこの世界に……パイナップルがあるんだ……!?」

そう、そこにあったのはパイナップルだ。正確には、パイナップルの残骸。

独特の皮と、葉。見間違えるはずがない！　なぜこの世界に、パイナップルなんてあるんだ!?　どうして!?

考えてみれば、何もかもがおかしかった。この世界に様々ある、地球由来を感じさせる食材の数々。僕が作る前からあった、なぜここにあるのかと疑う日本の調味料や地球の調味料。それも全部ではなく、僕が必要とするものがあったり。

だけど、それで大変助かったものだ。

それにしたって……この大陸は何なんだ？　南国由来の果物まであるなんて、こんなものをどこで栽培していたんだ!?

「なんだ、何なんだこの世界は……!?」

あまりにも恐ろしくなった僕は、パイナップルの残骸をくず入れに戻す。ゆっくりと、慎重にだ。恐ろしい物に触るかのように。

僕は胸に手を当てて呼吸をする。

深呼吸をする。

「大丈夫……大丈夫だ落ち着け、僕……この世界には魔法なんてものがあるんだ……何かしら変なことがあったっておかしくないだろうよ……！」

そうやって自分に言い聞かせて落ち着く。この世界には謎が多すぎる。

神座《かむくら》の里を騙《かた》った異世界転移、あちこちで見られる地球由来の食材、明らかに地球の誰かの手が入ってる調味料、賢人と名乗る存在。転移者の殺す者と殺される者の関係。

いろんな謎がありますが、それを解決に導く判断材料があまりにもなさすぎる。今考えたって、答えはきっと出ない。

気を取り直して、再びフィンツェさんの料理へと向き合うために椅子に座り直す。まだ温かさが残っているので美味《おい》しい。食べ続けて、料理に関してまた頭がいっぱいになる。

この世界の食材は地球のものが多いが、それを考えてもフィンツェさんの知識は凄《すご》い。豚肉をパイナップルに漬けることで、酵素の働きで柔らかくなります。果物と料理を組み合わせることって珍しくはありません。

それでもこの世界でまさか、その果物を活用した調理技術をもっている人が、それを知識としてもっている人がいるとは。フィンツェさんへの敬意が高まる。

若い頃から一流レストランの重要な役職を兼任するその肩書きは、だてではないってことでしょう。

よく味わってみれば、このソースも豚肉に染み込んだパイナップル由来の酸味と甘みのバランスが取れるように、味の調整が施されている。

ここまできっちり計算して作るとは。本当に凄い人だ。美味しいから、一気に食べ尽くしてしまっていた。

満足感が体を包み、机に背中をもたれさせて床を見つめる。

僕の胸の内から湧いてくる、対抗心。その熱に体を委《ゆだ》ねてニヤリと笑う。

「こりゃ、負けてらんないな」

僕の中で対抗心がさらに出てきて暴れ出す。こんな隠れた技術を見せつけられては、味わってしまっては、料理人として黙っていられないじゃないか！

僕はその場から走り出した。ウーティンさんの要望だったシンプルなチャーハンを作るつもりだったが、豚肉があるなら話は別。あれを作ろうじゃないか。

僕は裏口から外に出て厩《うまや》へと向かう。そこにいた馬たちは僕を見て警戒するがここは無視。馬の背に括《くく》りつけてあった道具箱から包丁やまな板、他のさまざまな調理道具を取り出して再び走る。

裏口から厨房《ちゅうぼう》に戻った僕は、さらに食料庫らしき物置から食材を探し出して用意する。

さて、気合いを入れ直せよシュリ。ここで引いたら一生、フィンツェさんに負けることになるぞ。

というこことで、作るのは豚の角煮チャーハンです。

あんなに美味《おい》しい豚肉を食べさせてもらったのなら、こちらも豚肉でお返しするのが礼儀なり……行くぞっ。

まずは豚の角煮から作りましょうか。用意する食材は豚肉のかたまり、油、酒、水、ショウガの皮、醤油《しょうゆ》、砂糖、みりん、水あめです。

いろいろあるな、ここの食料庫。それと、朝食用だったのか炊いた米もあるね。おにぎりでも作ったのか、それとも別の軽食のために用意して余ってるものなのか。

チャーハンを作るのにちょうどいい冷や飯……くく、上手くいくイメージしかない！

「いろいろあるけどそれも、新人行商人とやらと取引した結果か？　みりんと水あめが都合良くあるなんて……」

パイナップルもそうだけど、どうしてこの世界に存在するのか、いつか調べないといけないな。

さて、まずここで取り出しますは圧力鍋。前々から作ってほしいとリルさんに要望を出していたのものです。実はちょこちょこ使ってはリルさんに何度か改善してもらい、繰り返すうちにだいぶ良い物ができました。

この圧力鍋に豚肉、酒とショウガの皮、それと水を入れたら蓋をロック。火にかけます。中火かそれより強めが目安だよ。中の加圧状態が適正になったら、その状態を維持するように火を調整する。これが地球で市販されてるものなら圧力計とかあるんだろうけど、さすがにこれにはないので勘だよ、勘。

ある程度煮たら火を止めてそのままほっとく。圧力が完全に抜けたら蓋を開けて肉を取り出して角に切りましょう。

次に鍋を熱して油をひき、さっきの豚肉を入れて表面にこんがりと焼き色をつけます。

ここに酒、水、醤油、砂糖、みりん、水あめを加え、蓋をロックして火にかける。

再び加圧して、適正状態を維持するように火を調整。完了したら火を止めてそのまま自然放置し、圧力が完全に抜けたら蓋を開けて豚肉を取り出す。

煮汁は半分になるまで煮詰めておこうね。この煮詰めた汁を肉に絡ませたら、まずは角煮の完成だ。これ単体も食べてもらおう。

次はチャーハンを作ろっか。

僕は肩を回して気合いを入れ直し、次の料理へと心構えを切り替えた。

材料はご飯、卵、油、塩、胡椒《こしょう》、今作った豚の角煮、酒、醤油、鶏ガラスープ、ネギでいいかな。

鶏ガラスープはね……いろいろ使えて便利なんだ……ちゃんと保存して持ち歩いてるんだよ……暇さえあれば作ってる。

まずは最初に卵とご飯を混ぜておき、圧力鍋とは別の鍋を用意してコンロにかけて温めたら多めに油を引いてご飯を入れてかき混ぜます。全体に火が通ったら、塩と胡椒を入れます。よく混ざったら、酒、醤油《しょうゆ》、鶏ガラスープ、豚の角煮を入れ、さらに切ったネギを加えて軽く混ぜればは完成です。

「できあがり……持っていこうか」

食料庫で食材を探し、頑張って作った豚の角煮チャーハンと角煮。とりあえず一皿ずつ持って、僕は厨房《ちゅうぼう》を出てさっきの広間に向かう。

さあて、ウーティンさんにどんな感想をもらえるかな？

フィンツェさんの作った料理と比べてどうかな？

それを考えると結構緊張するんだよね。おー怖い怖い。だけど結構上手にできたから、大丈夫だと信じたい。

広間に行くと、女性陣が全員椅子に座って紅茶を飲んでいる。

楽しそうな雰囲気で話をしているようですね。なんか入りづらいな。

「ウーティンさん。ご所望のものができましたよ」

「お、待って、た」

机の上に並べられていたフィンツェさんの料理。皿が全部空になっていたので、どうやら全員が食べ終わっていたらしい。食後の団らんに僕が乱入したということだろうか？

ますます肩身が狭いんですけど。

ウーティンさんもどうやらみなさんと一緒にフィンツェさんの料理を食べていたらし

い。だけど、全部食べてなお、僕の料理が食べたいという態度でいてくれるのは、とても嬉《うれ》しいな。

僕はまずウーティンさんの前に、豚の角煮と角煮チャーハンを並べる。用意された二皿の料理を見て、ウーティンさんは無表情ですがこころなしか嬉しそうに見えました。

「シュリ。これ、は？」

「豚の角煮と、それを使ったチャーハンです。ご所望のチャーハンですね、はい」

「それは、よい」

「シュリ、ボクたちの分は？」

「一応作りましたが、まだ食べられますか？　結構な量がありますが……」

「そりゃシュリの出してくれる物なら何でも食べるよ！　喜んで！」

「そ、そうですか」

字面だけで見ればなんとも健気《けなげ》で良い言葉なのですが、どうにもエクレスさんの顔は恍《こう》惚《こつ》としていて不気味です。怖い。単純に怖い。

だけど、まあ食べてくれるっていうのならお出ししましょう。そう思って厨房へ戻ろうとしたとき、

「シュリ」

僕はフィンツェさんに呼び止められました。

振り向けばフィンツェさんの真剣な顔。ウーティンさんの食べている豚の角煮と角煮チャーハンの方へ視線が向いたままです。

「できればうちの分もお願い」

「あ、はい」

僕は素直に頷《うなず》き、厨房《ちゅうぼう》へと向かいます。

「フィンツェさんには料理をいただいたことだし、こっちも出さねば失礼だよね」

あれだけ美味《おい》しい豚肉を出してくれたんだ。僕だってフィンツェさんにお出ししよう。

エクレスさんとフィンツェさんの分を用意して、器用に両手に二皿ずつ持って広間へと戻ります。

ウーティンさんはお出しした料理を行儀良く、それでいて早食いしていました。それを周りの人たちが興味深そうに見ている感じ。

「はぐ、はぐ」

ウーティンさん、そんなに慌てて食べなくてもいいと思うけどなぁ。ほら、エンヴィーさんやマーリィルさんが苦笑いしてるじゃん。

僕はウーティンさんの横から、フィンツェさんとエクレスさんの前に皿を並べます。

「お待たせしました。他の料理を食べたばかりなので、少し量を減らしてありますが」

「お気遣いありがとう！　じゃあいただくね！」

「うちも」

二人ともさっそく用意した匙《さじ》を取り、料理に手を付けました。

「エンヴィーさんたちはいかがです？」

「いや、アタクシはいい。……フィンツェの料理で満たされた」

「アタシもだ。フィンツェ様の料理で、アタシも満足してる」

それでもいかがですか、と言おうとした口を止める。これ以上勧めるのは不粋だと思ったからです。考えてみればそうだった。

エンヴィーさんにとっては二人目の娘、マーリィルさんにとっては自身の息子の腹違いの妹にあたるフィンツェさん。

そのフィンツェさんの料理は、成長して立派な料理人になった証《あかし》なのです。二人は、腹だけでなく心も満たされているでしょうね。

僕がここで料理を出しては、二人の気持ちに水を差す形になってしまうでしょう。だからここは二人の余韻を邪魔しない。

「満足したんですね、娘さんの料理で」

「ええ。これ以上ないほど」

僕の言葉に、エンヴィーさんは微笑《ほほえ》みながら目を閉じて余韻に浸ってる様子でした。

間違いない。これは邪魔してはいけないものだ。

「余計なことを言ってすみませんでした」

「いや、わかってくれたならアタシもエンヴィー様も、文句はない」

マーリィルさんも同様に、座っていた椅子の背もたれに寄りかかって瞼《まぶた》を閉じた。

二人を見てから、僕は改めてウーティンさんの方へ顔を向けた。

「ごちそうに、なり、ました」

「え、早っ」

なんと、驚くことにウーティンさんはすでに二品を食べてしまっているではないか。皿は綺麗《きれい》に空となり、米粒一つ残っていない。豚の角煮の方もタレは残っているけど肉は一片もない。綺麗に綺麗に、食べ尽くしてくれていた。

満足そうにしているウーティンさん……いや、いつも通り無表情なんだけど、どこか嬉《うれ》しそうに肩が揺れている。それがわかっただけでも満足だ。

「ウーティンさん、いかがでしたか？」

「美味《おい》しかっ、たよ。と、ても」

「それはよかった」

「うーん！　この肉は柔らかいねぇ！」

エクレスさんが幸せそうな顔をしてチャーハンを食べています。角煮と米を同時に口に運び、咀嚼《そしゃく》して味わって飲み込んだら、匙《さじ》で豚の角煮の方を切り分けて口に運ぶ。

汁がたっぷり絡まった肉が口に運ばれる様は、どこか妖艶と言ってもいい。

「いやぁ……フィンツェの作った豚肉料理も柔らかく仕上がっていて美味しかったけど、これも柔らかい！　味もよく染みていて、柔らかくなった脂が口一杯に広がるねぇ。フィンツェの、酸味を一緒に利かせた豚肉とはまた違う感じだ。いったいどうなってるんだろう？」

エクレスさんは食べながら言います。

「うーむ、味がとても染みこんで柔らかい豚肉の塊《かたまり》も美味しいけど、チャーハンも絶品だねぇ。普通に作られたチャーハンもよくできてるけど、何か良い出汁《だし》が使われてるのか味に膨らみがある。そこに細切りの角煮が合わさって、味の幅が広がっているようだ。いやぁ美味しい！　ボクは満足だよ」

「ありがとうございます」

よかった。エクレスさんも美味しいと言ってくれて。

さて、フィンツェさんはどうなんだ？　とそっちを見れば、真剣な顔で何かブツブツ言いながら、角煮を食べている。チャーハンにも手を付けてるけど、角煮の方に比重が置かれているようです。

「これは……うちのパイナップルを使って豚肉を柔らかく美味しく仕上げる技法を真似た……？　それを見抜いて……いや、違う。これにはそれを使ったっていう独特の酸味と風味が感じられない……純粋に調味料だけの味付けでこうなってる……。

だけどありえないの……！　この塊をこんな短時間で、パイナップルを使わずに煮込むだけでこの柔らかさに仕上げるなんて……！」

「フィンツェさん」

僕がフィンツェさんに呼びかけると、フィンツェさんは顔を上げてこちらを見ました。

その視線に真っ直ぐ答えて、僕は口を開きました。

「フィンツェさんは、あの料理に使われた技法を惜しげもなく僕に盗ませてくれました。だから、僕も隠しません。その豚肉料理に使った技法を言います」

「……それは？」

おお、ここで意地を張って、聞かない、なんてことは言わないのですね。

教えてくれるなら、答えがわかるなら躊躇《ちゅうちょ》なく素直に相手に聞けるというのが、いかに凄《すご》いことか。

プライドに邪魔され、立場に配慮して聞けない、なんてことも多いけど……フィンツェさんにはそれがない。

だから僕へ向ける視線にも敵意がない。敬意を向けてくれるのがわかる。教える僕としても、ちゃんと教えようと思って力が入ってしまいそうだ。

「あなたがパイナップルに含まれる酵素で、豚肉を柔らかく仕上げた技法は凄いと思います。アレを思いついて実践する人を、僕は傭兵団《ようへいだん》に入ってから初めて見ました」

「ふん……あれはうちがいたレストランでも最新の技法なの。間違えて豚肉をパイナップルのクズを入れた器に入れていたら、なんか柔らかく美味《おい》しく仕上がっていた失敗から学んだの」

その失敗を成功に導けるのが凄《すご》いことなんだよなぁ。こういう発掘と発見から、料理は進歩してきたんだと思うと胸が熱くなる。

「ていうか、コウソ？　って何？」

「あ、そこは僕の国の言葉なので気にしないでください。説明するとややこしいので」

やばいやばい、変なところで追求されたら困ったことになってしまう……っ。

そこら辺をはぐらかして咳払《せきばら》いを一つ。話を戻そう。

「ゴホン……えと、僕がこの豚肉に使った技法というか方法は、道具です」

「道具……？　叩《たた》いて柔らかく？」

「いえ、単純に鍋に仕掛けを施してます」

「鍋？」

実物を見せた方が早いな、と思った僕は厨房《ちゅうぼう》から圧力鍋を持ってきます。

中に角煮の汁が残ってるけど、そこは無視。僕はフィンツェさんの前に鍋を置きました。蓋も一緒に、です。

「これは圧力鍋と呼ばれる道具です。それで」

「そうか……この蓋を鍋にがっちりと固定させることで沸騰して吹き出る空気を中に閉じ込めてるんだ……でもなんでなの？」

おおぅ、一目でそこを見抜くか。驚いて息を呑《の》んじゃったよ。フィンツェさんのセンスは僕の想像を超えてますね。

「この圧力鍋は、中で煮る食材に通常の鍋に蓋をする以上の圧力をかけることができます。煮込み料理で出る蒸気が全て逃げないように閉じ込めるので、中の食材に味がより染みこみ、普通に煮こむよりも柔らかく仕上がります」

「……つまり、これを使ったら手間なく時間も短く、煮込み料理ができると？」

「その通りです」

うーむ飲み込みが早い。説明が少なくて済むのは楽でいい。

「シュリくん。これを大量生産して流通させる予定は？」

エクレスさんはエクレスさんで、まるで新しい商売道具を見つけたような顔をしてる。

うーむ、これを売るかぁ。僕は難しい顔をして答えました。

「これ、一品物なんですよ。生産体制を整えるとなると、たくさんの部品が必要なので……生産のための経費に対して販売で回収できる費用は結構厳しいかと」

「うーむ、そこはリルと相談かな。これ、ニュービスト辺りだとよく売れそうだねぇ」

「売れる、間違いなく」

フィンツェさんは興奮した様子で圧力鍋の蓋を持ち上げました。

「これがあれば、煮込み料理にかかる時間が短縮できるの。それも驚くほどに短くできるって確実に言えるの。これはある種、革新なの」

革新、とは？　と聞く前にフィンツェさんは言いました。

「なんせ煮込むために使う薪《まき》の量を減らせる。短い時間で今まで以上に煮込める道具なら料理人の手間を減らせるの。それどころか、これを使って新しい料理だって作れるの！」

「確かにねー」

ここでエンヴィーさんも興味深そうに圧力鍋を観察していました。

「これ、一品物で生産にかかる経費も高そうだけど、それは普通に一般の人に売る場合よね。これをフィンツェがいたようなレストランや王族の厨房《ちゅうぼう》とか、確実に経費を十分に回収できるところに販売すればすぐに元が取れるわよ。

アタクシ、これを売る相手を間違えなければ、十分に販売先に困ることはないと思うわー」

「アタシもこいつがあれば料理が楽になっていいな。うん、手間が減るからな」

エンヴィーさんとマーリィルさんが圧力鍋の仕組みを解明しようとしているところで、フィンツェさんは蓋を机の上に置き直してから僕を見ました。

「シュリのことは、ガングレイブから聞いたの」

「……何を？」

「流離《さすら》い人《びと》ってこと」

僕の背中にぶわ、と汗が噴き出る。頭の中が熱いのか冷たいのかわからない感覚に襲われる。同時に、なぜ？　という疑問が出てくる。

ガングレイブさんはどうして僕が流離い人ってことをフィンツェさんに言ったんだ？　どういう状況でそれを言うことになってしまったのか？

それをグルグルと、答えが出ない問いを必死に考えるような感じでいたら、フィンツェさんが慌てたように言いました。

「だ、大丈夫なの！　このことはここにいる人たち以外には言ってないの！」

「あ、はい、はい……その、この話は他に誰が知ってますか？」

僕は震える声でそう聞いた。場合によってはここを逃げ出さないといけなくなる。ガングレイブさんが自分で話した……とするなら言わなければいけない状況だったのでしょうけど、それでも聞かされていない僕にとっては状況が不明瞭すぎて警戒を解けない。

僕は右手を後ろに隠しながら、強く握りしめて考える。どうやったらここから逃げることができるのか。マーリィルさんが逃走を妨害してきたらどうするべきか。この状況でウーティンさんは僕の味方をしてくれるのか。ダメだ、考えることが多すぎて頭が追いつかない。

そんな僕の様子を見て、フィンツェさんは口を開きます。

「レンハを問いただす中で、テビス姫さまが流離《さすら》い人《びと》という言葉を口にしたの」

もう一筋、僕の背中に冷や汗が流れる。

なぜテビス姫がその言葉を知ってるのか？　どうしてそこでテビス姫の名前が出たのか？　何もかもが唐突すぎてわからない。

「これはウーティンたちが情報交換した結果わかった言葉らしいの。それとレンハとの話の中で、ウィゲユっていう人がアズマ連邦の……グルゴに昔いた人と同じような人だってことがわかって、その話の流れでシュリのこと、ウィゲユとのことを話し合ったの。だからガングレイブは悪くないの」

「そう、ですか」

僕があのとき部屋を出た後で、そんな話になっていたとは。一緒にいればその話を阻止するなり補足するなり、ともかく何か行動はできたはずでした。

それを怒りのあまり軽率な行動に出て、結局その話に立ち会えなかったのは僕の落ち度でしょう。失態と言ってもいい。おまけに手を怪我《けが》した。

僕はその場で右手で眉間を押さえました。この話をエンヴィーさんたちにまで聞かれたのは痛い。できるだけ知っている人は減らしたいと思っていたので、なおさらです。

「シュリ。シュリは……その、神座《かむくら》の里というか、地球ってところから来たんだよね？」

「はい」

エクレスさんがおそるおそる聞いてくるので、もうしらばっくれるのは無理だと判断した僕は眉間を押さえたまま頷《うなず》きました。

いっそこの場で、僕の口からちゃんと説明するべきか？　でも、そうなると話さないといけないことがもう一つ増える。

それは、かつてアスデルシアさんから聞いた話。

この大陸には転移の魔法陣があり、それが暴走というか故障して、異世界からも誰かを喚《よ》んでしまうこと。そして、喚ばれた者たちはどちらかが殺す者となり、もう片方を殺す運命にあること。しかもそれを当人たちは認識できず、結果として後からしかわからないこと。

今この世界で確認できる僕と同じ異世界人がウィゲユっていう人なら、もしかしたら僕とウィゲユは殺し合う運命にあるのかもしれない。

その事実をみんなの前で言うのは憚《はばか》られる。こんなバカな話をみんなに聞かせる必要は、どこにもないはずですから。

「……そうです、僕は……」

「キミは、外海人なんだね」

僕がそれを認める前に、エンヴィーさんが僕を厳しい顔で見ていました。

「はい」

「……キミに聞きたいことがある」

エンヴィーさんはそのまま、机に人差し指をコツンと立てる。

「ソウイチロウという名前に聞き覚えは？」

瞬間、僕の心臓は早鐘のように打ち始めました。

顔から手を離してエンヴィーさんの目を見る。冗談で言ってる顔じゃない、間違いなく、でたらめでも当てずっぽうでもなく、知ってるから聞いた顔だ。

ありえない。その名前だけはありえない!! 僕の考えとは裏腹に口は緩慢に動く。

「……その名前を、どこで？」

「知ってるの？」

「……はい」

「そうか」

エンヴィーさんは緊張の解けた顔をしています。今の会話のどこに緊張や警戒を解く要素があったのか、僕には全くわかりませんでした。

そのままエンヴィーさんは続けて口を開く。

「うちの領地にあった本の中で、チラリと見た名前だったからね。もしかしたら、なんて思って聞いてみたけど……知っているの？」

「はい」

「そ。ならアタクシが聞きたいのはここまで。フィンツェ、話の腰を折って悪かったね。どうぞどうぞ～」

「ええ？　この流れでうちに話が来るって……母上、滅茶苦茶すぎますの……えと、シュリ。うちが言いたいのは別にシュリの生まれがどうこうって話じゃないの」

ああ、そうなのか……僕は安心して胸を撫《な》で下ろしました。この数十秒の間に驚愕《きょうがく》する話が続いてしまっていたから、どうも警戒レベルが下がらない。

だけどフィンツェさんが一生懸命な様子で話の行き違いを解こうとしているので、どうやら嘘《うそ》はないと思っていいでしょう。これで嘘だったら人間不信になるぞ。

「ではどういう話で？」

「シュリのいた所では、こういう調理器具が広まっていたの？」

ああ、そういう話になるのか。僕は穏やかな気持ちで頷《うなず》きました。

「はい。大人になって働き始めた給金で買えるほどの値段で」

「それは素晴らしいことなの」

そうだ。フィンツェさんの言う通り、これは素晴らしいことだと思う。僕とフィンツェさんのどちらからともなく笑みが浮かぶほどに素晴らしいことなんだ。

平和な世の中では料理の技術が発展する——地球で聞いた言葉です。

美味《おい》しい食事を当たり前のように一日三食、風も雨も当たらぬ快適な家の中で食べられる喜び。

こっちの世界に来てからその事実をまざまざと感じていましたが、何より感じたのが調味料や調理道具の種類の数。

確かにこっちの世界にも、なぜか地球のものはいろいろとある。しかし、やはりと言うべきか今の地球の料理を作るには足りないものが多かったりします。

そのことを踏まえてみれば、地球の日本はなんと平和なことか。いや、平和な場所に生まれることができたことがなんと運の良いことか。なんと恵まれたことか。

この世界の戦《いくさ》に幾度となく巻き込まれ、死にかけたこともあった僕としては、その平和を築き上げてきた先人たちに感謝しかない。日本にいた頃は当たり前すぎてわからなかったけど、こうして剣と魔法の世界で生きてみると嫌でも感謝の念が湧いてくる。

そんな平和が続いたからこそ、美味しい食事で腹と心を満たす余裕ができた。そして美味しい食事を作るための調理道具がたくさん研究、開発されて普及していった。

「素晴らしいことです。本当に」

「シュリは、これ以外にもまだまだたくさんの調理道具や料理を知ってると？」

フィンツェさんからの問いかけに一瞬僕は言い淀む。言っていいものかダメなのか、判断が付きにくい。

あー……ここで嘘《うそ》を言ってもはぐらかしても意味はないですね。僕は頷《うなず》きました。

「はい。まだまだたくさんあります」

「そう、なの」

フィンツェさんは何かを考えるように目を伏せました。どうやら僕に聞きたいことはここまでのようですね。

さあて、お出しした食器を片付けるか。そう考えて空の皿に手を伸ばすと、その手を誰かが掴《つか》む。

「ちょっと待て」

その手の先へ視線を移せば、マーリィルさんの姿が。なぜこの人が僕を止める？

「えと、なんでしょうか？」

「アタシたちにはないのか」

「は？」

……何が？

「えと、何がでしょうか？」

「その料理だよ。お前、ここの食料庫から食材を出して勝手に使ったんだろ？」

「はい」

「ならアタシたちの分までなければおかしいだろうがよ」

「は、はぁ……？　た、食べたかったのですか？　さっき、フィンツェさんの料理を食べた後で満足してると」

「別腹《べつばら》って言葉があるだろ？」

なんてこった！　こんな話になるとは思ってなかったぞ。えと、あと二人分くらいあったっけ？　どうだったたっけ？

頭をフル回転させて残りがどれくらいあるか考えていると、エンヴィーさんも殊勝な顔をして頷《うなず》いていました。

「そうだよねぇ……うちの食材を勝手に使ったんだから、アタクシたちの分もあるはずだよねぇ」

「いや、あなた方はよく考えたら、立派に成長したフィンツェさんの料理の余韻を楽しんで満足していたじゃないですか。僕は気を遣って勧めないように……」

「それはそれ、これは、これ！」

ダメだ。これ以上何を言ってもエンヴィーさんもマーリィルさんも納得しないぞ。

……足りなくなったら追加で用意しよう。そうしよう。

「シュリくん」

エクレスさんが立ち上がりながら僕の後ろに回ってきました。

なんだ？　と振り向く前に後ろから僕の両頬を両手で包みます。なんひゃ？

「え？」

「どうせだから今日はここに泊まっていこう！　積もる話は山ほどある、時間はいくらあっても足りない！　シュリくんの料理を母上とマーリィルにも十分に味わってもらいたいからね。どうだろうか？」

「いや、そうなると城の仕事は……」

僕がそう言うとエクレスさんが手に力を込めてきた。その力加減に恐怖が湧いてくる。この手の力加減、マジだ。マジで下手な返答をしたら顔面の骨を砕くって意思がありありと伝わってくる……！

「いえ、なんでもありません。休息は必要でしたね」

「そうそう、それでいいんだよ。フフフ、シュリくんと泊まりがけか。楽しいなぁ」

パッと手を離し、僕の前に出てきて笑うエクレスさんの無邪気さに、恐怖が……！

「自分、は、帰り、たい」

「帰ってもいいよ？」

ウーティンさんの言い分にバッサリと切り捨てるように返答したエクレスさん。その迷いのなさ、怖いです。

だけどウーティンさんはエクレスさんの顔を数秒見た後に視線を逸《そ》らしました。

「自分も、残る」

「なんでさ？」

「過ちを、起こさせない、ために」

その一言に、これ以上ないほどエクレスさんの顔が怒りに歪みました。ちょっと待ってナケクを殺そうとしたとき以上の憤怒が見えるよ？

だけどそれも一瞬のこと。すぐにエクレスさんは穏やかで優しげな、女性らしさに溢《あふ》れた笑みを浮かべました。

「ははは。過ちとはなんのことだろう、そんな変なことをボクが起こすと？」

「何もなければ、問題、ない」

「そうだね。問題はない。シュリくん、そういうことだから一緒に部屋の確認をしよう。部屋数が足りなかったら、部屋割りを考えないといけないからね」

「あ、はい。え？　エンヴィーさんたちの了承は？」

「アタクシはいいよ。マーリィルは？」

「アタシもいいです。食材を勝手に使った分、今日は晩ご飯の用意から掃除から何から何までこき使わせてもらいますから」

「ひぇ」

ま、まぁ……確かに食材を使ったのは事実なのでマーリィルさんの真顔から放たれた言葉に、納得するしかないんですけど。

「じゃあ行こう！」

エクレスさんは僕の手を取って教会の奥へと向かいます。

こんな楽しそうなエクレスさんを見るのも多くなってきたなぁ……まあ、付き合うだけ付き合うか。

そんなことを考えながらも、女性に手を取って連れ回されるという状況に鼓動が早くなるのを止められない僕でもありました。

閑話　〝アズマ〟とは～ウーティン～

「じゃあ、自分、も、シュリと」

「ちょっと待て」

自分ことウーティンは、姫さまの命令でシュリを護衛するために、深い森の奥にある教会に足を運んでいた。

そこにいたのは、エクレスとフィンツェの母親であるエンヴィーと、ガーンの母親であるマーリィル。レンハによって追放されて半ば監禁状態に近かった彼女たちの元を、自分たちはエクレスとフィンツェの要望によって訪れた。

なぜかそこにシュリも一緒に行くことになったために、姫様からそういう命令を受けたわけだ。その命令を遵守《じゅんしゅ》するため、自分はシュリの傍《そば》にいようとしたのだが……それをエンヴィーが止める。

「……な、に？」

「若い男と女だ、邪魔するもんじゃないよ」

飄々《ひょうひょう》と言うエンヴィーは、そのまま椅子の背もたれに体を預けて、こちらを見透かすような目で見てくる。なんのつもりかわからないけど、自分がそれに付き合う義理はない。

「関係、ない。自分が、受け、た、命令、はシュリの、護衛」

「なんのための護衛なのやら。別にあなたじゃなくても、他にも適任者がいたんじゃない？」

「姫さまの、考える、こと、だ。それ、は」

自分は机に手を掛けて立ち上がろうとする。これ以上付き合ってられない。そう思ったからだ。だけどそんな自分の肩に手を置いたのは、マーリィルだった。自分はマーリィルの目を睨《にら》みつけて言う。

「離、せ」

「わりぃけどな。せっかくエクレス様が楽しんでるんだ。水を差すようなヤボな真似は見過ごせない」

バチバチと自分とマーリィルとの間に稲妻が走り、睨み合った。

先ほどは不覚を取ったが、今度はそうはさせない。自分は右手指の関節を鳴らし、臨戦態勢をとる。

一触即発。その状況下で声を出したのは、

「ちょっといい？」

フィンツェだった。そちらを見れば怯《おび》える様子もなく、自分とマーリィルを見ている。

なんとまぁ胆力のあるお嬢さんだ。こんな状況下で自分たちに何かを言うつもりとは。

「な、に？」

「ウーティン……さんに聞きたいことがあるんだけど」

「？」

自分に何を聞きたいというのか？　そう思い、マーリィルに向けていた敵意を収める。

フィンツェはそのまま口を開いた。

「ウーティンさんにとってシュリはなんなの？」

「なんな、の、とは？」

「友人なの？　それともただの護衛対象？」

「ふむ……」

自分にとってのシュリ、か。あまり考えたことがなかったため、自分は顎に手を当てて考えてみる。

シュリ、ねぇ。正直無視してもいいと思うが、問われた以上は考えるのもいいだろう。最初は姫さまの命令や指示の中で関わるだけの相手だった。それ以上でもそれ以下でもない。

今はどうだろう。……うん、そうだな。

「美味《おい》しい、ご飯を、くれる人、かも」

「すっかり胃袋を掴《つか》まれてるってのはわかったの」

うぐ、それを言われると否定できない。

美味しいご飯をくれる人、なんて自分で口を滑らせている以上いかなる言い訳も通用しないだろう。

自分で言って自分で墓穴を掘ってるんだからどうしようもない。

……でもまぁ、事実ではある。胃袋を掴まれているというのは嘘《うそ》ではないかな。

「そ、そんな、こと、今は、関係は、ない」

「ふーん。そういうことにしておくの。母上、それより言いたいことと聞きたいことがあるの」

「何？」

聞き捨てならない、そういうことにしておくとはなにごとか。思わず問いただそうとしたけど、フィンツェが聞いた内容に自分の口は止まった。

「ソウイチロウって誰？」

その名前は、確かシュリが聞いて動揺し、そして知っていると言った。

確かにそれは気になる。その人物をシュリが知っているということならば、是が非でも聞いておきたいところだ。自分はおとなしく椅子に座り直した。

マーリィルも自分の態度を見て戦う空気ではないのを察したらしく、エンヴィーの後ろに侍《はべ》るように立つ。

エンヴィーは大きく溜め息をついてから困ったように言った。

「いや、アタクシも詳しくは知らないの」

「知らない？　そうなの？」

「ええ、知らないの。ただ、シュリなら知ってるかなと思って」

ほう、シュリなら知ってるかもしれない人物、だから聞いたと。

「それ、は、どういう、意味？」

「簡単に言うと、昔ね……まだ勉強に勤《いそ》しんでた頃に、歴史書で読んだことがあるの。その名前をふと思い出してねぇ」

「歴史、書？」

自分は素っ頓狂な声を出してしまった。だって、てっきり数年前とか今とか、そういう話かと思っていたのに、まさかの歴史書。つまり、遥《はる》か昔の人じゃないだろうか。

……む？　ならばなぜシュリはその名前を聞いて動揺した？　あんなに驚いた？

シュリの故郷でも名前が伝わっている偉人か何かってことだろうか？　これは姫さまに報告すべきだな。

「その、歴史、書、というのは、今、どこに」

「もうないわ。ないというかここにはない。昔、フルムベルクから来た行商人から買った本らしいけど、アタクシがここに送られる前に来た神殿騎士に回収されちゃったから」

「なんでなの？」

「なんでも、盗品だったらしいわ。神殿騎士が、その行商人を捜し当てて本まで一緒に持って行っちゃって、それからは知らない」

行商人と一緒に持って行った、という単語が非常に気になるのだが、今はおいておこう。このウーティン、日頃から姫さまに振り回されることが多かったから、こういう場面での受け流しは人一倍凄《すご》いという自覚はある。悲しいが。

「その歴史書、とは、どんな？」

「昔……神殿ができた頃の歴史書だったわね」

「神殿ができた頃の歴史書?! 凄い、そんなのニュービストでも聞いたことないの！」

自分も聞いたことがない。姫さまに付き合って城の書庫に行ったときも、そんな昔の書物はなかった。

幼い頃から聡明であらせられた姫さまは、物心ついた頃には書物を読みあさり、資料を読み解き、わかることが増えるとご褒美として美味《おい》しい食事を食べさせてもらっていたらしい。自分と出会った頃でも、書物を読みあさっていたな。

最近では読み尽くしてしまって書庫に入り浸ることもなくなったけど、その結果として美食に目覚めた知性豊かな姫さまになられたわけだ。人に歴史あり。

ともかくとして、ニュービストでも最大の蔵書量を誇る城の書庫にすら、そんな歴史書はなかった。

「なんで、そんな貴重な、歴史書が、盗まれ、たのか」

「さあ？　そこまでは知らないわね。神殿騎士も説明してくれなかったし。身内の恥なんでしょうね～」

「確かに、そんな貴重な書物を盗まれたって知られるのは……ちょっと対外的に風聞が悪いの……」

でしょ？　と楽しそうに笑うエンヴィーだけど、自分は真顔のままだった。

「エンヴィー、様。その、歴史書には、なんと、記されてあり、ました？」

「昔のことだけどね……神殿という組織を設立する際の理念や神話の話だったわね。ほとんどが眉唾《まゆつば》ものよ。よくある、権威をでっち上げるために書かれた本と変わらないわ」

「それと、シュリ、に、何の、関係が？」

結局はここだ。その歴史書が何であれ、シュリとなんの関係があるのか。なぜエンヴィーはそれを聞いたのか。

自分がそれを聞くと、エンヴィーは笑顔から真剣な顔に戻った。

「いや、ほとんどが権威のための創作ってのはわかるの。でもね、そういう本に書かれている創作部分ってのはほとんどが実際にあった何かを脚色したから書けるってことなの。創作部分から原型の話を推測して読むようにすれば、当時何があったかほんの少しだけ理解することができるのよね～」

「だから、それが、シュリ、と、関係、が」

「その中の名前にね。あるのよ」

エンヴィーは笑わない。ただ、笑わずに自分を真っ直ぐに見ていた。

「神殿を設立した三人の『人柱』の中に名前があったの」

「『人柱』……？」

これまた新しい言葉が出てきた。といっても、人柱自体の言葉の意味はわかる。

姫さまがこれを知ったときには激怒していたな。人柱は大きな川に橋を架けるときなどに、柱の中に生け贄《いにえ》として人を埋め込むことだ。

ニュービストでも、この悪習はあった。畑の土を改良して収穫を増やすために、幼子《おさなご》を生きたまま埋めるという蛮行。姫さまはすぐにこれをやめさせたが、救えなかった幼子のことで落ち込んでいるのを見たことがある。

だけど、神殿設立の人柱とは？

「一人は今も神殿で生きている『聖人』アスデルシア。直接目にする機会は少ないけど、健在なのはいろんな人が見てる」

「もう、二人、は？」

「名前は記されていないけど、『賢人』て人よ」

!? 賢人……その名前をここで耳にするとは思っていなかった。

現在の魔法と魔工の祖となる魔法使い。名前が伝わっていない謎多き偉人。

「最後の一人、は？」

「最後の一人は」

エンヴィーは目を細めて呟《つぶや》いた。

「『否人《ひじん》』ソウイチロウ・アズマ」


「あの、話、は、どこまで、信じられる？」

「アタシャ知らん。お前がどこまで信じるかだ」

その後、フィンツェがエンヴィーと二人で話をしたがっていたようなので、自分は気を利かせて場から離れようとした。話が結構長くなってしまっていたから、シュリの様子でも見ようと思ったんだけど。

「そう、か。それで？　自分、の稽《けい》、古《こ》、に、付き合う、のは、どういう、了見？」

「アタシの気まぐれ。ただそれだけ」

自分はマーリィルに呼び止められ、教会の外に出て庭で体を解《ほぐ》している。

マーリィルに連れられて外に出たときはなにごとかと思ったが、準備体操をするマーリィルを見て全てを察した自分も準備する。

「強《し》いて理由を言うなら、シュリと一緒にここまでエクレス様とフィンツェ様を無事に送り届けてくれたこと、ガーンの安否を教えてくれたこと、この二つだな」

「なる、ほど」

母親としての愛情。家族としての思い。その二つを満たせたことでマーリィルからの信頼は得られているということだろうか。

こんなふうに人から信頼されることを自然とやってしまうのだから、シュリは本当に人たらしなところがあるな。それと胃袋も掴《つか》んでくる。厄介な人だ。フフフ。

「じゃ、そろそろ始めようか」

マーリィルは構える。自分が見たことも聞いたこともない構え方だ。

左構えで左腕は自分の頭へ、右手は自分の鳩尾《みぞおち》の位置となるように開手《ひらて》で構えている。

足の運びは縦移動重視の膝の向き。

おそらく、こいつの戦い方は我流だ。そうじゃなければ自分が見たことのない構えをする理由がわからない。いわゆる喧嘩殺法《けんかさっぽう》というところか。

「では、参る」

自分は短く言うと、マーリィルとの距離を一足飛びに詰める。

そのまま拳を振り上げ——相手が受けの体勢になったところで拳を止め、右の前蹴りを放つ。虚《きょ》を衝《つ》く一撃、間違いなく鳩尾に突き刺さるはず。

しかしマーリィルはすぐに反応し、一歩下がることで前蹴りの間合いを崩す。さらに自分の右足を掴《つか》んで自分から見て左方向に振り払った。

自分の足が邪魔で次の行動に移れない一瞬の空虚を、マーリィルは腰だめにしていた右の拳で追撃。自分は咄嗟《とっさ》に右腕で防御する。

が、やはりこの女の拳は異様に鍛えられていて硬い。防御したはずの腕に、拳ではなく鉄の塊《かたまり》を打ち込まれたような衝撃。

思わず顔が苦痛で歪《ゆが》む。どうやったらこんな拳を作れるんだ、おかしい！

だがマーリィルはさらに一歩踏み込み、今度は左を打ち下ろして鉄槌《てっつい》を放ってくる。自分の体勢はまだ戻っていない、防御しようとした左腕に鉄槌が突き刺さる。

ゴキ、と腕が折れるほどの衝撃。拳とあらば全て鍛えているのか、これも鉄を打ち込まれたような感覚だ。だが、これ以上好きにはさせない。

自分はマーリィルの左袖を左手の指で挟んで引っ張る。すかさずわずかに崩れたマーリィルの重心の中心となる足を払い、崩す。

綺麗《きれい》に崩れて体勢を傾けたマーリィルの鳩尾《みぞおち》を目掛け、自分の右の掌底《しょうてい》を放つ。今度こそ入る！

しかしマーリィルは明らかに体勢が崩れて力が入らない状態なのに、構わず自分の顎に右の拳打を打ち込む。手打ちはそこまで威力が入らない。腰が乗らず体重を籠《こ》めることができないからだ。

なのに、鍛え固められた拳と、その拳を鍛えるために放ち続けて鍛錬が積み重なった体が起こす奇跡だろうか。思わず意識が飛ぶかのような威力と衝撃が、自分の顎から脳へと突き抜ける。

自分は後ずさりながら膝を突いた。視界が揺れる、地面がフワフワする。良い一撃を顎に食らったとき特有の症状だ、しかも重い！

グラグラとする自分に、マーリィルは拳を鳴らしながら近づいてくる。

「確かに強いな。本当だったらその一撃で気絶させてるはずなんだけど」

マーリィルに、称賛だかなんだかわからない言葉を投げかけられるが、自分は歯を食いしばって倒れないように耐えるのが精一杯で、返答ができない。

そんな自分へマーリィルは続けて言う。

「しかし、どんな優れた技って言ってもな、それ以上に鍛えた拳の暴力でぶちのめされるもんなんだよ。アタシはこの拳を作るのに十数年かけたからな。この拳は、もう岩を殴っても痛くないくらいだ」

マーリィルが話している間に意識を覚醒させていく。ぐらつく視界を元に戻し、笑っている膝に気合いを入れて、なんとか立ち上がる。

とはいえ、体の状態は深刻だ。もう少し、あと数秒だけ耐えなければ。

「そして、アタシの得意な一撃は拳じゃなくて」

マーリィルは貫手《ぬきて》の形に拳を変える。

「貫手なんだわ」

一気に間合いを詰めてきたマーリィルは、自分目がけて貫手の一撃を放つ。自分の左肩への一撃。自分はそれを右腕で受ける。

しかし、マーリィルの指が自分の腕に接触した瞬間に冷や汗が流れる。これはまともに受けてはいけない!!

自分はすぐに身を捻《ひね》り貫手の一撃を流す。擦《こす》っただけなのに右腕に激痛が奔《はし》る。

それに構わず自分は右の回し蹴りを綺麗《きれい》にマーリィルの胴体へ蹴り込む。間、拍子、威力、どれも完璧だ。

だが足から伝わってくる感触は、明らかに普通の胴体のそれじゃない。肋骨《あばらぼね》に当たってるはずなのに、ヒビを入れた感触も折った感触もない。

まるで丈夫で太い木の幹を蹴ったような頑丈さ。自分の足の方が痛いくらいだ。

だけどマーリィルは痛みに顔を歪《ゆが》めているので、効いてないってことはないらしい。追撃を加えたいところだが、自分の体の痛みの方がキツい。一度間合いを突き放し、肩で息をする。

想像以上に強い。武術が優れてるわけじゃなくて、単純に肉体の性能が圧倒的に負けて

いる。頑丈さ、硬さ、速さ、耐久力。全てで負けている。

ここまで差があると、多少の武術で差を埋めようとしてもジリ貧でこっちが負ける。

「なかなか……良い一撃だな」

マーリィルは蹴られた脇腹……肋骨《あばらぼね》の辺りを摩《さす》りながら顔を歪《ゆが》めている。

「今まで受けた攻撃の中で一番だな。肋骨を折られるかと思った」

「普通……そこま、で、蹴られ、たら、折れるは、ず、なんだけ、ど……？」

息を切らしながら言う自分にマーリィルは不敵な笑みを浮かべる。

「そりゃあアタシは小さい頃から喧嘩三昧《けんかざんまい》、ボロボロにやられるなんて日常茶飯事だったからな。だけど、使えば使うほど肉体ってやつはそれに合わせて形を変えるんだ。

それに気づいてからは拳、腹、足とかを岩にぶつけたりぶつけられたりして、ガッチガチに固めて鍛えてっからな」

「それは……なんとも……」

自信満々に言うマーリィルに、自分は呆《あき》れながらも腕をさすった。まさに狂気の沙汰としか思えない、狂ってなきゃできないような鍛錬方法だ。

ニュービストの王族にして齢《よわい》二桁になったばかりのテビス姫が、心血を注いで設立された諜報《ちょうほう》機関『耳』。自分はそこに所属する、テビス姫の護衛と他の『耳』との連絡係だ。

無論、自分でも任務に就くことはある。

その『耳』の訓練でも、確かに部位鍛錬と呼ばれる稽古《けいこ》方法は存在している。

これは手、足、腹などの体の部位を硬い岩などにぶつけて、頑強な肉体を作るために行われるものだ。硬いものを殴っていれば次第に痛くなくなるってわけだ。

だけど、マーリィルほどの長い年月でそれを行った者はいない。マーリィルの域に達するほどの硬さを手に入れた者はいない。

それだけマーリィルの部位鍛錬は、常軌を逸しているといってもいいほどだった。自分でも言ってて正気かと思うようなことだが。

「しかし、お前アレだな。さっき、初めてお前を目にしたときは……エンヴィー様にとって危険な奴が近くにいると思ったもんだ」

「なに？」

「だからアタシも臨戦態勢で殺気を放って後ろに立ってたんだが……ところがどうだ。実際は体が動くだけの小娘じゃねぇか」

ブワ、と自分の髪が逆立つ感覚を憶える。自分への侮辱だとはっきりわかったからだ。怒りで全身に熱い血が回る。しかし次の言葉で自分の怒りは冷めることとなった。

「体が動いて技もあるのにもったいねぇ。技のための体もあり、体を活かす心もある。心の平静さで鋭く技も出せる。

はっきり言えば、お前に足りないのは体の練度だけだ。心技体……世間様は心が一番大事だなんて言うがな、本当は違う。体を鍛え、技を覚えることで自信がついて心が逞《たくま》しくなるもんなんだよ。お前も体を鍛え直せば、次の段階に行けるってことだ」

マーリィルの物言いに自分の頭が冷めていく。褒められたのかけなされたのか——どれも違う、これは指導だ。自分は指導を受けている。

自分は孤児だ。それを姫さまに拾っていただき、その恩に報いるために鍛えてきた。そんな自分はもともと体の動きに関して師匠からもお墨付きをもらっていた。だから修業の中でも体よりも技を鍛えることに重点が置かれていた……と思う。

自分は背筋を正してからもう一度マーリィルを見る。

「自分、とは、違う形、の……極め、た、体の動、き……自、分に足り、ないの、は速さと強靭《きょうじん》さでは、なく……単純な、力と硬さ、そのもの……」

誰にも聞こえないほどの小さな声で言ったその事実は、自分の中にゆっくりと染み渡る。

マーリィルは強い。自分よりもだ。それは認めなければならない。

勝つにはどうすればいい？　技の拍子をずらして虚《きょ》を衝《つ》かせるか、それとも策略戦略を練るか。……その場限りにしかならない対策でいいのだろうか。

いいはずがない。この大陸は広い。クウガのような人外並みの強さを持つ剣士がいれば、マーリィルのような怪物並みの身体能力を持つ人間もいる。

そしてグランエンドにいる魔人リュウファ・ヒエン。

これらの人物が姫さまを襲うようなことになれば？　自分は守れるだろうか？

守らねばならぬだろう。どんな手段を使ってもだ。だが、マーリィルと戦ってわかったが、どんな手段であろうと、こいつのような強い相手となると一度しか使えないような手段ばかりに頼ってはダメだ。そいつよりも圧倒的な実力を持たねば姫さまを守れない。

「マーリィル」

「なんだい」

「もう少し、付き合って、もらい、たい」

自分は腰を落として足を広げ、構えを作る。それを見たマーリィルが溜め息をついた。

「あのなぁ、ここでアタシにかかってきたって敵《かな》わねぇのはわかっただろ」

「だと、しても」

自分は真っ直ぐにマーリィルの目を見つめる。

「ここでマーリィルから掴《つか》めるものを、全てもらい、受ける」

その言葉にマーリィルは不敵に、八重歯を見せるようにして笑った。

「け、いいだろう。お前も守りたいもんがあるんだな。アタシがエンヴィー様を守りたいように、お前もあのお姫さまを守りたいってわけか」

「そう、だ」

「なら来い！　思いっきりだ！　容赦はしねえ！」

マーリィルは先ほどと同じ構えを取る。

この戦いにどれほどの意味を持たせられるかは自分次第だ。もしかしたら意味なんてないのかもしれないし何も得られないかもしれない。

だが、久しぶりに自分よりも強い使い手だ。盗める物は全て盗む。

互いに空気を読み、思考を読み、間合いを読む。

かさり、と葉が揺れた音とともに自分は咆哮《ほうこう》を上げてマーリィルへと挑む。

結局、その日はマーリィルとの稽古《けいこ》で時間を取られ、シュリの護衛なんてできなかった。戻ったときにはシュリに驚かれた。全身青あざだらけだったから。

シュリに怒られながら冷水で冷やした布を背中に当ててもらったりして、結局一日が終わってしまったのだった。

まあ、自分も得られたものが多いからよかったけど。

七十八話　結婚式とウェディングケーキ、序《じょ》～シュリ～

　どうも皆様こんにちは。シュリです。エクレスさんの母親に当たるエンヴィーさんを訪問してから数日経《た》ちました。

　一泊させてもらいましたが、エクレスさんが何かと僕の部屋で寝ようとするのを阻止して、無事帰ってきました。エクレスさんには臆病者と罵られたけど。知らんがな。

　フィンツェさんはフィンツェさんで、エンヴィーさんと満足いくまで話ができたらしくて、とてもご機嫌だったね。エンヴィーさんも嬉《うれ》しそうだったかな。

　ウーティンさんは……帰るときになんか生傷が増えてたよ。マーリィルさんとまた戦《や》り合ったのかもしれない。ほどほどにしてほしいよ。

　そして、僕はとうとうこの日を迎えた。

「じゃあ、今日はガングレイブさんの結婚式に出す料理や人数、役割などを確認します」

　僕はその夜、厨房《ちゅうぼう》に集まった面々の顔を見回してから言いました。

　ガーンさん、アドラさん、ミナフェ、フィンツェさん。

この厨房《ちゅうぼう》で主要な働き手になるだろう四人。この四人が、ガングレイブさんの結婚式という、料理人にとっての戦場で戦う僕の仲間です。

全員が真剣な眼差《まなざ》しをしている。厨房の椅子に座ってもらい、僕だけが立っている。みんなの気合いがよく見える、十分そうだ。改めて咳払《せきばら》いを一つする。

「ゴホン……では一つ一つ確認します。まずガーンさん」

「おう」

ガーンさんは頷《うなず》きながら返事をします。料理人になってからまだ日が浅いですが、一番弟子として気合いは十分に入っていますね。

「参加者名簿の作成は？」

「できてる。これだ」

ガーンさんはそう言うと僕に一枚の紙を渡す。上等な紙だ、白くて手触りも良い。城で使っている記録紙ですね。勝手に使っていいのか？　いや、エクレスさん辺りなら許可を出してくれるでしょう。

僕はその紙に書かれた文字を目で追って、すぐに参加者の概要を把握する。この世界に来て文字を覚えるのは大変だったなぁ。今では単語を拾って意味を把握するくらいなら簡単にできる。

しかし……参加者名簿の紙が一枚で済むとは……。

「少ないですね」

「そうだろう。一応エクレスとギングスの連名で、周辺の町や村の有力者に招待状は出した。だけど、全員返事はバツだ。不参加だってよ」

「この問題は先送りにしましょう。今は関係ない……。さて、出席してくださるのはテビス姫様、トゥリヌさん、ミューリシャーリさん、ミトスさん、フルブニルさんの五人と、連れてきた主要な部下と……それくらいですかね」

「それでもあっちはかなり気を遣って人数を増やしてくれた。ありがたいことだよ」

だろうなぁ。さすがに領主の結婚式の来賓《らいひん》が五名だけなんてのは、醜聞に近い。

まあ僕はかつて、出席者が少ない結婚式というものを目にしたことはあります。とは言っても嫌がらせだとか、なんか後ろ暗い事情があるとかそういうもんじゃなくて、両家の家族と新郎新婦の本当に親しい友人たちだけで開かれた結婚式だね。

あれも小さくまとまっていて実に意義のある結婚式だった。費用は抑えられるし、両家の顔合わせには十分だし。

だけど、お偉いさんの結婚式をそんなに質素にするってのは問題があります。権威が揺らぎかねないですから。

「そうですね。ともあれ、これがガーンさんがまとめてくれた参加者です。参加者全員の苦手な食材まで書かれているので、全部把握しておくこと。いいですね」

僕はそう言って、全員の前に名簿を置く。さて、次の話だ。

「アドラさん」

「はいよ」

アドラさんも意気揚々と返答しました。こっちも気合い十分か、ありがたい
「参加者の大まかな人数はあらかじめ、ガーンさんから聞いてると思います。その上で、皿の枚数や机、テーブルクロス、式場となる城の客室の広さの確認や装飾の点検は？」

「バッチリやがな。問題はないで」

アドラさんに任せたのは式場の装飾や料理に使う食器類の確認だ。これは別の人に任せてもよかったかもしれないけど、良い経験になるだろうとアドラさんにお願いしました。

食器類の数や種類から、作る料理の数や内容、出す順番なども知っておいてほしいとは事前に言ってあるので、はてさてどうかな？

「皿の種類もですか？」

「おう。調べるのに時間がかかったがな。作る料理がなんであれ、問題はないぞぃ」

「その根拠は？」

アドラさんは一瞬ポカンとしましたが、すぐに冊子を取り出しました。多分僕がそう聞くことを予想していて、事前に資料を作ってくれていたんでしょうか。

僕はアドラさんからそれを受け取り、目を通す。十数枚の紙をとじて冊子となっている

その中身を見て感心しました。

へぇ……皿の種類と模様、大きさ、数までちゃんと書いてある。ここまで調べて報告してくるとは、アドラさんもなかなかやる。

冊子をめくりながら内容を確認しますが、確かにこれならたいがいの料理を問題なく出せるでしょう。

「わかりました。あとは皿の保全と監視もお願いしますね」

「監視？」

「今回のことをよく思っていない人が邪魔をするかもしれないので」

僕がそう言うと全員の顔が曇る。なぜ曇るか？　それはこの場にいる料理人が四人だけであることから察してもらえると思っていますが、あえて言います。

「結局、彼らは戻ってきませんでした。時間も足りず、全員に声を掛けることはできませんでしたが、声を掛けた人全員が戻ることを拒否しています。なのに結婚式の料理の準備を滞りなく進めることができた、なんてことになれば、彼らの存在意義がなくなりますから」

「そらそうじゃのぅ。いざとなったらおりゃあが全身全霊で対応するけんの」

「お任せします」

気合い十分のアドラさんに向かって、僕は皮肉っぽい笑みを浮かべました。

「まぁ、アドラさんは隠し事が上手なお方ですから。何かあったら隠さず、ちゃあんと報告してくださいね」

「ちょ！　それはもう謝っちょるやんけぇ……！」

アドラさんが困ったように言うので、思わず僕は笑ってしまいました。釣られてガーンさんも笑い、同じくからかうように言いました。

「そうだな。母さんたちと繋《つな》がりがあったって話、俺も初めて聞いたときにはすげぇ驚いたもんな。友人である俺にもずっと隠し通してたんだから、大したもんだよ」

「だから謝ったってなぁ……」

「わかってるわかってる。からかっただけだ」

笑い合うガーンさんとアドラさんですが、この話を最初にしたときは結構な混乱だったなぁ、と思い出します。

アドラさんに、エンヴィーさんから聞いたことを話したら、めちゃくちゃ驚いてましたよ。自分が協力して隠していたことを、エンヴィーさん本人が漏らしてしまったのだから当然だね。

ガーンさんもそれを知ったときはアドラさんに詰め寄っていましたが、アドラさんにも事情があったし、何よりレンハにバレればどうなるかわからなかった。

アドラさんは全てを隠さなければいけなかった。エンヴィーさんへの忠誠と友であるガーンさんへの友情を守るために、二人の繋がりをレンハの毒牙で絶たれないようにと。

それがわかったからこそ、ガーンさんはそこまでアドラさんを責め立てなかったし今がある、というわけですね。

「ごほん……では話を戻しまして、ミナフェ」

「はいはい」

ミナフェはいつもの猫背のまま、だけどやる気のある態度で返事をしました。

この人の猫背、治らないんだよなぁ。なんでこんなに猫背なんだ？

「ミナフェは僕に次いで副料理長の立場として、応援要請によって来てくれた料理人の方々のまとめをお願いします」

「当然っちなぁ……。それは、自分じゃなきゃできないっちね」

ミナフェは泰然《たいぜん》とした様子で言いました。

「フィンツェでもできるかもしれないっち。ニュービストでも有数のレストランで、かなり重要な地位に就いていた実績もある。

だけど、『外』から来た奴らを黙らせて従わせるには十分な『経歴』と『格』がいるっち。それも、オリトルで宮廷料理長をしている祖父を持ち、城の厨房《ちゅうぼう》で働いていた自分のようなわかりやすい『名』があった方が都合がいいっち」

ミナフェの言葉にフィンツェさんは憮然《ぶぜん》とした様子を見せますが、何も反論はしない。

なぜならフィンツェさんだってそれはわかっているからです。僕がミナフェに外部の料理人のまとめ役を任せつつ、副料理長としての立場を任せた。

それは全て、反抗する『素質』のある料理人をまとめて黙らせるためなのですよ。

料理人って奴は、自分が作る料理こそが一番旨いんだという自負を心のどこかに持っているもんです。そしてその自負は長い年月で自信となる。

だけど研鑽《けんさん》を積んで腕を磨けば磨くほど……いや、これは料理人だけに限りませんね。どんな世界の職人でも、長い年月で自信を付けたからこそ自分が認めない他者を上に置くことを拒む節があります。

僕もそうでした。修業を開始したばかりの頃、父さんの料理店で修業をしていた空っぽな自信を振りまいていたこともありました。だけど世の中は広い。その高慢な鼻はあっという間にへし折られ、次第に謙虚《けんきょ》に学んでいく。

そんな、鼻をへし折られる前の人を黙らせるために、ミナフェがいるわけですね。

「ミナフェ。大変な立場だとは思うけど……任せる。この場ではミナフェにしかできないから」

「任されたっち我らが料理長殿。雑事は任せるっち」

大丈夫、いつものミナフェだ。彼女にならば、任せても大丈夫でしょう。

最後に僕はフィンツェさんを見る。フィンツェさんは先ほどからずっと、おとなしく僕を見ている。話し合いに参加しつつも余計なことは言わず、内容の精査をしていました。

その姿に、どこか安心感を覚える。この人がいれば、大変な結婚式を万事問題なく進めることができるって。

「最後に、フィンツェさん」

「うん」

「僕はテビス姫様から、結婚式の料理であなたとの勝負の決着を付けるように言われています」

「そうなの」

フィンツェさんの目には敵意も害意もない。そこにあるのはただ、仕事を仕事として過不足なくこなそうとする仕事人の目です。

「だから、フィンツェさんは料理を作ってください。皆さんが満足する、そんな料理を。任せてもよろしいでしょうか？」

「任されたの」

フィンツェさんは自分の首を右手でさすりました。

「この首を賭けてでも、みんなが満足する料理でおもてなしをし、シュリに勝つ」

「なら安心ですね。立場上はミナフェの方が上なので、いざとなったらミナフェの指示に従ってください」

「まぁ、厨房《ちゅうぼう》の秩序を守るためには大事なことなの。わかったの」

あまり納得してない感じのフィンツェさん。まあ……この人はニュービストではかなりの地位で責任ある仕事をしていた人ですから、自分と年の近い女性が上に立つことに慣れていないのかもしれません。

実際、ミナフェもフィンツェさんの様子を見て気に入らない様子。この二人、どこかでわかり合う機会を作らないとダメだなと心のメモ帳に書いておく。

「それで？　シュリは何をするっち」

ミナフェの質問に、全員が僕が見る。僕の担当についてまだ何も言っていないので、みんなが疑問を持つのは仕方ありません。

僕は机に手を置き、みんなの顔を見回す。

「僕は、僕にしか作れない結婚式の菓子を作ろうと思います」

「菓子ぃ？」

僕の言葉にフィンツェさんが怪訝《けげん》そうな顔をしました。

「結婚式の宴席の菓子を作るの？　うちの料理によっては口直しにもならないの」

「問題はありません。これは、祝うための菓子なので……正直、この菓子で負けても僕に後悔はありません」

どういうことだ、と全員が疑問に思っているみたいなので、僕はみんなに背を向けてから天井を見上げました。

　今までのことを思い返します。ガングレイブさんたちと出会ってから、ここに至るまでの全てを。その中で思い出すのが、アーリウスさんへ初めて湯豆腐をお出ししたあの場面。

　綺麗《きれい》だった。二人とも、綺麗だったんです。愛し合う女性と男性。まさに恋愛の理想像のような姿の二人に、美しさを感じました。

　その二人が結婚式を迎えることとなる。感無量とはこのことでしょう。

　だから僕は、僕の世界の流儀で二人を祝いたい。

「僕の国で結婚式で出すならこんなの、って感じの菓子を出そうと思っています」

「うちとの勝負を投げてるの？」

「そんなつもりはありません。勝負は投げてませんが、勝とうが負けようがどっちでもいい。僕は僕なりの方法で二人を最大限に祝いたいのです」

　僕は振り返っておどけたように言いました。

「だってせっかくの結婚式ですよ？　勝負もします。祝いもします。料理も作りますし食べてもらうし、笑い合うし感動し合う。そんな結婚式って、とても素晴らしいと思いませんか？」

　僕がそう言うと全員が顔を見合わせました。そして、誰からともなく笑い出す。

「そうだな。祝ってこその結婚式だ。俺も祝う立場になったんだ、頑張るさ」

ガーンさんは目を伏せながら笑い、

「おりゃあもやることはやるわいな。邪魔なんぞさせんがな」

アドラさんは豪快に笑い飛ばし、

「自分もできるだけ祝うっち。料理人として当然だから」

ミナフェは微笑《ほほえ》みながら言った。

最後にフィンツェさんが手を叩《たた》いてから笑みを浮かべています。

「うちは今でも、エクレス姉さんやギングス兄さんに次期領主の座に戻ってきてほしい。母上たちも戻ってきてほしい。だけどうちは料理人なの。その勤めは、ちゃんと果たすの」

「よし！」

僕は全員の顔を見て、真剣な顔をして言いました。

「勝負となる結婚式のためにしっかりと準備を整えて、万事問題なく終わらせ、素晴らしいものにしましょう！」

「「「「おう！」」」」

全員の気合いと共に、今日の会議は終わる。さて、勝負のときはすぐに来る。

絶対に成功させてみせる！　その強い気持ちと共に、僕は気合いを入れていました。

次の日。僕は改めてテビス姫たちから派遣されたという料理人と顔合わせをしました。

厨房《ちゅうぼう》の僕たち五人の前にいるのは十人の料理人。道中やこの国での食事の世話をするために使節団と一緒に来た人たちですね。

だけど、僕たちの前に整列した人たちを見てがっかりしました。

不満垂れ流しの顔をしているんですねこれが。

いやあなた方プロなんだから、せめてポーカーフェイスでもいいから愛想良くしていてくんないかな……と内心思ったりします。

「皆さん、お集まりいただきありがとうございます」

僕は恭《うやうや》しく頭を下げて挨拶をしました。だけど頭を上げてみても誰もが不満げな顔をやめない。おいおいそれでも大人かよ……と僕は呆《あき》れ果ててしまいました。

ていうか、テビス姫は料理人の育成にも力を入れてるって、どっかでさんざん聞いたことがあるんだけどなぁ。力を入れてるのは技術だけで精神面は違うのか？

「僕がこの厨房を預かり、料理長を任せていただいているシュリです。この度は結婚式のための料理の仕事に就いていただけること、本当に感謝申し上げます。あと数日で結婚式の日取りが決まりますので、その前の顔合わせとして皆さんに集まっていただきました。つきましては」

「お前がシュリ、か？」

料理人の一人が不機嫌な顔をして僕に聞いてきました。うん、さっそく無礼な奴が現れたな。僕の方が若いからっていきなりタメ口ってのはいただけない。

この厨房《ちゅうぼう》で一応料理長という肩書きを持っていますので、相手の方が若いからって立場に準じた行動や態度をとらないのはダメです。

この人は外した方がいいかもしれませんねぇ、と心のメモ帳に記しながら僕は表向き平気な顔をして言いました。

「はい。僕がシュリです。あなたは？」

「あのときテビス姫さまに麻婆豆腐《マーボーどうふ》を作った男が、随分と出世したな」

何が言いてぇんだこの人。思わず顔がムッとしそうでしたが寸前で堪《こら》えました。ここでキレるのはまだ早い。ただでさえガーンさんとアドラさんがキレかけてるのに、ここで僕がキレては全てがご破算になる。しっちゃかめっちゃかな喧嘩《けんか》になるぞ。

胸の中でグツグツと沸いてくる怒りを抑えつつ、僕は引きつった笑みを浮かべていました。もうね、無理やり笑顔を作ろうとして頬が痛いくらいなんですよ。

「まぁ、いろいろとありましたから」

「出世したところ悪いが、なんで俺たちが不満を持ってるか知ってるか？」

「え？　いきなりですな……」

ん？　なんか話がおかしい方向に行き始めたぞ？　他の人たちもおんなじように頷《うなず》いていると……不満には共通の理由がある、と？

なんだろう。怒りがすっかり冷めてしまった僕は、顎に手を当てて考えてみる。

考えられるのは、僕が若いのに料理長って立場に不満があるってことですが。

「若い僕が皆さんの上に立って指示を出すからですか？」

「そんなもんこの業界に限らず、どこにでもあることだろうよ。能力じゃなくて年齢で判断して相手を侮るとか、少なくともご主人様に選ばれてここに来てる料理人にそんな奴はいねぇから。ご主人様に恥をかかせるような真似はしねぇ」

「あ、そうですか」

え？　違うの？　そうじゃなかったの、皆さんが不機嫌なのは。

ガーンさんとアドラさんも怒りが冷めてなんだかわかんない、て顔をしてるし、ミナフェは笑いを堪えてるし、フィンツェさんも口元を隠しながらも笑ってるのがわかる。

はて……若さとか立場とかが理由じゃないとなると、何が理由なのか原因なのか僕にはわかんないぞ。本気で困ってしまいました。

「すみません、理由がわかりません」

「まず断っておくが、俺はニュービスト出身でな。そちらのフィンツェ殿のことも知ってる。とんでもなく腕の良い料理人がいるってのは知ってるし、その腕を疑うことはしないことを前提に聞いてほしい」

「はい」

理由を話してくれるのか、と身構えた僕に料理人さんは残念そうに言いました。

「……シュリが陣頭指揮に立つものの、菓子を作るのが主軸で料理の方は基本的にしないんだろう？　事前にミナフェから聞いている」

「え？　あ、はい」

僕は思わず隣のミナフェを見ましたが、僕から顔を背けて笑いを堪《こら》えていました、なんだ、この人は何を知ってるんだ。何か知ってるから、僕が何を言われても、反応もしなかったのか。

まあそれは後でいい。今は理由の方だ。

「あの……それが？」

「テビス姫さまを満足させたっていうお前の料理の腕を間近で見るチャンスなのに、それを見せてもらえないのが不満なんだよ俺たち！」

え、そんな理由なの!?　驚きのあまり固まる僕に、次々と料理人さんたちが声を上げました。

「そうだそうだ、こんな機会滅多にないじゃないか！」

「それを楽しみにして来たのになんでだよ！」

「調味料の作り方とか開発した調理器具とか見たかったのに！」

「今さら料理はしないなんて言われても困るじゃないか！」

「シュリ、顔がにやけてる」

え。フィンツェさんに言われて顔を触ってみると、確かに顔がにやついている。慌てて戻そうと手で頬をこねくり回すがどうにも治らない。

だって仕方ないじゃないか！　ここに来る使節団に選ばれるような料理人さんたちに、こうまで言われたら嬉《うれ》しいですからね！

とはいえこのままでは示しが付かない。僕は無理やり真顔になってから言いました。

「えっと、確かに僕は料理にはそこまでかかわりません。ですがここにいる四人……ガーンさん、アドラさん、ミナフェ、フィンツェさんは素晴らしい料理人です。彼らからも学ぶことは多く、また僕たちもあなた方から学ぶことは多いと思います。

なので、今はこの役割でどうか我慢していただければ嬉しいです。僕は僕で作らねばならない料理……菓子がありますので」

「それに助手は入れますか？」

料理人の一人が興味津々って感じの顔で聞いてきました。

言われてから気づく。確かに助手は必要だな、と。なんせ大きさと量が凄《すご》い。一人で作るのは、骨が折れることでしょう。

なるほど、それなら助手となる料理人さんと一緒にした方が効率がいいのかもしれない。

「あなたは、どこ出身の料理人さんですか？」

「私はオリトル出身です。そちらの……ミナフェ、さんとも面識があります」

「ああ、じいちゃんのとこで見たのは間違いないっち。自分が保証する」

「はい。なので菓子作りに必要な技術、腕は持っています。私が助手として入りましょうか？」

ああ、そういうことなら一緒に調理作業に入ってもらってもいいかもしれない。腕はミナフェの様子を見れば、問題はないでしょう。

「なら、あなたには」

「そういうことでしたら私も志願します！　私はニュービスト出身ですが、国では頑張ってきました。腕には自信があります！」

「自分はアルトゥーリアです！　補助作業だって問題ありません！」

なんだなんだ、どんどん志願する人が増えてくるぞぅ？　全員が全員、僕と一緒に作業をしたいと叫んでいる。

いったい何がこの人たちをここまで駆り立てるのか？　決まってる、テビス姫に麻婆豆《マーボーどう》腐《ふ》を作った僕が、何を作るのか、どういう技を使うのか見たいんだ。

爛々《らんらん》と、獲物を狙うような目つきで僕を見ている。一番近くで僕の作業を見て何もかも技を盗んでやるって顔だ。

いいぞぅ、そういうやる気十分の、ギラギラとした料理人は嫌いじゃないです。

僕は両手を軽く挙げる。すると騒いでいた料理人さんたちは静かになりました。

「あなたたちの向上心、やる気、そして各々《おのおの》のご主人や国のためにも頑張るという忠義心、それは十分にわかりました。あなた方になら、どんな仕事を任せても問題はないと思います」

僕の言葉に、全員の顔が喜色に染まる。おそらく、僕の助手として傍《そば》で作業をしてもよいと言ってるものと判断しているのでしょう。

間違いではない。僕だって任せられるなら任せたい。僕の作業は格段に楽になるのはわかる。作業量からして、そうした方がいい。

なので決断しました。

「ですが、ご主人様への忠義が皆さんにあるからこそ、僕の補助にかまけてお客様にお出しする料理の方を、おろそかにするわけにもいきません。違いますか？」

「違わないの」

僕の横でハッキリとフィンツェさんが言いました。

「それぞれが各国の威信を示し命令を遵守《じゅんしゅ》するためにここにいるの。うちが同じ立場でも、料理を任された以上は料理で腕を示し、己の存在意義を証明する。それが、ここに料理人として派遣されてきた者たちの使命なの」

フィンツェさんの言葉に料理人たちは互いの顔を見ながら、恥ずかしさを覚えている様子でした。まあフィンツェさんは言外に「任されたことを投げ出す奴は料理人とは言えない」って言ってるようなもんですから。

僕はフィンツェさんほどキツい言葉にするつもりは微塵《みじん》もなかったんですけど……似たようなもんか。

「フィンツェさんの言葉はもっともです。皆様には、僕以外の人たちの下《もと》で料理を作り、配膳し、お客様のもてなしをしていただきたい」

料理人さんたちの一人が、渋々って感じで了承しました。自分たちの醜態を思い出してるって様子がわかります。

「……わかりました」

とはいえ、僕だってまだ言いたいことはある。

「そこで皆様にお聞きしたい」

なんだ、と全員が僕の方を見ました。

「この中に、魔法の心得がある人が知り合いにいる人、それと巨大な氷を削った経験のある人、最後に巨大な菓子を作った経験のある人はいますか」

僕の言葉に全員が目を見開いて驚いています。

「繰り返して聞きます。魔法を使える人が知り合いにいる人、氷の彫像を作ったことのある人、背丈を遥《はる》かに超える菓子を作った経験のある人を求めています」

「あなたは、そんなものを取り扱った経験があるんですか？　氷の彫像だの背丈を超える菓子だの……」

「はい。以前に」

全員が顔を見合わせて不思議そうな、未知なるものを見るような目で僕を見る。それは料理人さんだけではない、ガーンさんたちも同様だ。

その中で一人だけ、納得した顔つきの人がいました。

「そうか……これが流離《さすら》い人《びと》、これがシュリ・アズマって人間なの……！」

隣を見れば、感動した顔で僕を見るフィンツェさん。それがどんな意味を持っているのかはわからない。だけど、彼女がようやく僕を認めてくれているのだと思うと嬉《うれ》しい。

改めて全員の顔を見る。だけど誰も名乗り出ない。

当然だろうな、今から作ろうとしているものは絶対にこの世界ではまだ、作られていないし作ろうと思った人もいないはずだ。

いるとしたら……グランエンドにいるウィゲユっていう人間だけだろう。気に食わないからあいつは除外だ、考えない。

とはいえども、今はそれだけのことができる人がほしいわけです。もし一人でも加わってくれるなら、それができますので。

「誰か、できませんか？」

僕が呼びかけても全員が困惑したままで誰も答えてくれない。フィンツェさんやミナフェまで何も言わないのです。仕方がない、僕から言うか。

「ならば、あなた方の中で一人だけ僕の補助ができる、やりたいって人だけ来てください。人選は……ガーンさんに任せます」

僕は踵《きびす》を返して、厨房《ちゅうぼう》の奥へと向かおうとしました。すでに材料の手配は済んでいる。あとは、僕が今からできる準備をするだけだ。最悪、アーリウスさんに頼むしかないかもしれないのが辛《つら》い。

そんな僕の右腕を後ろから掴《つか》む人がいました。振り返ってみると、

「その仕事、このフィンツェが手伝うの」

フィンツェさんが、決意に満ちた顔で僕を見ていました。

何を言うんだこの人は、と思わざるを得ない。僕とフィンツェさんは、この結婚式の間は協力しながらも、テビス姫の差し金で勝負することになっています。

なのに僕に協力するということは――。

「ですがフィンツェさんは」

「ここまできたら、シュリが何を作るか見てみたいの」

「勝負は？　料理は？　どうするんですか？」

「どっちもこなす。シュリの手伝いも、自分の料理も、どっちも」

「ですが」

「ここでごちゃごちゃ言ってても仕方がないの！　うちほどの人間なら、どっちだってなんだってやってやるの！　ここでうちが手伝わなかったら、シュリの作りたい物が完成しない、そうでしょ?!」

「一人でも」

「シュリの求める質のものを、一人でできると？　それができないから、さっきうちらにできる人はいないか聞いたはずなの」

　うぐ、と言葉に詰まる。

　それは事実だ。ここで一人も手伝ってくれないのであれば、その分クォリティを落としたものを作る羽目になる。料理人として、それは耐えがたいことだ。

　耐えがたいことではあるものの、それでも仕事である以上は求められた期日に求められたものを届ける。例えそれが自分が求めるクォリティに届かない物だとしても、だ。

　僕が素直に頷《うなず》けない理由はただ一つ。それはフィンツェさんにかかる負担が大きすぎるからだ。彼女にはただでさえ、みんなが納得するような料理を作ってほしいと頼んでいる。さらには自分の首まで彼女は賭けている。

そんな人にそこまでの負担をかけていいものか。心の中がごちゃごちゃになる。

だけど結論はすぐに出す。

「わかりました。フィンツェさん、あなたともう一人誰かをお願いします」

「うち一人でも」

「ダメです。あなたには、料理を作ってもらいたい。誰もが喜ぶ料理を、です。それは譲れない」

「……っ」

「その代わり、あなたが選んでください。僕と一緒に作業をする人を。あなたの人選を信じます」

誰かに任せる。それを実施し、結果を残すことは難しい。他人の能力を知ること、その能力を信じること、そして任せる自分を信じること。

重い決断だと思う。だけど、それをフィンツェさんに任せたい自分もいるわけです。

フィンツェさんは僕の言葉に納得したのか、腕から手を離してくれました。

「わかったの」

「ええ、任せます」

僕は改めて全員の方を見て言います。声を張り上げ、全員の心に響くように。

「どんな仕事もどんな役割も、それをやる以上誰が欠けたってできません。あなたたちは欠けては困る人たちです。だから、やりましょう」

「「「はいっ！」」」

全員が意気軒昂《いきけんこう》として返事する。

これなら大丈夫ですね。僕は心の中で安堵《あんど》しました。

「ガングレイブさん」

「おう、シュリか」

僕は改めてガングレイブさんの執務室を訪れ、夜食を差し出しました。

すでに時間帯は夜中。今日は月がないので外は真っ暗です。

蝋燭《ろうそく》と魔工ランプの光がなければ暗闇になるだろうこの中で、ガングレイブさんは未《いま》だに仕事をしているのです。本当に忙しそうだ。

机の上の書類は大分減っている印象ではあるんですけどね。それにしたって、仕事量はまだまだあるんでしょうか。

「お忙しいなら、このまま部屋を出ます。だけどお話ししたいことがあります。時間はありますか？」

「いいぞ。俺もお前に話すことがある」

ガングレイブさんは持っていた書類を机の上に投げ、目頭を押さえてから椅子にもたれかかりました。ギシ、と椅子が軋《きし》む。結構な回数、そうやって椅子にもたれかかったために歪《ゆが》んでしまったのかもしれませんね。

リルさんに相談する必要があるのでしょうか。ガングレイブさんの椅子を丈夫で快適なものにしてほしいって……いや、またハンバーグに対する要求が高まるかもしれませんな。やめておこう。別の手段を考える必要がありますね。

「ではガングレイブさんからお願いします」

僕は執務室にあった別の椅子を引っ張ってきて、ガングレイブさんの前に座りました。

「わかった。まず俺の結婚式だが……日にちが決まった」

「僕もそれを聞きたかったです。いつでしょうか？」

「二週間後だ」

二週間後、と聞いて頭の中で必死に考える。予定、計画、その他諸々の流れと進捗《しんちょく》、遂《すい》行《こう》可能な仕事と不可能な仕事。それを全て考えた上で、僕は呆《あき》れた顔をしました。

「普通結婚式って、もっと時間をかけて準備するもんでしょう……。一か月以上は時間をいただきたい」

「ダメなんだ。これ以上はテビス姫たちがここに留《とど》まれない。二週間後が限界だ」

「……本国から連絡が来ましたか？」

僕の質問が的を射ていたようで、ガングレイブさんは疲れた顔をして首を縦に振りました。

「みたいだぞ。全員が死んだ魚のような目をしていたな。テビス姫なんて『マズい、マズい』と手紙を持ったまま部屋の中を右往左往していたもんだ。ありゃ、そうとう親父さん……国王陛下から怒りの手紙が来たに違いない」

「でしょうねぇ」

なるほど、て感じで僕も納得しました。だろうよ。この領地に随分と滞在してるもんなぁ……一か月以上はここにいるよ。

旅程も入れればそれ以上だ。どう考えたって、国のトップがそんなに長く国を空けていいわけがない。

地球の国の首脳陣だってそんなに長く国を空けない……よね？　とはいっても、地球で国のトップが外国に行くったって、地球には飛行機や車がある。よくわからないけど、早く帰ることだってできるんじゃなかろうか？

さて異世界で考えてみよう。馬車、護衛、途中の食事の支度、宿の手配……地球の手配のそれとは比べものにならないくらいの手間がかかるのでは？

あ、いや……地球は地球で銃だのテロだのと危険があるからなぁ……それはそれで護衛の手間が半端ないかも。

いや、どっちにしたって大変なことには変わりないな！　そんな大変なことなのにテビス姫たちは延々とここにいたのか！　そりゃ本国の人たちは怒るわ！

「シュリ？　どうした？」

「いえ、故郷のお偉いさんたちも結構な苦労をしてたのを考えると、テビス姫たちは本国の人たちに迷惑やら心労やらかけてるんだなって改めて思っただけです」

「興味深い話だ。また今度聞かしてほしい。その上で改めて聞きたい。二週間でどこまで準備ができる？」

ガングレイブさんの真面目な問いかけに、僕はもう一度考えました。

二週間でどこまで準備ができるか。何を優先すべきか。何を後回しにすべきか。

昔、レストランで修業していた頃に、ホテルで結婚式の料理を作っていたっていう先輩から聞いた、あの知識と経験談を元に逆算する。

そして、疲れた顔をしてから言いました。

「かなり無理することになります。お金も必要です。莫大な出費になることは、覚悟しておいてください」

「それをすれば、考えているおもてなしは全てできると考えていいんだな？」

「それができたら、僕だけでなく協力してくれた料理人さん全員への給金も弾んでくださいね」

僕はガングレイブさんを試すような口調で言いました。

さてどうくるかな？　ここで金を出し渋るようだったら説教ものなのですが。

ガングレイブさんは辛《つら》そうな苦しそうな顔をして、腕を組みました。

「やはり出費は嵩《かさ》むか……」

「嵩みます。それを出し渋るようでしたら怒ります」

「だよなぁ……俺だって傭兵団《ようへいだん》で金の管理をしてた頃、金を出し渋られたら依頼主を信じられなかったからな。大事な時に金も出せないような奴なんて器が小さい、って思ってたからな」

「それで？　今はどう思います？」

僕が重ねて聞くと、さらにガングレイブさんは困った顔をしました。まあ金をもらう立場から金を出す立場になったので、その葛藤は当たり前でしょう。

逆に僕も、結婚式を取り仕切る者として金を要求する立場ではありますが、同時に予算内で物事を進めなければいけない。そして僕は、できるだけたくさんの予算が欲しいわけですね。

予算の計画を立てる側と予算を要求して管理する側。困ったもんだよ、頭が痛い。

「出さなきゃいけないだろう。エクレスとも要相談だ。予算の計画を、立て直さないと」

「他に何かやることがあるので？」

予算の計画の立て直し。簡単に言いますがその内実は他の部署との話し合いや根回し、実際の運用による修正と、やることは山積みでしょう。

さて困ったもんだ。本来ならそれも含めてこちらで計画案を提出し、お金の流れや物の流れを書面にしておかないといけないのにその時間もない。

僕とガングレイブさんは同時に困った顔のまま、どちらからともなく苦笑しました。

「やること山積みですね、僕ら」

「ああ、そうだな」

ハハハ、と乾いた笑いをあげる僕たち。ひとしきり笑ったあと、僕は聞きました。

「それで？　結婚式に対する意気込みはいかがですか？」

僕がそう聞くと、ガングレイブさんは笑みを浮かべ、腕を組んだまままさらに深く椅子に寄りかかります。

「そうだな。俺がこうやって領主となって妻を持つなんてことが、現実になるとは、と驚いてる」

「こうなることを夢見て今まで頑張っていたのでは？」

「現実になってしまったら、今までの道筋もあっさりした思い出になっちまうもんだよ。夢が叶《かな》って振り返ったら、今までの道も簡単だったと勘違いしちまう。そう思わないように戒《いまし》めているからこそ、現実になった今の状況が頭に入ってこない」

その気持ちは、わかる気がする。

「実現してしまったからこそ現実感を得られない、ですか」

「そうだ。だからこそ、こんな俺がアーリウスの夫になっていいのかと迷ってしまう」

「そんなことは」

ない、と続けようとした僕にガングレイブさんは遮るように被《かぶ》せるように言ってくる。

「あるんだ。妻を得るということは守るべき者ができるということだ。自分だけの人生ではなく、誰かと共に生きるってことだ。

そんな重大な決断をしてるくせに現実感がないからとか、迷うとか、そんなフラフラなバカがアーリウスに相応《ふさわ》しいのか？　と考えちまうんだよ」

あー……これはあれだ。一発でわかった。笑いながらもどこか不安そうでオドオドしたガングレイブさんの様子から、一発でわかった。

これはもしかしてマリッジブルーってやつではないのだろうか？

マリッジブルー。それは結婚を控えた男女が陥る、精神的に落ち込む状況だったたっけ？

詳しくは知らん。

ともかく、この状況になったら面倒だ。結婚が不安、結婚生活が不安、家族生活が不安、子育てが不安、将来が不安と際限なく不安のタネを見つけて落ち込むのです。

修業時代にも、子供もいる妻帯者の上司からその状況を教えられたことがあったなぁ。

そのときは結婚直前だった奥さんがマリッジブルーになっちゃって、結婚するのが不安になっちゃって、結局結婚式を挙げずにすぐに籍を入れて夫婦生活を始め、奥さんに寄り添ったんですって。

今ではすっかり不安もないらしいですが、結婚式を挙げなかったのを二人して後悔してたんですけど。ああなったら後が大変だ。

ガングレイブさんにもその兆候が現れ始めている。これはアカンですよ。

「ガングレイブさん」

「なんだ?」

「しゃらくさいこと言ってないで結婚式を挙げて、とっとと夫婦生活を始めてください」

「お前はもうちょっと、俺の身を案じるとかしないの?」

しねぇよ面倒くせぇ。僕は明らかにわかるほど嫌そうな顔をしてから言いました。

「なんで僕がガングレイブさんの結婚生活にまつわるあれこれを心配せにゃならんのですか。面倒くさい」

「お前な……!」

「だってどう考えたって上手くいく二人なんですしここで頑張れって言ったたって結局僕の励ましとか関係なく上手くいくんですから。心配する時間があったら別のことをしますよ」

結局これなんだよなぁ。ガングレイブさんはキョトンとした顔をしてるけど、ガングレイブさんとアーリウスさんは、どう考えたって上手くいく未来しかないんですよ。なんでかって？　決まってる、この二人は心の底から相手を愛していて、なんだかんだで大きな危機を乗り越えてきた人生のパートナーなんですよ。それも長い期間ね。

そんな関係の二人が、今更どうのこうのと変な考えで結婚生活に不安を感じるなんて、こっちにしてみればハッピーエンドがわかりきってるのに延々と愚痴を言われてるようなもんなんですわ。

「上手く、いくか？」

「間違いなく疑いようもなく。絶対に上手くいきます」

「そ、そうか……ちなみに、その根拠は」

「二人してお互いにベタ惚《ぼ》れ。以上」

「あ、そう」

けっ。こんなラブコメみたいな甘々恋愛をしてる二人に、なんでここまで心を砕かにゃならんのだ。嫉妬で狂いそう。

まあそこはいいんだ。別に問題じゃない。問題なのは、これがガングレイブさんだけが抱えてる問題では絶対にないことだ。

「ガングレイブさん。アーリウスさんは結婚式の日取りが決まったことについて、何か言ってました？　こう、ちょっと不安そうな感じとか」

「いや？　笑顔で楽しみだなーって言ってたぞ」

「この糞野郎《くそやろう》。なんでお前がわかってやれないんだ」

「なんでいきなり罵倒されるの、俺？」

ガングレイブさんはわかんないって顔をしてますけど、嘘《うそ》だろ？　ガングレイブさんがわからないって。結婚式が決まってこの人もテンパってるってこと？

僕は信じられないような目でガングレイブさんを見ました。

「あのね、ガングレイブさん。ハッキリ言って、ガングレイブさんとアーリウスさんは似たもの同士なんですよ」

「そんなに似てるか？」

「お互いを思いやる気持ちはこれでもかというほどに、誰が聞いても同じようにそっくりだと言うくらいに似ています。つまり、ガングレイブさんが不安に感じているならアーリウスさんだって不安に思っているはずなんですよ」

「そ、そうなのか……？」

「そうです。絶対に、保証してもいいくらいに」

なので、僕は椅子から立ち上がり、ガングレイブさんを見下ろしながら言いました。

「なので、結婚式当日までにアーリウスさんとよく話し合ってください。相手の不安を汲《く》み取って、言葉を濁されようとも無理やりでも話し合いをして、お互いに腹を割って話す必要があります。そして、ガングレイブさんは絶対にアーリウスさんを不安にさせてはいけません」

「わ、わかった」

「わかってないのでもう少し言いますね」

「今日のシュリは勢い凄《すご》いな」

「黙れ、聞け。いいですか？　こういうときに二人がすれ違う原因は、自分は大丈夫だから相手も大丈夫だと根拠もなく思い込むことです。自分が大丈夫でも相手は大丈夫じゃないときだってあります。そんなときに力になれるのは、相方だけなのです。決してそれを怠ってはいけません。いいですね？」

「わ、わかった……」

ガングレイブさんは引き気味に了承したので、僕はこれ以上言うのはヤボだと判断。もう部屋を出ることにしました。

だけど言うことはある。ヤボだけども振り返ることなく、最後に少しだけ。

「結婚、おめでとうございます。当日は最高のものにしますので、ガングレイブさんもアーリウスさんも信じてください」

「……わかったっ！」

弾んだ声で返答されたので大丈夫だと判断し、僕は部屋を出ました。

さて、厨房《ちゅうぼう》に戻って片付けをして掃除をして……結婚式の準備に備えて少しでも寝ないとな。

「全く、世話が焼ける」

僕は苦笑しながら呟《つぶや》く。出会った頃から世話の焼ける人ではありますが、それでも僕の仲間で親友だ。

あのとき、スーニティの広場で処刑される寸前だった僕へみんなが言ってくれた、親友という言葉。あれだけで、僕はこの世界に来てからの全てが報われたと思っている。

いや、救われたと言ってもいいのかもね。

「頑張りますか～」

僕は手を組んで頭の上で伸ばしながら、厨房へ向かうのでした。

七十九話　結婚式とウェディングケーキ、破《は》～シュリ～

勝負の日だ。僕は強く頬を叩《たた》いて気合いを入れる。準備は整えた、用意はしてきた、覚悟もした。この日のためにあらゆる手を尽くしてきた。

「皆さん、準備はよろしいでしょうか」

朝早く、僕は厨房に集まった全員の顔を振り返って見やる。

ガーンさん、アドラさん、ミナフェ、フィンツェさん、そして協力してくれる料理人さんたち。全員の顔を見回してから胸に手を当てる。

ガーンさんたちも、普段と違って料理人さんたちの前に並んで整列して、僕の言葉を待っている。全員がそうだ。

僕は高鳴る心臓の鼓動を抑えようとしながら、目を開く。口も開きます。

「とうとう二週間が経《た》ちました。この日のために皆さん、準備や用意やら大変だったと思います。まずガーンさん」

「おう」

ガーンさんは一歩前に出ました。

「参加者名簿の作成と把握、席順の手配、ありがとうございます」

「俺の中で最大限できる配慮をしたつもりだ」

「なら問題はありません。ガーンさんは料理の盛り付け、皿洗いなどをしてもらいます。ガーンさんの下に割り振った人も同様にお願いします。人手が足りなくなれば調理の補助などもお願いします」

「「わかりました」」

ガーンさんと、彼の下で動く料理人さんたちが元気よく返事をしてくれました。

次にアドラさんだ。

「次に、アドラさん」

「ああ」

アドラさんも一歩前に出て返事をします。

「会場の設営、装飾、当日に至るまでの雑事の準備、警備などをしていただき、ありがとうございます」

「みんなが協力してくれて助かったがじゃあ。警備はともかく、設営に関しては他のみんなの手助けのおかげじゃあ」

「はい。どうやら他の人たちと交流は持てているようですね。その調子で、料理の配膳とお客様の接待、それと会場の警備をお願いします。兵士の人も警備はしてくれますが、料の人はアドラさんの補助をお願いします」

理人という立場からしかできない警備もあります。それはアドラさんしかできません。他
「「「了解」」」

アドラさんと、彼と一緒に働く人たちが返事をする。

さて、今度はミナフェです。

「ミナフェ」

「はぁい」

ちょっと間の抜けた声と一緒に、猫背のままのミナフェが一歩前に出る。

「料理人さんたちの割り振り、交流、打ち合わせと今日までの準備で一番苦労をかけたと思います。それに感謝を」

「ここからが勝負だっち。感謝は終わってからで」

「そうですね。ミナフェ、あなたには副料理長としてさらに苦労をかけることになります。無理をせず……とは言えません。無理をしてもらいます。だけどミナフェなら大丈夫だと確信して任せることにします。他の人たちもミナフェの負担を軽減するように。お願いしますね」

「「「はい」」」

他の料理人さんたちも返事をした。

最後だ。僕はフィンツェさんを見る。

「フィンツェさん」

「うん」

フィンツェさんは一歩前に出てから恭《うやうや》しく頭を下げた。

「うちも今日に至るまで、料理の献立や食材の調達、管理を徹底してきたの。問題はない」

「その言葉を信じます。フィンツェさんは……おそらく、結婚式が始まれば一番責任が重い場所で働いてもらうことになるでしょう。覚悟はできていますか？」

「こんなもの、ニュービストのレストランで働いていた頃から当たり前だったことなの。だからシュリは言えばいいの。『やれ』って。それだけでいいの」

「わかりました。ならフィンツェさん。結婚式で皆さんが満足する料理を作ってください。他の方々も同様です。お願いします」

「「「はい」」」

全員が返事をしてから、僕は窓の外を見る。朝日が昇って間もない時間帯だけど、城の中はてんやわんやで働いている人ばかりでしょう。

そして、この日で一番大変なことになるのはおそらく僕たちだ。だけどもきっと、成功で終わらせることができるはずだ。こんなにも心強い同僚たちがいるのだから。

さあやろう。今日という大変な一日を、最高の一日だったと思ってもらえるように。

「では！　これよりガングレイブ様とアーリウス様の結婚式に向けた、厨房《ちゅうぼう》の仕事の一切を開始する！　各自、自分の役割と担当を十二分に務めるように！　いいですね！」

「「「はい!!」」」

今日はガングレイブさんたちの結婚式だ。

この日のためのあらゆる準備、根回し、練習の結果が出る。

どうも皆様、シュリです。忙しいので言葉は短くさせてもらうよ！

とうとうガングレイブさんとアーリウスさんの結婚式の日です。運命の日ってわけだね。朝早くから準備を開始し、参列されるお客様へ料理をお出しするために働き出す。

ただ……やはりトラブルはある。

「ちょっと！　こっちに肉が足りないぞ！」

「肉は冷暗所の奥！　ちゃんと場所は教えてあるはず！」

「野菜はこれだけか!?」

「持ってこさせる！　量が量だ、分けて保存している！」

「皿は!?　これ、ヒビが入ってるぞ！」

「予備があるから待ってろ！　すぐに準備する！」

厨房《ちゅうぼう》内に怒声や苛立《いらだ》ちの声が響き、一方で冷静に言葉を交わす人の声が聞こえる。ずっと四人で回していた厨房の仕事に、フィンツェをはじめ十一人の料理人が加わったのだから動線だって滅茶苦茶だ。

だけど僕は、この空気を楽しんでいた。最大限、楽しんでいたんだ。

「ふんふんふ〜ん」

鼻歌交じりに、僕はあらかじめ二週間かけて準備した菓子と、氷の彫像の作業を進める。

ああ、この空気だ。この、殺気立ちながらもお客様のためにと、どこか秩序を感じさせる空気。これこそが厨房だよ。本当、この世界に来てから初めて感じる空気だ。

僕は事前に、料理人さんにお願いして魔法使いの人を見つけることができ、でかい氷の塊《かたまり》を用意してもらっていた。背丈を超えるほどのでかい氷だ。

その氷を、金槌《かなづち》とノミで手早く形を整えていく。

この作業、実は今回が初体験なのです。昔、でかい中華料理店に味を盗むために高い金を払って通っていた頃、とある宴会の席で用意された氷の彫像を見て、自分で作りたいとあれこれと練習をした。

練習といっても、氷屋さんで買った大きめの氷を金槌とノミで削るくらいですけどね。

でも結局、修業期間の二年全部を使っても、それより大きな彫像をこさえることはできなかったな。

つまりぶっつけ本番だ。何度か冷や汗が出るほど手元を狂わせたが、それでも自分が望む形に仕上げていけてる感触はある。

さて、氷の彫像もできてきたから菓子も仕上げなきゃいけない。

「結婚式、始まりますよ！　料理の方は⁉」

入ってきた人の声に、厨房の空気が変わる。緊張と不安だ。これはどこでも変わらないようですね。

「料理はできてますか、フィンツェさん！　ミナフェ！」

「こっちはできてるっち！」

「すでに盛り付けは終了してるの！　早く持って行く！」

「はい！」

怒号が響き、持っていく人はちょっとビビっていたのが可哀想だったな。だけど、今この場にいる全員に余裕がないんだ。ごめんね。

心の中でそう唱えながら、氷の彫像の仕上げを終わらせる。作ったのは、でかい氷の彫像二体だ。すでにどういう形で作るつもりなのかは決めていたし、リルさんの協力で設計図も作っていた。それを全て頭に叩《たた》き込んで、今日を迎えている。

だから、リルさん。ありがとう。

「ガーンさん！　盛り付けの方は⁉」

「大丈夫だ、配膳には間に合う！」

「アドラさん、お客様の様子は⁉」

「こっちもいいぜぇ！　みんな楽しんでいる！」

「ミナフェ、食材の方は⁉」

「支障ないっち！　他の場所に保管しているものも含めて量に問題はなし！」

「フィンツェさん！　料理の仕上げは⁉」

「次の魚料理ができるまであと二分、野菜の下ごしらえは三十秒！　次の料理には十分間に合うの！」

「よし！」

　僕は全員の返答を聞いて、内心ホッとした。てか忙しすぎて誰もこっちを見ねぇ。フィンツェさんもこっちを手伝う余裕がないし、フィンツェさんが選んでくれた、僕の助手に回る予定だった人も忙しくてこっちに手出しすることができない。

　やはりこっちはこっちで僕が一人でやるしかない。氷の彫像は……大丈夫まだ溶けない。だけど念のために部屋の隅に置いて筵《むしろ》をかけて熱から遮断する。できれば厨房《ちゅうぼう》から出した方がいいのだけど、それをする時間ももったいない。

「次は菓子だ……これは二週間前から急ピッチで仕上げていたから大丈夫、間に合うはずだ！」

僕は身の丈を越えるほどのそれを見て、材料と道具を瞬時に把握して調理を開始する。

ここまできたら他のことに気持ちを割いている余裕がない。厨房の混沌《こんとん》とした空気の中で、必死に手を動かすことだけしか考えられない。

そうしていると、なんか厨房の入り口から怒号が聞こえてくる。ようやく菓子が仕上がってきたのになんだ？

そっちを見ると、なんとリルさんとクウガさんが慌てた様子で厨房に来たのです。二人とも今日のための礼服ですね。

「シュリを出してほしいんや！　あいつにしかどうにもならんことなんや！」

「お願い！　シュリの力を貸してほしい！」

「だから！　シュリはあそこで菓子の準備をしてるところだっち！　手が離せないから無理！」

「どうしました⁉」

騒ぎが収まる様子がないので近づくと、そこにはリルさんとクウガさんの他にミナフェまでいました。他のみんなは迷惑そうにこっちを見ていたりするものの、作業は極力遅らせないようにしてくれています。

「どうしましたお二人？　料理は運ばれているはずですが」

「うん、それは問題ない」

一瞬、厨房《ちゅうぼう》にいる全員の顔が安心したようにほころんだけど無視しておく。

「そうやないんや！　大変なことが起こってしもうとる！」

「何がありました？」

僕がそう聞くと、クウガさんはマジもんで困った顔のまま言いました。

「アーリウスが控え室から出てこんのや！」

……は？　控え室から出てこない？　なんで？

僕は一瞬呆気《あっけ》に取られましたが、すぐに原因に気づきました。同時に、あれだけ言ったのに何もしてなかった糞野郎《くそやろう》のことも。

「まさか、アーリウスさんが結婚に不安を抱いて引きこもってるわけじゃないですよね？」

「そのまさか、だ。アーリウスが『私なんかガングレイブの奥さんには相応《ふさわ》しくない』とか言い出して」

「ガングレイブさんは？」

「扉の前で必死に声をかけてる」

「他の人たちは？」

「テグやアサギたちは、式場でできるだけ時間稼ぎをしてる。でも、限界が近い」

「わかりました、行きます。案内してください」

「ちょっとシュリ！　ここを離れるのは」

ミナフェが慌てたように言いますが、それも全て承知の上。僕はミナフェに向かって手のひらを見せて言葉を遮りました。

「わかってます！　時間がないことも作業が押していることも！　だけど主役がいないんじゃ全部失敗します！　だから、行ってきます！」

「……ええい、わかったっち！　その間、ここは任せろ！」

「感謝！」

僕はそれだけ言うと、厨房を出て走り出しました。リルさんとクウガさんが遅れて走り出し、僕の前に出て先導してくれます。

その間、一言も発しません。何か話をして到着が遅れるのはダメなのです。今は一分一秒どころかコンマ一秒だって惜しいんですからね！

そしてアーリウスさんの控え室に到着しましたが、ガングレイブさんが扉を叩《たた》いて声をかけているところでした。

「アーリウス！　頼むから中に入れてくれ！　話をさせてほしい！」

「ガングレイブさん！」

「おお、シュリか！　アーリウスが」

僕はガングレイブさんが何かを言い切る前に後ろに回り、思いっきりケツを叩《たた》きました。

今日のために仕立てられた立派な正装に身を包んでいるガングレイブさんですが、ケツを叩かれたことで目ん玉が飛び出るくらいの驚きと痛みで顔を歪《ゆが》めます。

「いって！」

「だからあれほどアーリウスさんを気にかけろと言ったのに！　ちゃんと話し合いはしたんですか!?」

「したとも！　したけど」

「ちゃんと察しないと！　女性が抱える不安は、男からじゃわかんないこともあるんですから！」

「わかった！　俺が全面的に悪いのは認めるからケツを叩くのやめろ！　痛い！」

ガングレイブさんは反省しているようなので、今度はリルさんの方を見ました。

「リルさん、この扉を破壊してください」

「は!?　そんなこと」

「しなきゃダメです！　ただでさえ時間がないし、これ以上閉じこもられて変な結論に至られても面倒です！　クウガさんは扉が破壊されたらすぐに突入、アーリウスさんが杖《つえ》を取る前に奪ってください、それと逃げ出さないように！」

「え？　お、おぅ……わかったわ」

二人ともドン引きしていますが、こっちは本当に時間がないんだよ！　こんな面倒な事態を引き起こしやがって！

「おい、シュリ……あまり乱暴な真似は」

「おっとまだケツを叩かれたいか？」

僕がケツを叩くそぶりをすると、ガングレイブさんは一歩引いてケツを両手で押さえていました。そうだよ、そうやって黙ってなさい。

リルさんはちょっと躊躇《ちゅうちょ》している様子でしたが、扉に両手を当てて力を込めます。

この日のために用意したであろうドレスの下に見える刺青《いれずみ》が明滅し、扉の蝶番《ちょうつがい》が破壊される。バキ、と音がして扉が外されました。

間髪《かんはつ》容《い》れずにクウガさんが中に飛び込み、あっという間に姿が見えなくなる。中でドタンバタンと音がして、すぐに静かになる。

「ガングレイブさん、入りましょう」

「お、おう」

ガングレイブさんと一緒に中に入ると、そこには杖を抱えて部屋の隅に逃げるクウガさんとそれを取り戻そうとするアーリウスさんの姿が。

アーリウスさんは綺麗《きれい》だった。化粧をして美しい結婚衣装に身を包んでいる。元々美人だが、今日は特に綺麗《きれい》さに磨きがかかっている。

「が、ガングレイブ？」

アーリウスさんは泣きそうな顔をして立ち尽くしていました。

ガングレイブさんは何かを言おうとして、でも上手く言葉にできないようです。

あああああ!! こっちは時間がないというのに！ なんて面倒なことでゴチャゴチャする人たちなんだ！ 面倒くさい！

なので僕はガングレイブさんの背中を押してアーリウスさんの前に立たせました。

「お、おい、シュリ！」

「ガングレイブさん！ 今日のアーリウスさんはどうですか？」

「は？ え。ど、どういう」

ガングレイブさんが混乱しているようなので、僕はガングレイブさんに耳打ちをしました。ガングレイブさんにしか聞こえない声でこっそりと、です。

「綺麗かどうか、アーリウスさんに直接言ってください。それは男性にしか言えないことです」

僕の言葉にハッと気づいたらしいガングレイブさんは僕から離れ、アーリウスさんを真っ直ぐに見てから言いました。

「アーリウス。今日のお前は特に綺麗だ。嘘《うそ》じゃない」

「……本当、ですか？」

「本当だ」

ガングレイブさんはそう言うものの、アーリウスさんはまだ泣きそうな顔のままです。

「でも、でもガングレイブはこれから国を大きくするために、周辺から正当な血筋を持つ有力者の娘を娶《めと》った方がこれからのために」

「バカを言うな！」

アーリウスさんがオドオドして言うと、ガングレイブさんは激昂《げきこう》して言いました。

「俺は、アーリウスを愛しているから結婚したいと思った！　アーリウスだからだ！　他の奴なんて知らん！　お前だけだ！」

「でも、最近は仕事が忙しすぎて私のことなんか放っていたので……てっきり」

だからちゃんと話し合えと言うたのに！　ガングレイブさんはバツの悪そうな顔をしましたが、それでもアーリウスさんを抱きしめました。

「そんなことはない。俺は今日のために準備を進めていたんだ。嘘じゃない」

「本当ですか？」

「ああ、だから……お前といたいんだ。だから……だから」

よし、ここまでくれば僕はこの場に必要ないな！

「リルさん、後は任せました」

「え⁉」

リルさんは驚いた顔を見せていましたが、それに構わず走り出します。

時間がないんだってば！　すぐに厨房《ちゅうぼう》に戻ってあれこれしないといけないんだよ！　あとはリルさんたちでも解決できる！

なので息を切らしながら残りの作業をしようとしていた僕の前に、今度は厨房の中から騒ぎが。

「やめろお前ら！　なんのつもりだ！」

「黙れ！　俺たちを無視してこんなことしやがって！　俺たちを蔑《ないがし》ろにしすぎだ！」

今度はなんだ！　僕が厨房に入ると、そこには料理人さんたちと何やら言い争っている小汚い格好をしたおっさんたちがいました。

その顔を見て一瞬でその場のことを察した。あの人たちは元々この城で料理人をしていて、ボイコットして戻ってこなかった人たちだ。

「俺たちがいなきゃ結婚式ができないと思ってたのに、わざわざ外部から人を入れてまで無理やり行うとはな！」

「お前らが戻ってこなかったからだろ！」

「そうだっち！　自分たちはちゃんと説得した。前と同じ待遇で戻ってくるように！」

「それが舐《な》めてると言うんだ！」

おっさんが近くの机の脚を蹴って言いました。おいやめろその机の上には料理が並んでるんだぞ！

この場にアドラさんはおらず、ガーンさんとミナフェとフィンツェさんが場の混乱を治めようと必死に説得している様子ですが、おっさんたちは聞く耳を持たないようです。

「ガングレイブが領主だと！　ふざけるな、俺たちは代々、スーニティの領主様一族にご奉公をさせてもらっていたんだ！　それが外部から来た人間に領主の座を奪われるとは、認められるはずがないだろうが！」

「だが」

「うるさい！　エクレス様たちはどこだ！　あの人たちを」

「うるっせぇぇぇぇぇぇぇ!!」

ああ！　時間がないってのになんでこんな面倒くさいことになってるんだ！　思わず叫びながら両者の間に立ちました。

ガーンさんとミナフェは驚いていますが、構わずおっさんたちに向かって言いました。

「おい！　お前らはなんだ！　料理人か、それとも邪魔者か！　どっちだ!?」

「お、お前はシュリか！　お前がいるから俺たちは」

「黙れぇ！　こっちは忙しいんだ、時間がないんだ人手が足りないんだ！　邪魔するつもりなら帰れ！　料理人としての矜持《きょうじ》がまだ残ってるならすぐに仕事に入れ！　やることは山のようにあるんだ！」

全く、今日のこのタイミングでなんでおっさんたちが来るんだよ⁉　せめて昨日とかに来いよ！　なんでわざわざ今日なんだよ⁉

僕の怒りに圧倒されたらしいおっさんたちは、騒いで昂《たか》ぶらせていた気が落ち着いてしまったらしく、しおらしくなっていきました。

「お、おれたちは料理人だっ……だから、エクレス様に」

「料理人なんだな⁈」

僕はおっさんたちを指さしてもう一度言う。

「料理人、なんだな⁉」

「そ、そうだ」

「よし！　ミナフェ、この人たちを配膳と盛り付けの担当に回せ！」

「は⁉　今から⁉」

「そうすればフィンツェさんも余裕が出て僕の手伝いができる！　こっちを手伝ってもらわないと、仕上げが間に合わない！」

僕がちゃっちゃと指示を出している様子に、この場の全員が度肝を抜かれている。そうだろうな、僕だってこんなに荒ぶるのは久しぶりなんですから。

だけどね、本当に時間がないのです！　今からアドラさんを呼んでこの人たちを追い出すのもったいないし、ここで暴れられたらもっと困る。

それならいっそ、この状況を利用して無理やり仕事に入らせる！

「お、俺たちがそれに協力するとでも」

「あんたたちはなんだ！　文官か武官か何かか!?　誰に義理立てして職場放棄なんてやらかしてるんだ!?」

「それは、エクレス様に」

「それならエクレスさんの顔を潰さないために、今は協力しろ！　今回の結婚式にはエクレスさんの協力だってあるんだ！　このまま失敗したら、エクレスさんにもギングスさんにも迷惑がかかるぞ！　貴族派の命令でやってるなら、そんなもん無視してさっさと仕事をしろ！」

僕は息を切らしつつも、最後に一言叫びました。

「あんたたちも僕たちも！　料理人だ！　料理を求めている人がいるなら、お客様がいるなら、その人たちの期待に応えろ！　今すぐに！　どうだ!?」

僕がそう言うとおっさんたちは顔を見合わせる。ああじれったい！

「だいたいそんな貴族派に義理立てしてどうなる？　あんたたちに得るものがあったか？　ないでしょ」

「……職務放棄している間も面倒をみてくれてる」

「だけど料理人としての腕を犠牲にしてまで、その面倒みてもらう価値ある？　ないと思うよ」

この言葉におっさんたちはハッとする。そうなんだよな、僕たち職人は腕で食べてるんだから、仕事を放棄して衰える腕まで、保証してくれるはずがないんだよ。

誰だって、そんな世話はできないんだ。だから自分たちでなんとかするしかない。

「わかった？　ならすぐにお願いしますね。ミナフェ！　あとは頼みます」

「ああもう、わかったたっち。あんたら、すぐに調理服に着替えて盛り付けと配膳に加わるっち。早く」

ミナフェに後を任せて、僕は残りの菓子の仕上げに入りました。

時間は……ギリギリだ。間に合うかどうかわかんないけど、やるしかない！

八十話　結婚式とウェディングケーキ、急《きゅう》 〜ガングレイブ〜

今日という日を迎えて俺は幸せだ。シュリと共に仕事をしてきて、他の仲間たちに支えられて、俺はようやくこの場に立つことができた。

この日が来ることを、何度も何度も夢見て生きてきた。領主となり自分の国を持ち、愛する人と結ばれて堂々と生きるその日が来ることを。

夢物語だと思っていた。現実になるとは思えなかった部分も確かにあった。

それがどうだ。今、こうして俺は夢を叶《かな》えてここに立っている。夢物語を現実にして、胸を張って堂々と立っているんだ。

「ガングレイブ、あなたは妻を守り、一生愛すると誓いますか？」

「誓います」

シュリたちが準備してくれた城の大きな部屋を飾り付け、改修して作ってくれた結婚式の会場。壁には見事な絵画、天井には磨かれた照明器具、床はホコリ一つなく掃除されている。

綺麗《きれい》に整えられた会場で行われる結婚式に、俺の胸は高鳴っている。

そんな苦労をして結婚式場を用意してくれたシュリは、さらにアーリウスが部屋に閉じこもって不安がっていたのを引きずり出してくれた。

「アーリウス、あなたは夫を支え、一生愛すると誓いますか？」

「誓います」

そのおかげで俺の隣にはアーリウスが立ってくれている。美しい花嫁衣装に身を包み、幸福そうに微笑《ほほえ》んでいてくれる。

今日のアーリウスは一段と美しい。純白のドレスをまとって綺麗《きれい》に化粧した姿は、まるで磨かれた宝石のようだ。そんな女が、俺との結婚を待ち望んでくれていた。

男冥利《おとこみょうり》に尽きるとはこのことだ。

「では、両者の誓いはここに。その証《あかし》として口づけを」

俺はアーリウスと向き合う。アーリウスの顔には、もう不安はない。

その顔に近づき、二人で誓いの口づけを交わす。静かで厳《おごそ》かな結婚式場の中に、祝福の拍手が鳴り響いた。離れてみれば、アーリウスの顔は真っ赤っかだ。俺も同様だろうな。

こんな公衆の面前で口づけを交わす。そんな結婚式を行えるとは思っていなかったなぁ。

改めて部屋を見回す。

綺麗に装飾された、結婚式場。列席者の面々。

席順やら食器の準備にも心配りが尽くされている。シュリたちは苦心しただろう。

テビス姫たちの方を見れば、祝福の拍手をしてくれている。

リル、クウガ、テグ、アサギ、カグヤ、オルトロス。俺の仲間たちも笑顔で祝福してくれている。

ああ、俺は幸せだ。用意された食事もすばらしいものばかりで、献立も考え尽くされている。あらかじめ苦手な食材なども聞き込んで配慮されたという料理は、どれも温かく心がこもったものばかりだ。

そして、結婚式も最後の場面になってきた。

「ではここで、料理長であるシュリからの祝福の菓子です」

入り口からシュリがワゴンに載せた菓子を運んできた。

その菓子を見て、全員が度肝を抜かれた。

背丈を超えるほどのケーキだ。

前にオリトルで見たことのある、いや、それ以上の巨大なケーキ。そしてその脇を彩るのは氷で作られた鳥と亀の彫像。その彫像には果物が添えられており、美しく仕上げられていた。

あまりの見事な出来に、テビス姫なんて立ち上がって期待の目を向けている。

シュリはそのケーキを式場の中心に置くと、切り分けて皿に盛り付ける。

二人分用意されたそれを、シュリはまず、俺とアーリウスの前に立って差し出してきた。ケーキはクリームと果物が飾られ、間にも果物が仕込まれた見事なものだ。これを用意するのにどれだけの手間をかけたことか。

「ガングレイブさん、どうぞ」

シュリからケーキを受け取った俺とアーリウスは、同時に匙《さじ》でケーキを少しだけ切り分けて口に運ぶ。ここでためらうことはない。躊躇《ちゅうちょ》することもない。これはシュリが用意してくれた菓子なのだから。

「じゃ、いただくぞ」

「どうぞ」

匙で運ばれたケーキを含んだ口から感じたのは、上品な甘さと果物の酸味と甘みが見事に調和した味の菓子だった。

ケーキを少し傾けて見てみれば、間に新鮮な果物が数種類挟んであるじゃないか。オレンジとレモン、あともう数種類の果物が挟んである断面はなんとも彩り豊かだ。

もう一度口に運んでみればわかる。クリームも丁寧に作られている。口に入れれば口内の熱で優しく溶けていく。

ともすれば単調な歯ごたえと味になるだろうケーキを、果物が飽きさせずに食べさせてくれるじゃないか。

口いっぱいに広がる幸せな味が、俺とアーリウスをとびきりの笑顔にさせる。

「どうですか？」

「旨い。凄《すご》く」

「美味《おい》しいです。見事な菓子と装飾……シュリ、ありがとうございます」

アーリウスがお礼を言うと、シュリは笑みを浮かべて言った。

「それを言ってもらえると、僕も嬉《うれ》しいです。改めて、ご結婚おめでとうございます」

「ああ、ありがとう」

この瞬間、俺は間違いなくこの世で一番の幸せ者と言えるだろう。

確信を持って言える。

シュリの笑顔を見て、俺は思い出した。

こいつと初めて会ったとき、正直言えばここまで俺の役に立ち、俺の隣に立ち、こうして夢の舞台に立たせてくれる奴とは思っていなかったからな。

数年前、リィンベルの丘での戦《いくさ》の最中、野営している俺たちの陣にフラフラの状態で迷い込み、テグに拾われたシュリ。最初はどう扱えばいいのか迷ったのも良い思い出だ。

脅してしまったのは正直すまなかったな。怯《おび》えきってたし、オルトロスの姿を見てさらに怯えていたのもすまんと思ってる。

シュリの躍進はそこから始まった。傭兵団《ようへいだん》に足りなかった食事という要件を見事に満たし、団内の食料を管理し、あまつさえ大国の王族たちを虜《とりこ》にしてしまう料理を作り続けた。

テビス姫に狙われてニュービストで面倒ごとが起こったのも懐かしい。グルゴとバイキルのときは命も何もかも救われた。オリトルではクウガがヒリュウを倒すほどに事が大きくなったな。

そして、アルトゥーリアでアーリウスを救う方法を、革命に手を貸すことを躊躇《ちゅうちょ》していた俺を殴ってまで奮起させてくれた。あのとき殴られた顔以上の痛みは、今までの人生では一つもなかったと思うほど重く、鋭かったな。

あれのおかげで、アーリウスは俺の隣にいる。生きて、俺の妻になってくれた。

ここで、俺を夫として認めてくれた。

「シュリ、本当にありがとう」

「へぃ？　あ、ええ、そんなに礼を言わなくてもわかってますよ」

俺に重ねて礼を言われたことに驚いていたシュリだが、今度は氷の彫像を乗せた台の取っ手を掴《つか》んだ。

「では次はこの氷の彫像の果物盛りをどうぞ。僕の国では鶴《つる》は千年、亀《かめ》は万年生きると言われています。あれ？　どうだったっけ……？　あ、いや！　ともかく、未来まで末永く、お二人が健康で幸多い人生でありますようにと願いを込めて作りました！　皆様に振る舞いますので、お二人もどうぞ！」

「そ、そんなに永くガングレイブと幸せに……？」

「ええ、アーリウスさん。そんだけ永く、幸せにです」

「おお……ありがとう、シュリ」

アーリウスは感動のあまり口元を押さえて涙ぐんでいる。むしろそんなに永く幸せでいろっていうのも、なかなかに大変なことだなと俺は内心冷や汗をかいているけどな。

だが、シュリの言う通りだ。俺は拳を握り直して呟《つぶや》いた。

「……必ず、幸せに」

これは俺の誓いだ。そして、祝いであると同時に呪いでもある。

命が尽きるまで、俺は領主としての仕事を全うする。アーリウスが俺と一緒にいてよかったと思ってくれるようにだ。

「シュリや」

「？　なんですかテビス姫」

「話の途中で悪いのじゃがな。そのケーキ、妾《わらわ》たちにはいつになったら振る舞われるのかの？　そんだけ大きくありながら美味《おい》しいというなら、興味が尽きぬのじゃが」

「これは失礼しました！　すぐに皆様に配ります！」

テビス姫の呼びかけにシュリは慌てて皿にケーキを盛って配っていく。リルなんてずっとこっちを血走った目で見ていたからな。よっぽど食べたかったんだろうな。

氷の彫像に美しく飾られていた果物も同じように皿に盛られ、配られていく。透き通った氷に光が反射して美しい。

「シュリ、この氷は？」

「協力してくれている料理人さんに紹介してもらった魔法使いの人に頼みました。アーリウスさんにお願いするのもなんですし、主役なのにそれをさせるのもどうかと思って」

シュリは気恥ずかしそうにしながら配膳していく。笑顔で仕事をするシュリの後ろ姿を見て、俺は胸に手を当てて笑みを浮かべていた。

ありがとう、シュリ。

俺はアーリウスを守って、この領地を守って、夢を叶《かな》えてみせるからよ。

〈『傭兵団の料理番 13』へつづく〉

ヒーロー文庫

傭兵団《ようへいだん》の料理《りょうり》番《ばん》 12

川井《かわい》昴《こう》

2021年6月10日 第1刷発行

発行者 前田起也

発行所 株式会社 主婦の友インフォス
〒101-0052 東京都千代田区神田小川町3-3
電話／03-6273-7850（編集）

発売元 株式会社 主婦の友社
〒141-0021
東京都品川区上大崎3-1-1 目黒セントラルスクエア
電話／03-5280-7551（販売）

印刷所 大日本印刷株式会社

ISBN 978-4-07-449036-3